1. 汉语言文学原典精读系列

顾问 贾植芳 王运熙
章培恒 裘锡圭
主编 陈思和 汪涌豪

唐诗美学精读

李 浩·著

复旦大学出版社

总　序

陈思和　汪涌豪

任何一门学科都有其必须研读的经典,作为该学科全部知识的精华,它凝聚着历代人不间断的持续思考和深入探索。这种思考和探索就其发端而言通常极为艰苦,就其最终的指向而言又经常是极其宏大的,所以能进入到人们的生活,对读过并喜爱它的人们构成一种宝贵的经验;进而它还进入到文化,成为传统的一部分。又由于它所讨论的问题大多关涉天道万物之根本,社会人生的原始,且所用以探讨的方法极富智慧和原创的意味,对人的物我认知与反思觉解有深刻的启示作用和范式意义,所以它又被称为"原典"或"元典"。原者,源也;元者,始也、端也,两者的意思自来相通,故古人以"元犹原也,其义以随天地终始也",又说"故元者为万物之本,而人之元在焉",正道出了经典之构成人全部成熟思考与心智营造的基始特性。

汉语言文学这门学科自然也有自己的经典或原典。由传统的文史之学、词章之学的讲求,到近代以来西学影响下较纯粹严整的学科意识的确立,它一直在权衡和汰洗诸家之说,在书与人与世的激荡互应中寻找自己的知识边界。从来就是这样,对有志于这门学科的研究者来说,这些经过时间筛汰的经典是构成其全部学问的根柢,所谓入门正,立意高,全基于对这种根柢的掌握。就攻读汉语言文学专业的学生而言,虽然没有这样严格的要求,更不宜过分强调以究明一字或穷尽一义为终身的志业,但比较系统地了解这些经典的基本内容,深入研读其中重要的部分,做到目诵意会,心口相应,从而初步掌握本专业的核心知识以为自己精神整合和基础教养的本原,应该说是当然和必需的事情。

再说,汉语言文学学科有其特殊性。它所具有的社会功能许多时候并不是用职业培养一句话就可以概尽的。对大多数从学者而言,它是一种根本性和基础性的人文精神的培养。它以润物无声的方式渗透到人的日常生活,并从人立身行事的根本处体现出自己的价值。受它的滋养,学生日后在各自的领域内各取所需,经营成家,并不一定以汉语言文学的某部分专门知识安身立命,因此,它尤注意远离一切实用主义和技术主义的诱引,并不放弃对知觉对象的本质体认和根源性究问。那么,从哪里可以得到这种本质上的体认,并养成根源性究问的习惯呢?精读原典,细心领会,就是一条切实可行的路径。

然而,受历史条件和社会需求变化的影响,还有陈旧的教学观念的束缚,长期以来,我们只注重史迹的复现、概念的宣教和理论的灌输,一个中文系学生(其他文科专业的学生大抵同此)应该具备怎样的知识结构和基本教养,并未被当作重要的问题认真讨论过。课程设置上因人而来的随意,课程分布上梯次递进的失序,使这一学科科学完整的知识体系和结构位序至今还不能说已经成形,更不要说其自在性和特殊性的缩聚与凸现了。也就是说,它的课程安排在一定程度上是随机的偶合的,因此既不尽合理,连带着学科品性也难称自觉与独立。在这样情况下,要学生由点及面,由浅入深,形成对汉语言文学相关知识的完整认识几无可能。即使有大体上的认知,也终因缺乏作品或文本的支撑而显得肤泛不切,不够深入。

正是鉴于这种情况,三年前,我们开始在中文系本科教学中实施精读经典作品的课程改革。调整和压缩一些传统课程的课时,保证充足的时间,让学生在大学的前两年集中精力攻读一二十种经典原著。具体做法是选择其中重要的有特色的篇目,逐字逐句地细读,并力求见迩知远,举一反三,然后在三四年级,再及相关领域的史的了解和理论的训练。有些比较抽象艰深的知识和课程被作为选修课,甚至放在研究生阶段让学生修习。我们希望由这种"回到读书"的提倡，养成学生基本的专业教养。有感于脱离作品的叙述一直占据讲坛，而事实是，历史线索的了解和抽象义理的铺排都需要有大量的作品阅读做支撑，没有丰富的阅读经验，很难展开深入有效的学习，学生普遍认同了这样的教改，读书的积极性得到了很大的调动，有的就此形成了明确的专业兴趣与方向。在此基础上，我们进而再引导他们"回到感性"，在经典阅读中丰富对人类情感与生存智慧的体验与把握，最终"回到理性"、"回到审美"，养成清明完密的思辨能力，以及关心人类精神出路和整体命运的宽广心胸，关注一己情趣陶冶和人格修炼的审美眼光，由此事业成功，人生幸福。我们认为这样的教育理念，庶几比较切近"通识教育"和"全人教育"的本义。

现在，我们把这套原典精读教材，分三辑、每辑十种成系列推出，意在总结过往的教学实践，求得更大更切实的提高。教材围绕汉语言文学专业所涉及的"中国古代文学"、"中国现当代文学"、"文艺学"、"汉语言文字学"、"语言学理论"、"比较文学"和"古代文献学"等七大学科点，选择三十种最具代表性的经典作品做精读，其中既有中国古代重要的文史哲著作，这些著作不仅构成整个中国文学的言说背景，本身就极富文学性，同时也包括国外有关语言学和文学理论方面的经典著作。如此涵括古今，兼纳中外，大概可以使中文学科的专业知识有典范可呈现，有标准可考究。

在具体的体例方面，教材不设题解，以避免预设的前见有可能影响学生自主的理解；也不作注释，不专注于单个字词、典故或本事的说明，而将之留给学生课前的预习。即使必须解释，也注意力避"仅标来历，未识手笔"的贫薄与单窘，而着重隐在意义的发微与衍伸意义的发明。也就是说，但凡知人论世，不只是为了获得经典的原义，还力求与作者"结心"和"对话"。为使这种发微与发明确凿不误，既力避乾嘉学者所反对的"因后世之空言，而疑古人之实事"，"后人所知，乃反详于古人"的主观空疏，又不取寸步不遗不明分际的单向格义，相反，在从个别处入手的同时，还强调从汇通处识取，注意引入不同文化、不同知识体系的思想观念和解说方法，以求收多边互镜之效。即使像文本批评意义上的"细读"（close reading），也依所精读作品性质的不同而适当地吸取。尤其强调对经典作品当代意义与价值的抉发，从而最大程度地体现阐幽发微,上挂下连,古今贯通,中外兼顾的特色。相信有这种与以往的各类作品选相区隔的文本精读做基础,再进而系统学习文学史、语言学史以及文学、美学理论等课程,能使本专业的学生避免以往空洞浮泛的知识隔膜,从而对理论整合下的历史与实际历史之间的矛盾有一份自己的理解,进而对历史本身有一种"同情之了解",并从内心深处产生浓郁而持久的"温情与敬意"。

如前所说,原典精读教材的编写目的,是为了给汉语言文学专业的学生提供一个基础教育的范本,它们应该是这个专业的学生知识准入的基本条件和底线。但是"应该"与"能够"从来是一对矛盾。如何使教材更准确简切地传达出经典的要旨,如何在教学过程中让学生真正得体新生命,得入新世界,是我们大费踌躇的问题。好在文学的本质永远存在于文学作品的影响过程中,学术的精神也永远存在于学术著作的解读当中。既如此,那么从原典出发,逐一精读,既沉潜往复,复从容含玩,应该不失为一种合理可行的思路。

本套教材之出版,得到校教务处的大力支持,对此我们表示感谢。我们期待基于这种思路的努力能得到丰厚的报偿,也真诚地欢迎任何为完善这一思路提出的建议与批评。

目 录

引 论 所谓伊人,在水一方
　　　　——唐诗魅力的现代阐释 ································ 1

第一章 超以象外,得其环中
　　　　——唐诗的意境呈示 ······································ 11
　一、象外之象 ·· 12
　二、现量情景 ·· 24
　三、妙造自然 ·· 28

第二章 乾坤万里眼,时序百年心
　　　　——唐诗的时空意识 ···································· 32
　一、逝者如斯夫 ·· 33
　二、拟太虚之体 ·· 43
　三、变形与转换 ·· 53

第三章 花非花,雾非雾
　　　　——唐诗的模糊思维 ···································· 60
　一、诗无达诂 ·· 61
　二、恍兮惚兮 ·· 64

　　　　三、开凿浑沌 ………………………………………… 71

第四章　此时无声胜有声
　　　　——唐诗的空白艺术 ……………………………… 87
　　　　一、大音希声 ………………………………………… 88
　　　　二、飞笔留白 ………………………………………… 95
　　　　三、空故纳万境 ……………………………………… 100

第五章　秋风吹不尽，总是玉关情
　　　　——唐诗的情感体验 ……………………………… 106
　　　　一、神奇的内宇宙 …………………………………… 108
　　　　二、山林与魏阙 ……………………………………… 114
　　　　三、抒情方式 ………………………………………… 119

第六章　一生好入名山游
　　　　——唐诗的自然表现 ……………………………… 129
　　　　一、极视听之娱 ……………………………………… 131
　　　　二、是中有深趣矣 …………………………………… 136
　　　　三、取神于陶谢之间 ………………………………… 141

第七章　笔落惊风雨，诗成泣鬼神
　　　　——唐诗的语言技巧 ……………………………… 148
　　　　一、超越语法 ………………………………………… 150
　　　　二、词汇张力场 ……………………………………… 159
　　　　三、远程交易 ………………………………………… 162
　　　　四、声律谐美 ………………………………………… 168

第八章　笔补造化天无功
　　——唐诗艺术美分论 …………………………………… 174
一、孟浩然山水田园诗的自然特征 ………………………… 174
二、王维与孟浩然山水田园诗之比较 ……………………… 192
三、李白诗文中的鸟类意象 ………………………………… 204
四、李白作品中的"梦" ……………………………………… 214
五、李贺诗中的"辞"与"理" ………………………………… 224

结　语　欲穷千里目,更上一层楼 ………………………………… 237

主要参考文献 …………………………………………………………… 242
第五版后记 ……………………………………………………………… 249
附　录 …………………………………………………………………… 251

引论　所谓伊人,在水一方

——唐诗魅力的现代阐释

徜徉在古城阙上,依栏杆处,任那杨花柳絮纷纷扬扬随意拂面,静听春的韵律萦绕故国女墙,袅袅余音,不绝如缕;漫步在灞桥两岸,俯仰之间,黄花地,碧云天,寒鸦数点绕渭水,西风落叶下长安,悠悠飘来的一片衰翠,预报着又将是一个摇落情思的悲凉季节。

许多年来,踏在半裸着秦砖汉瓦残砾的黄土地上,遥望着西风残照中的隐约城影映入水面,我一直在苦苦地思索:为什么脚下这片黄土能孕育出中国历史上最强悍雄健的几个帝国——周秦汉唐?"回首可怜歌舞地,秦中自古帝王州"(杜甫《秋兴八首》其六)。为什么雄才大略的政治家屡屡选中这一块风水宝地作为政治、文化和经济的中心?经过历史的风吹雨打,故国的流风余韵在何处还可以寻觅到?

是的,历史确实发生了翻天覆地的变化,"旧时王谢堂前燕,飞入寻常百姓家"(刘禹锡《乌衣巷》),"伤心秦汉经行处,宫阙万间都做了土"(张养浩《山坡羊·潼关怀古》)。但作为人类所创造的符号系统的总和——文化,却可跨越具体时空潜存下来,"文化是一个连续统一体,是一系列事件的流程,它穿越历史,从一个时代纵向地传递到另一时代,并且横向地从一个种族或地域播化到另一种族或地域。最后,人们终于理解到,决定文化的因素就存在于文化流程自身之中:语言、习俗、信仰、工具和礼仪,都是前导或伴生的文化要素和文化进程的产物"①。正如唐人孟浩然所感慨的:"人事有代谢,往来成古今。江山留胜迹,我辈复登临。"(《与诸子登岘山》)江山所留胜迹是人文景观,也就是文化,它可以超越人事代谢和古往今来,傲然耸立于天地之间,所以我辈可登临观赏②。

"折戟沉沙铁未销,自将磨洗认前朝"(杜牧《赤壁》)。透过唐人留下的诗歌、音乐、舞蹈、绘画、书法、建筑等文化遗存,我们或许还可以拼凑出那些最有光彩的片段,一定程度上复原出当年的社会风貌,倾听熙攘嘈杂的车马声,捕捉时代心灵的跳动。当然,这就需要我们首先破译解读这些负载内容极为神秘复杂的密码系统——语言符号。

一

中西文化的差异比比皆是,以下这个对照就颇有意思。在西方文化中,掌管艺术与科学的是女神缪斯,她们是由主神宙斯和记忆女神偷情时所生的九个女儿,各自的分工分别是欧忒耳珀掌管音乐和诗歌,塔利亚掌管喜剧,墨尔波墨涅掌管悲剧,忒尔西科瑞掌管舞蹈,卡利俄珀掌管史诗,克利俄掌管历史,乌拉尼亚掌管天文,埃拉托掌管抒情诗,波吕许尼亚掌管颂歌。西方艺术中多表现感情的颠狂放纵、不羁的追求与索取,当与此集体无意识有关。

在中国文化中,司文艺的究竟是哪一位神祇,似乎历来分工不明确,归属混乱。但看《尚书·尧典》中所说的"夔典乐",《淮南子·本经训》中初创书契的仓颉,以及《周礼·春官》中教六诗的太师,可以推测,掌管这一工

---

① 〔美〕莱斯利·A·怀特《文化的科学——人类与文明研究》,济南:山东人民出版社,1998年,第2页。

② 重视并竭力挖掘本诗潜在意义的还有德国学者W·顾彬的《中国文人的自然观》(上海:上海人民出版社,1990年,第175—176页)。特别是美国汉学家宇文所安的《追忆——中国古典文学中的往事再现》(上海:上海古籍出版社,1990年,第29—40页),用更大的篇幅、细读的方法讨论由本诗所引出的历史回忆命题。

作的断非女流。所以中国艺术中绝少对感情的极端宣泄,大多是文质彬彬,情理中和,所谓"思无邪",所谓"乐而不淫,哀而不伤",都是缘此产生的。除去明代的《金瓶梅》《肉蒲团》之类,一部中国古典文学史,可以说还是非常干净的,且富有实践理性精神,这恐怕也与司其职者为男性这一原型有关。

但当我们透过尘封的历史,把视线投向唐代,所看到的却不仅仅是赳赳有力的关西大汉,倒还隐然有一含情凝眺的女儿破壁欲出。她不是楚腰纤细和三寸金莲的那类病态女子,她也不是执红牙板、唱"杨柳岸,晓风残月"(柳永《雨霖铃》(寒蝉凄切))的侍婢歌女。她风姿绰约,如"梨花一枝春带雨"(白居易《长恨歌》);她仪态万方,"回头一笑百媚生"(白居易《长恨歌》);她坚贞不移,"得成比目何辞死,愿作鸳鸯不羡仙"(卢照邻《长安古意》)。她究竟是谁呢?

她就是卢舍那。

在洛阳龙门石刻群中有一座宏大的摩崖雕像,据载建于唐高宗时,始于咸亨三年(672)四月,毕于上元二年(675)十二月,耗时近四年。像高17.14米,头高4米,耳长1.9米,那丰腴秀美的脸庞,那雍容大度的气派,那薄纱贴肤的衣饰,尤其是那永恒宁静而又欲语还休的微笑,震撼着每个朝圣的香客和观光的游人,被人誉为"东方的维纳斯",而其博大崇高又是那纤秀的希腊女儿所不可比拟的。据唐玄宗开元十年所立的《大卢舍那像龛记》记载:

> 佛非有上法界为身,垂形化物,俯迹同仁。有感即现,无罪乃亲。愚迷永隔,难凭信因。实赖我皇图兹丽质,相好希有,鸿颜无匹。大慈大悲,如月如日。瞻容垢净,祈诚愿毕。正教东流,七百余载,□龛功德,唯此为最。

这段文字虽简略,甚至有人谓其"文体鄙拙",疑为寺僧托名而作(王昶《金石萃编》卷七三按语),但我们还是可以从中窥出一些信息,除了表现出对皇权的崇拜,难道不也流露出对"丽质"、"相好"的女性美的赞颂吗?据说武则天生得美丽妩媚,而佛教塑造人物也大都"面如净满月,眼若青莲华……能令人心服,见者大欢喜"(《大智度论》)。所以就会以当朝女皇为模特,塑造佛祖的化身。佛陀世容的神秘内涵早已被历史的风雨风化剥蚀,愈来愈模糊了。而那圆润流利的线条,丰满柔和的构图,贴身露体的衣裙,随意飘洒的璎珞以及丰腴婀娜的丽质,却积淀为一个有意味的形式,一种时代精神的象征。

二

诚如学者们所论,在卢舍那雕像中体现了本土文化与印度文化、希腊文化的交融结合。唐诗从孕育到出现再到成熟也是多种文化因子交融互渗的结果,南方文化的清通简要、灵秀飘逸与北方文化的厚重质实、苍劲悲凉都流淌在唐诗的血管中。

李唐王朝的统治者本是由北方游牧部落中的关陇军事集团起家的。《朱子语类》卷一一六说"唐源流出于夷狄",固然是中原本位和夷夏之别的陈旧观念,但其祖先出自鲜卑民族却是无法掩盖的事实。入主中原之后,他们仍很大程度上保留着西北的"胡风",他们的酷爱和醉心于南方艺术,也是沿袭北朝以来北人学南的遗风,是一种心理的补偿,犹如民谚形容丈夫好窥他人室家之美,谓女人总是人家的好,孩子是自家的亲。但是这种仰慕和模仿客观上促进了南北文化的大交流、大融合[①]。魏徵在《隋书·文学传序》中曾指出南北文风的不同,他说:

> 江左宫商发越,贵于清绮;河朔词义贞刚,重乎气质。气质则理胜其词,清绮则文过其意。理深者便于时用,文华者宜于咏歌。此其南北词人得失之大较也。

[①] 对南北文学特别是诗风的交流融合,我近年仍不断思考,形成一些新的看法,简言之,大唐之音,和而不同。详见拙著《唐代三大地域文学士族研究》(北京:中华书局,2002年)第二章的论述。

南北文学各有所长，又各有所短，单一的清绮秀美或贞刚壮烈都失之过偏，不能蔚为大观。"若能掇彼清音，简兹累句，各去所短，合其两长，则文质彬彬，尽善尽美矣。"（同上书）魏徵以儒家中庸政治模式所描绘的这幅文学理想主义图景，竟然真的在唐诗的形成与发展过程中实现了。果然，盛唐诗人"既闲新声，复晓古体，文质半取，风骚两挟。言气骨则建安为传，论宫商则太康不逮"（殷璠《河岳英灵集》），将诗推向了历史的顶峰①。

除南北文化的交融之外，还有一个更大的文化交流圈存在，这就是东西文化的交流活动。唐帝国政治稳定，经济繁荣，文教昌盛，吸引着周边少数民族政权的朝贡和欧亚各国的来访，王维《和贾舍人早朝大明宫之作》诗给我们俯拍了这样一个宏大的场面：

　　九天阊阖开宫殿，万国衣冠拜冕旒。

诗写皇帝早朝场面的盛大宏伟。在一片鼓乐声中，宫门大开，各国的朝贡使臣和本朝的文武官员依次列队，鱼贯而入，参见圣明天子，叩谢隆恩，山呼万岁。"衣冠"前饰以"万国"，极言国别人数之众多，在"万国衣冠"后再用一个"拜"字，形成了国别上的一与多、人数上的众与寡和位置上的尊与卑这样多层对比，烘托出唐代天子统一宇内、君临天下的威严至尊②。由于这两句诗气势宏大，句调整饬，所以每每被治唐史者所称引，用以证明盛唐气象的宏大和中西交流的频繁。诗的极度夸张写意反而紧紧地把握住了历史的心灵和脉搏跳动，这是很值得深思的。

当然，交流并不是单向的输出，丝绸之路不仅把经史典籍、丝绸瓷器与火药纸张辗转运到西域、扶桑（指日本）、地中海甚至黑非洲，同时也由戈壁上的骆驼驮运来了一个新奇的世界，极大地拓展了中原和南方读书人原有的地理概念。龟兹乐、胡旋舞、凹凸画法、琉璃瓦、夜光杯、胡饼、胡药以及袒

---

① 拙著《唐代关中士族与文学》（台北：文津出版社，1999 年）第八章第五节对此有进一步讨论，可参读。
② 此诗作于唐肃宗乾元元年（758），安史之乱爆发三年多，异族交侵，社会动荡，长安沦为战区，从史实上讲，开元盛世的气度已衰微。此沿袭旧说，仅从美学精神上把握。

胸露臂甚至半裸的乐伎,在质朴的本土文化面前展现出一个五光十色的旋转世界,带着感性的刺激、诱惑和挑逗……

  国力的强盛与疆域的扩张,使文人学士不仅能漫游江南山水和中原大地,而且能奔驰到东北边塞和西域地区,北风卷地,金戈铁马,胡语驼铃,全是一派异域风光,他们歌颂原始蛮荒的自然力,表现出人对自然的开发,充满进取者的豪情,同时也表现了唐帝国对四夷的征服,流露出血腥与狰狞。边塞之于唐代人,不再是南朝贵胄为填补精神与想象空虚而模拟出的乐府旧题旧调,也不再是波斯商队驮来的一个西洋镜,更不是酒家胡讲述的一个天方夜谭的故事,而是他们目击身经的一个新大陆。

  随着文化交流促成的思想并存,不仅造就了一个自由宽松的舆论环境,而且形成价值观念的多元取向、兼容并蓄。李唐统治者以儒学为依归,唐太宗曾多次表示:"朕今所好者,唯在尧舜之道、周孔之教,以为如鸟有翼,如鱼依水,失之必死,不可暂无耳!"(《贞观政要》卷六)他命颜师古考订五经,颁行天下,以为定本;又责成孔颖达等人修撰《五经正义》,统一南北各家经学,作为钦定的教科书。政府还规定科举试经义,并在各地创设学校,讲解儒经。但统治者并不禁止佛道两教的传播发展,而是三教兼崇,任其交流互渗。这种"兼崇"与汉代的"罢黜百家,独尊儒术"刚好相反,造成了诗人思想的自由解放,性格的开朗外向,艺术的百花齐放[①]。中唐诗人刘叉谓其"酒肠宽似海,诗胆大于天"(《自问》),一方面是因其旷荡放浪的性格所致,另一方面也因时代给他提供了一个比较宽松的思想氛围,使他能张扬个性,发抒忧愤。难怪李白这样一位傲岸不屈的诗人竟也深情地歌颂道:

  东风动百物,草木尽欲言。(《长歌行》)

  这不是奉和应制,也不是阿谀粉饰,而是一种挚情的流露。梁启超先生

---

 ① 袁行霈还进一步指出,开明与开放是盛唐气象的根基,颇为深刻。参见其《盛唐诗歌与盛唐气象》一文,载《光明日报》1999 年 3 月 25 日。

称杜甫是"情圣"①,其实又何止杜甫,唐代诗人多是时代与社会的热恋者,虽然这种爱实际上是一厢情愿,是一种"辗转反侧,寤寐思服"的单相思,时代给了他们粉红色的梦想,却又把他们推到仕途的悬崖下面,但这却更深化了他们的苦情。明代戏曲家汤显祖曾说:"世有有情之天下,有有法之天下。"他认为李白所生活的唐代是"有情之天下",而他自己所处的时代则"灭才情而尊吏法",是"有法之天下"(《玉茗堂文之七·青莲阁记》),闻一多说:"古今中外诗境当不脱唐宋人所造的两种境界,前者是浪漫的,后者是写实的;唐人贵镕情而宋人重炼意。所谓炼意,即诗人多谈哲理的作风。"②钱锺书亦说:"唐诗多以丰神情韵擅长,宋诗多以筋骨思理见胜。"③就时代精神与美学特征的总体把握,这些论述无疑都是非常深刻的。

三

艺术欣赏与研究无非就是对美的捕捉、体验与玩索。中国古代诗话及选本中的点评,实即批评者对诗境的会心领悟,对诗美的直观把握,对诗艺的夫子自道。批评者悠然地漫步于奇葩嘉木丛中,不时驻足观赏,往往流连忘返,"此中有真意,欲辨已忘言"(陶渊明《饮酒》其五);所以摒弃了高头讲章与名理分析,甚至于干脆无言,不立文字仅用圈点来表达丰富复杂的感受。

概念、范畴和逻辑推理是通向事物本质不可缺少的路径与桥梁,但事物的生动特写、叠象映出与复义并生,心灵的莫名其妙的涟漪,情感的汹涌澎湃的潜流,就会在抽象化的过程中被蒸发干,脱掉了水分,挥发了芬芳,成了一具诗的木乃伊,徒有其形,而无生命力,更谈不到悠然的神韵意境,只配作

---

① 《饮冰室文集》第70册,上海:中华书局,1926年,第62页。
② 郑临川《闻一多论古典文学》,重庆:重庆出版社,1984年,第154页。
③ 《谈艺录》(补订本),北京:中华书局,1984年,第2页。柯庆明进一步探讨汉诗、唐诗、宋诗的美感特说,汉诗是一种素美,唐诗表现的是一种优美,宋诗表现的则是一种畸美;汉诗所写是境内之感,唐诗所写是境缘之观,宋诗所写是境外之思;汉诗的思维方式近于赋,唐诗的思维方式近于兴,宋诗的思维方式近于比。详见柯庆明《中国文学的美感》,石家庄:河北教育出版社,2001年,第174页。

生物解剖课上的诗歌标本。所以西方的一些学者已开始对传统的科学思维进行反省和质疑,早在1884年,克依克果便说:

> 每一个存在的个人所面临的"存在"所包孕的困难,是一项无法以抽象思维来表达的东西,更不用说明了。因为抽象思维压根儿无视存在中的具体性、时间性和存在的过程……抽象思维面对一个难题时,用的是"把它省略"的方法,然后大言不惭地说一切已获适当的解释。①

海德格尔更进一步表述这种思想:

> 实际经验里所见的不整齐和不协调的个性,经过了语言的影响和科学的塑模,完全被隐藏起来。这个齐一调整以后的经验便被生硬地插入我们的思想里,作为准确无误的概念,仿佛这些概念真正代表了经验最直接的传达。结果是,我们以为已经拥有了直接经验的世界,而这个世界的物象意义是完全明确地界定的,而这些物象又是包含在完全明确地界定的事件里……我的意思是……这样一个(干净利落确切无误的)世界只是"观念"的世界,而其内在的串连关系只是"抽象概念"的串连关系。②

而注重直观、直觉和顿悟特征的中国文化却没有必要视语言和逻辑为牢房,早在先秦时代,庄子就对此困惑提出了解脱之路:

> 筌者所以在鱼,得鱼而忘筌;蹄者所以在兔,得兔而忘蹄;言者所以在意,得意而忘言。(《庄子·外物》)

---

① 〔丹麦〕克依克果(今通译为克尔凯戈尔)《不科学的后记结语》,转引自《寻求跨中西文化的共同文学规律——叶维廉比较文学论文选》,北京:北京大学出版社,1987年,第157页。

② 同前揭书,第139页。

筌、蹄与言既然都不过是一种工具,那么就不必耿耿于怀,局限于此,一旦进入意义澄明空澈的境界中,就可以将这些工具全部丢弃。佛教传入中国后,与老庄易相结合,便产生了适合中国国情、体现中国智慧的禅宗,将顿悟、直觉、直观理论更进一步系统化:

> 世尊在灵山会上,拈花示众。是时众皆默然,唯迦叶尊者破颜微笑。世尊曰:"吾有正法眼藏,涅槃妙心,实相无相,微妙法门,不立文字,教外别传,付嘱摩诃迦叶。"(《五灯会元》卷一)

不立文字,便超越了名理思维,拈花微笑,通过体态动作等副语言表达比语言更丰富的蕴涵。"僧问:如何是佛法大意?师曰:春来草自青。"(《五灯会元》卷十五)[①]则又开启了以自然和诗境来说禅,通过诗的审美情味来启迪禅学的领悟,干脆撇开思维道路,明性见底,即物即真。

逻辑思辨本是人类脱离混沌蒙昧后,心智成果的历史积淀,现在却要推倒这些路碑,返回到与物浑成的境界;理论本是对具体感性和诗意光辉的一种抽象,现在却要重新回到感性和诗境中,仿佛让成年人玩捉迷藏和摆家家的游戏,我们只能观看评说,但不可能再情不自禁地进入第一次的角色。不过,当中国文化感到心智成熟,开始系统地学习西方的科学理论与方法时,胡塞尔、庞德、艾米莉等西方智者和诗人,却生吞活剥地模仿东方,严肃认真地玩我们祖先幼小时玩过的游戏,这个黑色幽默或许能使我们悟出点什么吧。

四

李白初入长安时,曾借用乐府旧题写了一篇《长相思》,诗中哀婉地唱道:

[①] 曹溪退隐在《禅家龟鉴》中解释"春来草自青"说:"绿草青山,任意逍遥。渔村酒肆,自在安眠。年代甲子总不知,春来依旧草自青。"

> 长相思,在长安。络纬秋啼金井阑,微霜凄凄簟色寒。孤灯不明思欲绝,卷帷望月空长叹。美人如花隔云端,上有青冥之高天,下有渌水之波澜。天长路远魂飞苦,梦魂不到关山难。长相思,摧心肝。

此篇或谓借男女相思之情,抒君门九重之感,缠绵悱恻,凄楚动人。但如果我们抛开具体托兴比拟对象不管,难道这不正是对一切美好的思想的苦恋和精神企慕吗?不亦是对某种人生境界的渴望与追求吗?当然,这种追求只能是一种因慕悦向往而产生的永恒距离怅惘。再向上追溯,早在春秋时代,秦地百姓就在水泽迷蒙之中咏叹道:

> 蒹葭苍苍,白露为霜。所谓伊人,在水一方。溯洄从之,道阻且长;溯游从之,宛在水中央。(《诗·秦风·蒹葭》)

这首诗所表达的也是一种可望难即、欲求不遂的企慕情境[①],是一种不确定的、无具体对象的高级情感,追求的方式则是一种悲剧式的企恋。这种心理模式是人类改造环境、支配自然的心理动力,是一种积极主动的进取,而不是消极被动的顺应。追求的目标则是不可企及的社会终极彼岸,追求的基调正是人生悲剧的诗化复现。

唐诗,在现代人心目中难道不正像"在水一方"的"所谓伊人"吗?由于时代、社会以及语言符号所积淀的文化——心理内涵发生了极大的变异,我们主观上想直截了当地步入诗境,领略她的风采,占有她的感情,但实际上是很艰难的。所以,我们只能"溯游从之",移形换步,上下求索,从不同的方位和视角,来想象她的冰清玉洁、花容月貌,捕捉她骚动的灵魂。

这一次心路历程的旅行将是冒险性的远征。

---

① 钱锺书《管锥编》第1册,北京:中华书局,1979年,第123页。

第一章　超以象外,得其环中

——唐诗的意境呈示

意境是中国古代诗论的一个重要范畴,也是对诗歌作品的一个重要的审美规定,离开意境就无法对诗歌美学发展史上许多概念的产生、发展、深化、定型作出历史与逻辑的阐释,更无法捕捉住那"遇之匪深,即之愈希,脱有形似,握手已违"(司空图《二十四诗品》)的诗魂。可以这样说,意境是理解古典诗歌甚至整个中国艺术美学的网上纽结,对此问题的深入探讨,必将会促成我们对唐代诗歌艺术丰富内涵的进一步体会,同时也能使我们纲举目张,直探底蕴,领悟作者微妙深奥的诗心。

意境理论由先秦《易经》与老庄哲学对"象"的阐发而产生。魏晋南北朝时期,佛教盛行,给中国文化艺术注入了新的血液,翻译家与寺僧采用旧瓶装新酒的方式,给"境界"这一固有的语词充入新的内涵,使其由实体概念转化为非实体范畴,由具体变为抽象,由世俗名词变为宗教神学的术语。另一方面,齐梁时的刘勰遥承先秦,在《文心雕龙·神思》中提出了"窥意象而运斤",使"象"转化为"意象",并取得了意与象、隐与秀、风与骨的多种规定性。到了唐代,意象作为标识艺术本体的范畴,已经被广泛地运用了,殷璠等人还进一步提出"兴象"作为意象组合中的重要方式来加以强调。于是,兴象玲珑、兴象深微、兴象天然等词语便成了人们对唐诗进行艺术评价的一个话头。

但实际上,唐代诗论家与诗人并没有停留在"意象"、"兴象"的认识阶段上,而是用经南北朝以来被佛教徒反复使用的、散发着浓厚宗教气息的"境界"或"境"这一概念来揭示诗歌的美学本质。在王昌龄的《诗格》、皎然的《诗式》、司空图的《二十四诗品》,甚至戴叔伦、刘禹锡等人的诗文中,都有对意境的探讨,虽不过片言只语,却能启人心智。对唐诗意境的分析,应该注重这些见解,因为这是当时的原始评论,是第一手材料,有些本身就是诗人的现身说法,夫子自道。

意境的基本美学规定是"境生于象外"。换言之,它是由具体实像辐射出的虚像,是由实景跃入的艺术虚空,是从有限超越到了无限,从对具体形象的观赏把玩领悟到了宇宙本体和自然元气。"悠悠乎与颢气俱,而莫得其涯;洋洋乎与造物者游,而不知其所穷……心凝形释,与万化冥合"(柳宗元《始得西山宴游记》)。柳宗元对西山之"特立"的体认,正好借来说明唐诗意境的高妙。

唐人不仅在理论上对意境的构成、特点、类型做了大量开创性的研究,奠定了关于意境学说的基本原理;更重要的是,他们还创作出许多意境浑融、气象高妙、神韵悠然的杰作,成为后世作家不可企及的范本。

从这一点上看,唐代诗论似乎已开始有意识地对创作进行理论概括和说明。虽然这仅仅是一个起点,系统化的、全方位的深入研究还有待来日,但后代对唐诗的各种登高临远式或体贴入微式的研究,都要以此为出发点。于是,本书对唐诗艺术的精读也以此为开篇。

一、象外之象

在我们对唐诗呈示意境的方式进行描述之前,首先,会遇到这样几个不可回避的问题:

什么是意境?什么又是意象?

意境与意象有何联系,又有何区别?

这是一个黑洞,是一连串的陷阱,治古代文学、古代文论和美学史的学人们对此问题曾发表了大量的论文、论著,连篇累牍、积案盈箱,但仍没有形成一个比较周全一致的看法。

如果我们对这几个问题不作正面回答,王顾左右而言他,从本书的框架来说亦无不可,从唐宋禅宗的观念来看,倒正好是对至言妙道的一种体认,如有人问"如何是佛",答以"干屎橛",便是活参;又有人问"如何是佛法大意",答以"春来草自青",便是顿悟。所以当诗人王维在答友人问时亦采用此种公案偈语的模式:"君问穷通理,渔歌入浦深。"(《酬张少府》)作为一种特殊的思维方式,自有其深刻的内涵,笔者在后面还要反复论及。但作为学术研究,对横阻在面前的理论难题绕道而行,则是一种滑头主义的表现。如果说艺术鉴赏是心灵在作品中的冒险,那么,学术研究也应该是理论在雷区中的漫游。

意象这一范畴并不是舶来品,而是出口转内销的。它本是地地道道的国粹,古代文化中的固有概念,经输出西方并被现代派诗人发泄感情、恣意滥用之后,再次返回故国桑梓,表面上西装革履,洋腔洋调,可能给人某种特别的感觉,但实际上仍是炎黄子孙、龙的传人。

早在先秦时期,意象的雏形就产生了。《周易·系辞下》:"《易》者,象也。"认为这部预测人事吉凶祸福的占筮书,便是以八卦图像的推衍变化来揭示其规律的。《系辞上》还对"意"与"象"的关系进行了论证:

> 子曰:"书不尽言,言不尽意。"然则圣人之意,其不可见乎? 子曰:"圣人立象以尽意,设卦以尽情伪,系辞焉以尽其言。"

认为圣人之意不可以思维致之、不可以言辞说之,但却可以用"象"来显示。三国魏王弼在《周易略例·明象》中缘此而对言、意、象三者的关系进行了辩证的发挥:

夫象者,出意者也。言者,明象者也。尽意莫若象,尽象莫若言。言生于象,故可寻言以观象;象生于意,故可寻象以观意。意以象尽,象以言著。故言者所以明象,得象而忘言;象者所以存意,得意而忘象。犹蹄者所以在兔,得兔而忘蹄;筌者所以在鱼,得鱼而忘筌也。然则,言者,象之蹄也;象者,意之筌也。是故存言者,非得象者也;存象者,非得意者也。象生于意而存象焉,则所存者乃非其象也;言生于象而存言焉,则所存者乃非其言也。然则忘象者乃得意者也,忘言者乃得象者也。得意在忘象,得象在忘言。故立象以尽意,而象可忘也;重画以尽情,而画可忘也。

认为象与言不过是一种载体,主要是为了得意与尽意,这当然与其玄学体系有关。明象是为了观道,一旦悟出了道,那么形、象、言、筌、蹄皆可抛弃。哲学以观念为目的,为了抽象可以舍弃具体,为了本质可以蒸发现象,为了内容可以剥掉形式。

齐梁时代的文论家刘勰第一次提出"意象"这个词,并强调"意象"在创作过程中的重要作用:

使玄解之宰,寻声律而定墨;独照之匠,窥意象而运斤。此盖驭文之首术,谋篇之大端。(《文心雕龙·神思》)

刘勰的贡献在于把玄学家倒置的意象关系纠正过来,并将其作为驭文之首术、谋篇之大端,形式在这里获得了独立自足的意义。其次,他已触及意象是由主观与客观结合交融这一问题,"神用象通,情变所孕",在艺术构思活动中,外物形象和诗人的情意结合,诗人借外物形象驰骋想象,外物形象又在诗人的情意中孕育成审美意象。

唐人王昌龄指出:"久用精思,未契意象,力疲智竭,放安神思,心偶照镜,率然而生,曰生思。"(《唐音癸签》卷二引)张怀瓘《文字论》中说:"探彼意象,如此规模。"司空图《诗品》亦有"意象欲出,造化已奇"的说法①。至此,意象的理论已基本确立,并在创作中有所体现。除此之外,殷璠在盛唐诗选本《河岳英灵集》中还提出"兴象"这一概念作为对意象理论的一个重要补充和特例。他批评齐梁诗风过多地注意词采,"都无兴象,但贵轻艳";评陶翰诗"既多兴象,复备风骨";评孟浩然诗"无论兴象,兼复故实"。这里反复提到的兴象,实际上仍是意象之一种,但它的产生不是人工的有意安排,而是一种自然的触发。物的触引在先,情意的感发在后。兴象的产生往往是一种瞬间直觉,而不是理性的蓄意设计安排。后来司空图、严羽、胡应麟、纪昀都多用兴象评论唐诗,从此兴象玲珑、兴象深微、兴象天然固定为后世激赏唐诗时的评语。

但意象实际上是对创作过程中心物交融的一般说明,并非最高的美学规定。以此来衡量裁定,还不能看出唐诗与六朝及宋元明清诗的本质区别,也不能品第出唐诗中的优秀作品与一般作品的差别。

最能体现出唐诗艺术特征的是意境。

意境,在唐代或六朝时期多称为境界、境。先秦两汉的典籍中就已出现。如《诗·周颂·思文》:"无此疆尔界;陈常于时夏。"《诗·大雅·江汉》:"于疆于理,至于南海。"郑笺:"正其境界,修其分理。"《周礼·春官·掌固》:"凡国都之竟。"句下注曰:"竟,界也。"《战国策·秦策》:"楚使者景鲤在秦,从秦王遇魏于境。"《说文解字·田部》:"界,竟也。"而《说文解字·音部》释"竟"是"乐曲尽为竟"。可见疆、界、境三字可互训,皆指地面空间的边缘线。但"境"的本字为"竟",据许慎解释为乐曲终结,则其原指时间过程的存在,后来在词义演变过程中指义逐渐宽泛,才由原指时间上的终结,扩展为可指时空中的所有终结之物。境界在唐宋艺术中虽指虚空,但仍为时空合一的无限,似乎可以从语源上找到其美学根据。汉代以来,此词

---

① 钱锺书先生认为刘勰所用"意象"实即"意"的偶词,《二十四诗品》所说的,同样是如此。现代所用的"意象"一词是由明人提出的,敏泽亦持此观点。参见敏泽《中国古典意象论》,载《文艺研究》1983年第4期,又见敏泽《钱锺书先生谈"意象"》,载《文学遗产》2000年第2期。

使用更多，如《新序·杂事》："守封疆，谨境界。"班昭《东征赋》："到长垣之境界，察农野之居民。"《后汉书·仲长统传》："当更制其境界，使远者不过二百里。"《列子·周穆王》："西极之南隅有国焉，不知境界之所接，名古莽之国。"但仍指疆土界线，属具体的存在，为实体概念。

孔孟及儒家虽没有对境界作直接的语词解释，但他们谈到人生的"三不朽"，便是指精神追求的境界。"暮春者，春服既成，冠者五六人，童子六七人，浴乎沂，风乎舞雩，咏而归。""夫子喟然叹曰：'吾与点也。'"(《论语·先进》)曾晳所谈的是一次春日游赏活动，而孔子引出的则是对一种人生境界的向往。

《庄子·逍遥游》展示的是超越限制、绝对自由的哲理境界。"举世而誉之而不加劝，举世而非之而不加沮，定乎内外之分，辩乎荣辱之境，斯已矣。"疏曰："忘劝沮于非誉，混穷通于荣辱，故能返照明乎心智，玄鉴辩于物境，不复内我而外物，荣己而辱人也。"这些虽非专说境界，但对意境理论的形成影响很大。

东汉以后，佛学东渐，释典大量传入中华，译经的僧人遇到梵文中的"Visaya"一词，便借"境"或"境界"来翻译。"境界"从此便由一个实体性的物质名词，转化为一个非实体性的精神概念：

  诸天种种境界，悉皆殊妙。(《法苑珠林·六道篇》)
  神是灵威，振动境界。(《九譬喻经》)
  斯义弘深，非我境界。(《无量寿经》)
  入佛境界，亦未有此。(《洛阳伽蓝记》卷一)

丁福保《佛学大辞典》释"境界"为"自家势力所及之境土。又，我得之果报界域，谓之境界"，"心之所游履攀缘者谓之境，如色为眼识所游履，谓之色境；乃至法为意识所游履，谓之法境"[1]。故在佛教哲学中，境界或境是指一

---

[1]《佛学大辞典》，北京：文物出版社，1994年，第1247页。

种精神现象,谓人的各种感受所达到的某种精神上的终极地步。这与先秦两汉时的境界观念恰好相反。

>了知境界,如幻如梦。(《华严经·梵行品》)
>一切境界,本自空寂。(《景德传灯录·汾州无业禅师传》)

虽然佛教小乘、大乘有宗、法相唯识宗对境界的看法不尽相同,互有区别,但基本上都是将境界看成是一种精神现象,是由各种感觉器官所感触到的认识。这种观念在唐代三教盛行的宽松开放的思想环境中,与佛教文化的其他内容,都深刻地影响到了唐代的诗人和理论家①。为什么境界作为一个美学范畴到了唐代才产生?为什么唐代的诗极富意境?为什么早期倡导意境理论的诗论家要么本身就是佛教徒,要么都曾受到佛教思想的深刻影响?这一切恐怕只能从佛教与唐代文化的交融渗透中去寻找答案,当然,这已远远地超出了本书的范围。

作为一个美学范畴,诗境一词在唐初唯识宗开山祖玄奘的作品中已有使用,他的《题半偈舍身山》:"忽闻八字超诗境,不借丹躯舍此山。偈句篇留方石上,乐音时奏半空间。"(《全唐诗续拾》卷三)虽然侧重点是佛教的快乐,但明确提出作为审美艺术的诗境,与佛境进行比较,这是很值得重视的现象。意境一语则出现在王昌龄的《诗格》中。《诗格》将意境与物境、情境并举,称为三境:

>诗有三境:一曰物境。欲为山水诗,则张泉石云峰之境极丽极秀者,神之于心,处身于境,视境于心,莹然掌中,然后用思,了然境象,故得形似。二曰情境。娱乐怨愁,皆张于意而处于身,然后驰思,深得其

---

① 张文勋《从佛学的"六根""六境"说看艺术"境界"的审美心理因素》一文对此有详细论述,可参读(见张著《儒道佛美学思想探索》一书,北京:中国社会科学出版社,1988年)。另佛学家僧肇将把握涅槃之道称为"穷微言之美,极象外之谈",把研究般若之论称为"斯则穷神尽智,极象外之谈"(《肇论》),开唐人以"象外"解释境界的先河。

情。三曰意境。亦张之于意而思之于心,则得其真矣。

其中,"物境"是指自然山水的境界,"情境"是指人生的境界。王昌龄所说的"意境"、"情境"、"物境",仍都属审美客体,与我们现在讲的意境还有差别。但王昌龄还说:"圆通无有象,圣境不能侵。"(《同王维集青龙寺五韵》)则可知他已发现"境"与"象"并非一物。

皎然在《诗式》中也反复谈到"境"或"境象"。《诗议》中曾论及:

夫境象非一,虚实难明。

谓"境"与"象"并非同一概念,所指各别,其中"境""虚"而"象""实",但难以进一步说明。这两句话没有引起学者们的足够重视,它实际采用了互文句法,表达了这样几层理论含义:

(一)境与象,即境界与意象是有区别的;

(二)境虚而象实,即意象为有限,而境界则指向无限;

(三)意象与境界的奥妙都神秘难明。

皎然谈诗情缘起时说:"诗情缘境发,法性寄筌空。"(《秋日遥和卢使君游何山寺宿扬上人房论涅槃经义》)皎然还讲道:"或曰:诗不要苦思,苦思则丧于天真。此甚不然。固当绎虑于险中,采奇于象外,状飞动之趣,写真奥之思。"(《诗评》)"采奇于象外"就是对"境""虚"的进一步表述,他在论述张志和所画洞庭三山时还说:"盼睐方知造境难,象忘神遇非笔端。"(《奉应颜尚书真卿观玄真子置酒张乐舞破阵画洞庭三山歌》)用"象外"、"象忘"来对境进行更具体的表述,筚路蓝缕,开启山林,功不可没。

与皎然同时而略后的刘禹锡进一步明确指出:

诗者,其文章之蕴耶?义得而言丧,故微而难能;境生于象外,故精而寡和。(《董氏武陵集记》)

韩愈《荐士》也说："冥观洞古今,象外逐幽好。"他们所说的"象外",即老子所说的"大象无形","大音希声",庄子所说的"象罔",（郭嵩焘注曰："象罔者,若有形若无形,故眸而得之。即形求之不得,去形求之亦不得也。"宗白华解释说："'象'是境相,'罔'是虚幻,艺术家创造虚幻的境相以象征宇宙人生的真际。"①）谢赫所说的"若拘以体物,则未见精粹;若取自象外,方厌膏腴,可谓微妙也"（《古画品录》）。象外,是对具体形象（包括意象、兴象）的突破,是对有限的超越,是浩浩乎凭虚御风,飘飘兮遗世独立,心灵升腾起来,消融在一片澄明中,与天地精神相往来,体合宇宙自然的合规律与合目的性。只有在此瞬间,才能观物之"真"与"精神",才可谓微妙。

与此同时,戴叔伦则用形象的比喻说明意境的特点:

　　诗家之景,如蓝田日暖,良玉生烟,可望而不可置于眉睫之前。（见司空图《与极浦书》）

前引郭嵩焘解释"象罔"为"即形求之不得,去形求之亦不得",与戴叔伦解释诗家之景为"可望而不可置于眉睫之前"何其相似！几乎在中唐同一时代,皎然（720—800）、戴叔伦（732—789）、刘禹锡（772—842）先后从不同角度触及意境的特征和美学本质,这不能不令人深思②。艺术意境实质上就是源于形象而又超于形象的这样一种恍兮惚兮的象外之象、景外之景。

晚唐司空图对唐诗的创作实践和意境理论进行了全面的总结。《二十四诗品》的美学价值其实并不表现在对诗歌意境不同类型的区别和诗意性描述③,而主要表现在对诗歌意境共同本质的形象把握和诗意性概括:

---

① 宗白华《美学与意境》,北京:人民出版社,1987年,第219页。
② 韩林德《境生象外——华夏审美与艺术特征考察》（北京:三联书店,1995年）一书所论与笔者看法近似。孟二冬《意境与禅玄——中唐诗歌意境论之诞生》亦持此观点,载《北京大学学报》1996年第4期,可参读。
③ 或以为《二十四诗品》非司空图所著,而是明代人伪作,参见陈尚君、汪涌豪《司空图〈二十四诗品〉辨伪》一文,收入陈著《唐代文学丛考》,北京:中国社会科学出版社,1998年。拙著初版成书既早,又非专门考索之作,故本书仍沿袭旧说,不介入对《二十四诗品》著作者的争论。

返虚入浑,积健为雄。具备万物,横绝太空。荒荒油云,寥寥长风。超以象外,得其环中。(《雄浑》)

遇之匪深,即之愈希。脱有形似,握手已违。(《冲淡》)

空潭泻春,古镜照神。体素储洁,乘月返真。(《洗炼》)

幽人空山,过雨采苹。薄言情语,悠悠天钧。(《自然》)

悠悠空尘,忽忽海沤。浅深聚散,万取一收。(《含蓄》)

神出古异,淡不可收。如月之曙,如气之秋。(《清奇》)

超超神明,返返冥无。来往千载,是之谓乎?(《流动》)

司空表圣所描述的具体意境虽然各自有别,呈现出不同的画面,但它们似乎又都毫不例外地具有一个共同的特点,即从具体步入抽象,从有限趋向无限,从人生跃入宇宙,从现实返归历史,从实有遥接虚空。杜甫所说"意惬关飞动,篇终接混茫"(《寄彭州高三十五使君适虢州岑二十七长史参三十韵》)、"精微穿溟涬,飞动摧霹雳"(《夜听许十一诵诗爱而有作》),都是以诗的语言来形容诗境的。其中的"混茫"、"溟涬"都是指艺术虚空,"接"与"穿"则是指从具体中升华而出,在元气自然中盘旋飞跃,行神如空,行气如虹。也就是司空图所说的"返虚入浑",使作品具有能从实景中辐射出各种波线,形成一个空灵自然的创构。王夫之说:"视而不可见之色,听而不可闻之声,见而不可得之象,霏微蜿蜒,漠而灵,虚而实,天之命也,人之神也。命以心通,故《诗》者象其心而已矣。"(《张子正蒙注》卷一)将虚灵的象外溯到诗的源头。朱承爵《存馀堂诗话》中说:"作诗之妙,全在意境融彻,出音声之外,乃得真味。"也是这个意思。方士庶《天慵庵随笔》中说:"山川草木,造化自然,此实境也。因心造境,以手运心,此虚境也。虚而为实,是在笔墨有无间——古人笔墨具此山苍树秀,水活石润,于天地之外,别构一种灵奇。"虽是谈画,亦妙合诗心诗境。

要使意境产生,就必须能从具体的(意)象,创构出一种灵奇,跨入虚缈的境界,而这一转化过程必须通过以下途径来实现:

第一,在空白中超越。意境既然是实象与虚空的统一体,所以,诗人为了实现从实到虚、从有到无的过渡,故意在作品中设置或留下一些空白,以便实现这种升华。从接受的角度来看,"文学的本文也是这样,我们只能想见本文中没有的东西;本文写出的部分给我们知识,但只有没有写出的部分才给我们想见事物的机会;的确,没有未定成分,没有本文的空白,我们就不可能发挥想像"①。

如崔颢的《长干曲》其一:

> 君家何处住,妾住在横塘。停船暂借问,或恐是同乡。

全诗写一水乡女子在江上同过往行人攀谈的细节,寥寥四句,急口遥问,状出女子天真无邪而又情韵无限的心理,恍如画景。但仔细咀嚼,又觉得蕴涵无穷。妙处就在设一小女子急口追问,而全无答词。适当的剪辑省略形成的空白,反而产生了比充实拥挤的画面更神妙的表现效果。王夫之评此诗说:"论画者曰'咫尺有万里之势',一'势'字宜着眼。若不论势,则缩万里于咫尺,直是《广舆记》前一天下图耳。五言绝句以此为落想时第一义,唯盛唐人能得其妙,如'君家何处住'云云,墨气所射,四表无穷,无字处皆其意也。"(《姜斋诗话》卷二)所谓的"势",就是作品有限的形象向外辐射出的审美光束,亦即作品意境产生的张力。诗就是靠这一"势"字,从无字的空白中荡漾出无限生机。此外,王维的《终南山》、贾岛的《寻隐者不遇》也都是通过空白创造一种幽深遥远的境界。王维诗中说:"徒然万象多,澹尔太虚缅。"(《戏赠张五弟諲三首》其一)韦应物诗中曾写道:"万物自生听,太空恒寂寥。"(《咏声》)物之自生听,表现万象的活泼无碍,自由映出,空间被节奏化了,趋向于音乐的境界,飞升于永恒的时间,仿佛太虚片云,雪山鸿爪,启示着生命的秘意。宋代苏东坡《送参寥诗》中说:"静故了群动,空故纳万境。"《涵虚亭》中说:"惟有此亭无一物,坐观万景得天全。"同样表现出

---

① 〔德〕沃尔夫岗·伊瑟尔《阅读过程的现象学研究》,转引自张隆溪《二十世纪西方文论述评》,北京:三联书店,1986年,第198页。

以空白涵括万有吞吐宇宙的趋向。

第二,在简化中超越。诗的最大特点是以有限的、简洁而凝练的语言,表现无穷的蕴涵。以少总多,由小见大,如管窥锥指。用唐人司空图的话说,就是"浅深聚散,万取一收"(《诗品·含蓄》)。而古汉语的语言特点,又为语言的简洁从语法、词汇方面提供了方便法门。语法的消融和淡化,使语言关系变得简单原始,但却使蕴涵变得复杂深奥;词汇的弹性与张力,使一些极平易烂熟的字眼,在特定的聚合结构中放射出强烈的诗意光辉。如李白的《静夜思》:

床前明月光,疑是地上霜。举头望明月,低头思故乡。

语极简易,平直如白话。游子见到床前盈盈月光,产生了一种审美错觉,仿佛那欲流似泻的空明月光,是银霜白露。望明月在此异乡,思故乡在彼天涯。俯仰之间,由景到情,由实到虚,由现实到想象,忽离忽合,忽远忽近,把人人心头的一种情绪用简短平易的二十字表现出来,刹那传神,妙绝古今。

第三,在模糊中超越。诗人在创作时往往采用模糊思维的方式,以便对所表现事物类属边界和性态的不确定性作深层的把握,于是客体在人类意识的映照下,投射出粼粼波光,呈现出朦胧浑沌的境界,实现了从有限到无限的超越。

李白《长相思》一诗通过"微霜凄凄"、"孤灯不明"、"花隔云端"、"卷帷望月"、"梦魂"等缥缈模糊的意象,在"青冥之高天"与"渌水之波澜"的广阔时空维度中,展开相思追求,作者所苦恋与企慕的究竟是生活中的真实女性,还是理想中的君王,抑或是一种更高的精神境界——对人的心灵归属的一种渴求?诗的意境与诗人的企恋一样的悠远朦胧,可望而不可即,欲求而难遂。王夫之评道:"题中偏不欲显,象外偏令有余,一以为风度,一以为淋漓。呜呼,观止矣!"(《唐诗评选》卷一)"不显"便是隐约模糊,主要是指"象外"——意境而言。白居易的《花非花》:"花非花,雾非雾,夜半来,天明去。来如春梦几多时,去似朝云无觅处。"亦在朦胧隐约中释放出无穷的审美能量，形成一个若有若无、似虚似实的张力场，使人们欣赏时自由出入，并夹带上个人的每一次体验感受来对意境进行再度创造。

第四，在欣赏中超越。对诗的欣赏，因审美趣味的不同而差异极大，"慷慨者逆声而击节，蕴藉者见密而高蹈，浮慧者观绮而跃心，爱奇者闻诡而惊听"（《文心雕龙·知音》），所谓"作者之用心未必然，而读者之用心何必不然"（谭献《复堂词话》），正道出了创作与欣赏的差异性。欣赏者在阅读活动中，会别构出一块天地，这境界既受本文境界的启发，但又不同于原作中的境界，染上了欣赏者自己的主观色彩，有一千个欣赏者，就会有一千种境界。正如亚历山大·蒲伯《论批评》中所说："见解人人不同，恰如钟表，各人都相信自己的不差分毫。"况周颐曾提出了读词之法："取前人名句意境绝佳者，将此意境缔构于吾想望中。然后澄思渺虑，以吾身入乎其中而涵泳玩索之。吾性灵与之相浃而俱化，乃真实为吾有而外物不能夺。"（《蕙风词话》卷一）读词如此，读诗又何尝不然。原作在欣赏者的涵濡把玩中被打上了自己的烙印，原作的境界被欣赏者在假想中开拓占领，结庐构宅，栽花艺谷，由短暂的逗留变成乐而忘返，迁徙移居，终老于斯。更有甚者，在原有的境界上插上地标，公开挂上自己的招牌，反客为主，以法人自居。避难的海盗反倒粗暴地奴役了岛上的土著，并建立起自己的王国，这在现实中是不合理的，但在艺术欣赏中却属常见的现象，是艺术规律所默许的。如孟浩然的《宿建德江》：

移舟泊烟渚，日暮客愁新。野旷天低树，江清月近人。

这首绝句纯是一幅画面。"移舟"两句，随着缓慢疲惫的桨声，我们仿佛被摇入一个微茫惨淡、凉气氤氲的渚头，小舟系缆泊定，结束了一整天的漂流，然而诗人的一颗愁心却似乎要化入那一片空旷寂寥的暮色中，飘荡不定，无处着落。三、四两句写视觉错觉，说野旷则极目远天，似低于树；江清则月影映江，仿佛傍船近人。月影与游人互相激射，彼此交流。简短的四句，一方面塑造了一个立体形象，凝固为一个空间景观，自成天地；另一方面却又涵濡着心灵，吞吐着宇宙，与天地精神相往来。叶维廉先生评析此诗说：

> 孟诗和大部分唐诗中的意象，在一种互文并存的空间关系之下，形成一种气氛，一种环境，一种只唤起某种感受但并不加以说明的境界，任读者移入、出现，作一瞬间的停驻，然后溶入境中，并参与完成这强烈感受的一瞬之美感经验。①

作品真正意义的产生、艺术境界的最后完成都要在读者的参与欣赏中才能出现。

二、现量情景

唐诗追求的意境是"象外之象"、"景外之景"，也就是说在实景之上要有一个虚空，但并非说不要情景，堕入顽空死寂。恰恰相反，在构成意境的"象"与"景"上，唐诗又追求情景俱足，恍如画境，状难写之物如在目前，追求直觉和瞬间感悟，跳过语言与逻辑的栅栏，直摄物之本真状态。

王夫之评论唐诗艺术境界时，曾讲过这样一段耐人寻味的话：

> "僧推月下门"，只是妄想揣摩，如说他人梦，纵令形容酷似，何尝毫发关心？知然者，以其沉吟"推""敲"二字，就他作想也。若即景会心，则或推或敲，必居其一，因景因情，自然灵妙，何劳拟议哉？"长河落日圆"，初无定景；"隔水问樵夫"，初非想得，则禅家所谓"现量"也。（《姜斋诗话》卷二）

类似的话在同卷中还有："'欲投人处宿，隔水问樵夫'，则山之辽廓荒

---

① 见前揭《叶维廉比较文学论文选》，第57页。

远可知,与上六句初无异致,且得宾主分明,非独头意识悬相描摩也。'亲朋无一字,老病有孤舟',自然是登岳阳楼诗。尝试设身作杜陵凭轩远望观,则心目中二语居然出现,此亦情中景也。""身之所历,目之所见,是铁门限。即极写大景,如'阴晴众壑殊'、'乾坤日夜浮',亦必不逾此限。"在《题芦雁绝句序》中又说:"辋川诗中有画,画中有诗,此二者同一风味,故得水乳调和,俱是造化未化之前,因此量而出之,一觅巴鼻,鹞子即过新罗国去矣。"

这几段话包含着一个共同的意思,都是说唐诗意境虽属"象外之象"、"景外之景",是一种虚象,但作者创作时,却要尽量具体真切,无论是写景状物,还是抒情写心,都必须从直接审美观照出发,语语如在目前,不隔不粘,绝去思维,让景物在感兴中自相映发,活泼无碍。这是创作的"铁门限",是禅宗的"现量",违背此铁律,就沦为"独头意识"的"妄想揣摩",就是"觅巴鼻"。

那么,究竟什么是"现量"呢?

"现量"本是古代印度因明学中的概念,佛教用以说明"心"与"境"的关系。量指知识,也指形成知识的过程、获得知识的认识活动形式。量主要分为"现量"和"比量"两类。比量是以事物的共相为对象,必须由记忆、联想、比较、推度等思维活动参加,由已知经验推到未知的事物所获得的间接知识。它是一种名理的并伴随着概念活动的思维方式。而现量则"指的是纯感觉知识。确切地说,现量是人的智力离开纷纭,并且不错乱,循着事物自相所得的知识"①。严格地讲,现量所指并非一般性的感觉认识,而是在范围上更小,在性质上更纯粹,"此中现量,谓无分别。若有正智(指非错乱智)于色等义,离名(义)种(类)等所有分别,现现别转,故名现量"(《入论》)。王夫之对"现"、"比"、"非"三量的含义分别作了解释:

"现量","现"者有"现在"义,有"现成"义,有"显现真实"义。

---

① 石村《因明述要》,北京:中华书局,1981年,第121页。

"现在",不缘过去作影;"现成",一触即觉,不假思量比较;"显现真实",乃彼之体性本自如此,显现无疑,不参虚妄……"比量","比"者以种种事比度种种理:以相似比同,如以牛比兔,同是兽类;或以不相似比异,如以牛有角比兔无角,遂得确信。此量于理无谬,而本等实相原不待比,此纯以意计分别而生。"非量",情有理无之妄想,执为我所,坚自印持,遂觉有此一量,若可凭可证。(《相宗络索·三量》)①

由此可知,"现量"可以从三个层面来理解。第一层是现在义,也就是说现量是由当前的直接感知而获得的印象;第二层是现成义,即瞬间的直觉、刹那间的感悟所呈现的画面;第三层是显现真实义,即这种认识可对事物的"本等实相"进行呈现,超越名理逻辑,直摄语言指义前活泼灵动的自然图景②。王夫之借用佛教哲学中这一概念来揭示唐诗意境的另一重要美学规定,强调艺术认识过程中的特写性、写生性,以及创作活动中的直觉心理特征,即所谓的"现成一触即觉,不假思量计较",不必以意计分别而生③。

如果说,"超以象外"的规定说明唐诗意境是侧重从空间上超越具体语言,那么,"现量情景"的规定则又说明唐诗意境还从时间上穿透语言的外壳,直插底层,取出语言指义前那些新鲜、活泼、原始的岩样。如王维的《辛夷坞》:

木末芙蓉花,山中发红萼。涧户寂无人,纷纷开且落。

---

① 《船山全书》第13册,长沙:岳麓书社,1996年,第536—537页。
② 萧驰《抒情传统与中国思想——王夫之诗学发微》(上海:上海古籍出版社,2003年)一书对"现量"三层义涵有较细致诠释,可参读。
③ 张节末《比兴、物感与刹那直观:先秦至唐诗思方式的演变》一文指出:从先秦至唐,诗思方式经历了从类比联想渐次向刹那直观演变的过程,比兴为古代诗歌创作的两种基本方法,它们是类比联想思维的产物。魏晋以后,在"声色大开"的背景下,"物感"的经验引导了感知优于抒情的诗学倾向。定的时间意识为以静观动的刹那直观提供了基础。王维的山水诗以空观色,山水在刹那直观之下,成为纯粹现象,意境于是产生。载《社会科学战线》2002年第4期,与笔者的思考有类似处,且更富有历史纵深感,可参读。

展现在幽寂无人时,山中景物的本等实相自由映发,天机毕露,花开花落,不受人事和人的心智活动的干扰,自然灵妙,被诗人瞬间直觉捕捉住,摄取下来。王鏊《震泽长语》评道:"摩诘以淳古淡泊之音,写山林闲适之趣,如辋川诸诗,真一片水墨不着色画。"《皇甫岳云溪杂题五首》其二《鸟鸣涧》:"人闲桂花落,夜静春山空。月出惊山鸟,时鸣春涧中。"与前篇同一机杼,亦写山中活泼无碍的纷纷万相,超越思维,名言两忘,直摄语言指义前的多层空间关系并发映出的状态,与摹想推断的独头意识不同①。

要造成诗歌的特写印象,养成现量思维的方式,就必须多观察生活,在现实与自然之中培养诗思、诱发诗兴。古人说"诗思在灞桥风雪驴背上",也就是这个意思。唐人注重漫游天下,李白的"仗剑去国,辞亲远游",杜甫的"放荡齐赵间,裘马颇清狂",孟浩然的"山水寻吴越"、"扁舟泛湖海",都是明证。高适、岑参、王昌龄以亲身所历把诗歌引向遥远的边塞绝漠,金戈铁马、胡语驼铃,全是一派异域风光;王维、孟浩然、储光羲、韦应物、柳宗元则在山林江海上感兴而发,行吟歌唱,把诗引向山水田园;杜甫、元结、白居易则把诗引向广阔社会,哀鸿遍野,民怨沸腾……刘勰曾指出:"若乃山林皋壤,实文思之奥府。"并认为屈原"所以能洞鉴风骚之情者,抑亦江山之助乎"(《文心雕龙·物色》)!白居易总结孟浩然诗风形成的原因时说:"楚

---

① 弗洛姆为了说明重占有和重生存两种生存方式的区别,曾举铃木大拙讲课时所引用过的两首诗。一首是日本诗人松尾芭蕉所写的俳句体诗,另一首是英国诗人A·坦尼森写的。两首诗描述的是同一种体验,即他们散步时对一朵花所做出的反应。坦尼森写道:"在墙上的裂缝中有一朵花,我把它连根一起拿下。手中的这朵小花,假如我能懂得你是什么,根须和一切,一切中的一切,那我也就知道了什么是上帝和人。"芭蕉的俳句则说:"凝神细细望/篱笆墙下一簇花/悄然正开放!"弗洛姆比较分析说:"不同之处是显而易见的。坦尼森对花的态度是想要占有它。他把这朵花连根拔起。他对花的兴趣所导致的后果是他扼杀了这朵花。虽然他的理性还在侈谈什么这朵花可能会帮助他理解上帝和人的本质。在这首诗中,诗人就像是西方的科学家一样,为了寻找真理而不惜分解生命。芭蕉对花所做出的反应则完全不同。他不想去摘取它,甚至连动它一下都没有……坦尼森为了理解人和自然界一定要占有这朵花,他占有了它也毁灭了它。而芭蕉却只想观看这朵花,而且不仅仅是看,他想与其成为一体,让它去生长。"(见弗洛姆《占有还是生存》(中文版)北京:三联书店,1988年,第20—22页)铃木大拙引两诗是为了谈禅,弗洛姆则为说理,但芭蕉所用之俳句体及所表现之审美境界均受唐诗文化的影响。只不过王维诗中所表现的既不同于坦尼森的以人蹂躏践踏、扼杀毁灭物,也不同于芭蕉的以人观物,而是以物观物,物各自然,表现了一种泛我无我的存在体验,一种更纯粹的审美境界。

山碧岩岩,汉水碧汤汤。秀气结成象,孟氏之文章。"(《游襄阳怀孟浩然》)都说明自然山水的毓秀灵气、社会环境的风云变幻是形成真景实情的一个重要前提。与自然的神秘互相接触映射,才能造成诗人的直觉灵感,将这些敏锐活泼、不可遏止的、躁动着的创作欲望倾诉出来,就是一些具有特写和瞬间印象的现量情景。

当莱辛说诗与画是"绝不争风吃醋的姊妹"这句话时[1],是着眼于诗与画的区别,但在中国艺术家族中,这一对姊妹却关系复杂,均表现出"出位之思"(诗或画各自跳出本位而欲成为另一种艺术的企图)[2],打一个比方,这一对姊妹都有些这山看见那山高,有姊妹易嫁、交换夫君的意图。诗追求画的特写性、具象性、空间并发性,而画羡慕诗的抒情性、暗示性、时间流动性。这种双向逆反运动在唐诗与宋元画中大量存在,诗境具有"现量"特征,说明唐诗首先不守闺礼,有越轨之举。当然,一些大艺术家往往是有所偏重,但无所偏废。在王维的手中,则将这一对姊妹兼容并蓄,并恰到好处地调停和平息了她们旷日持久的美学争端。

三、妙 造 自 然

唐代诗人和诗论家追求具有"象外之象"的悠远之境,但在对作品的具体"景"与"象"上,又要求特写直观,绝去名理,恍如画境,妙在不隔。这种认识表面上看是矛盾对立的,是一种悖论,但实际上却可相反相成,互相统一。这是因为"空本难图,实景清而空景现;神无可绘,真境逼而神境生。位置相戾,有画处多属赘疣;虚实相生,无画处皆成妙境"[3]。同时,诗歌意境的创造又必须是自然的,反对雕琢字句。对自然真朴的追求,是那个时代的审美趣味。

---

[1] 〔德〕莱辛《拉奥孔》第8章,此采用钱锺书翻译(见《七缀集》第6页),朱光潜中译本略有不同,见朱译本第56页。
[2] 叶维廉《中国诗学》,北京:三联书店,1992年,第146页。
[3] 此段论述见王夫之《古诗评选》卷四,又见笪重光《画筌》,引文据《画筌》。

在中国美学史上，老庄都推崇朴素自然之美，认为自然无为是最高境界的美。《庄子·天道》中说："朴素而天下莫能与之争美。"《庄子·刻意》中更明确地指出："澹然无极而众美从之。""故圣人法天贵真"（《庄子·渔父》）。并进一步从巧与拙、琢与朴、人工与天然的关系中把握这种自然之美："大巧若拙"，"大朴不雕"，"既雕既琢，复归于朴"。这种玄思哲理式的论述，对后世的人格和诗境产生了深远的影响。"（阮）籍嫂尝归宁，籍相见与别。或讥之，籍曰：'礼岂为我设邪！'邻家少妇有美色，当垆沽酒。籍尝诣饮，醉便卧其侧。籍既不自嫌，其夫察之，亦不疑也。兵家女有才色，未嫁而死。籍不识其父兄，径往哭之，尽哀而还。其外坦荡而内淳至，皆此类也"（《晋书·阮籍传》）。《世说新语·任诞》："王子猷居山阴，夜大雪，眠觉，开室，命酌酒，四望皎然。因起彷徨，咏左思《招隐诗》。忽忆戴安道。时戴在剡，即便夜乘小船就之。经宿方至，造门不前而返。人问其故，王曰：'吾本乘兴而行，兴尽而返，何必见戴？'"这种任情率性、放浪形骸而又不失赤子之心的人格风度本身就是一首纯诗，就是一个极悠远的诗境。陶渊明《孟府君传》中说："又问听妓，丝不如竹，竹不如肉。答曰：渐近自然。"则进一步把玄对自然、任情自然的精神溶入诗歌创作中去。所以元好问评他："一语天然万古新，豪华落尽见真淳。"（《论诗三十首》其四）钟嵘《诗品》主张"直寻"，强调"自然英旨"，提倡"真美"，都是对一种新的审美理想的呼唤。

唐代诗人在反击六朝尚形似、贵人工、浮艳绮靡诗风的同时，提倡自然天真。逮及盛唐，已成为一种美学思潮，李白曾明确表示反对"雕虫丧天真"（《古风五十九首》其三十五），提倡"清水出芙蓉，天然去雕饰"（《经乱离后天恩流夜郎忆旧游书怀赠江夏韦太守良宰》）。王维在其十五岁时所作的《题友人云母障子》诗中说："君家云母障，持向野庭开。自有山泉入，非因彩画来。"认为云母屏风上呈现出来的山水景致，妙在自然，高于画家笔下的彩画。岑参称赞友人的诗："爱君词句皆清新，澄湖万顷深见底，清冰一片光照人。"（《送张献心充副使归河西杂句》）李颀说过"天骨自然多叹美"（《送刘四赴夏县》）的话，裴迪则提出"自然成高致"（《青龙寺昙壁上人院集》),杜甫也说"直取性情真"(《赠王二十四侍御契四十韵》)。殷璠在《河岳英灵集》中总结"声律风骨"兼备的盛唐诗形成的原因,"实由主上恶华好朴,去伪存真",说明当时朝野上下的艺术趣味之所在。他评阎防"语多真素",评高适"多胸臆语"。芮挺章《国秀集》选诗标准是"取太冲之词"。遍照金刚《文镜秘府论》南卷论文意亦说:"诗有天然物色,以五彩比之而不及。由是言之,假物不如真象,假色不如天然。"中唐以降,这种思潮仍然存在,皎然反复强调"真于性情,尚于作用,不顾词采,而风流自然"(《诗式·文章宗旨》),"但见性情,不睹文字,盖诗道之极也"(《诗式·重意诗例》)。权德舆评皎然弟子灵澈的诗说:"心冥空无而迹寄文字,故语甚夷易,如不出常境,而诸生思虑,终不可至。"(《送灵澈上人庐山回归沃洲序》)

在创作中亦复如此,如孟浩然的《过故人庄》:

故人具鸡黍,邀我至田家。绿树村边合,青山郭外斜。
开轩面场圃,把酒话桑麻。待到重阳日,还来就菊花。

全诗写访友经过。场圃桑麻,田家之景;杀鸡为黍,田家之味;把酒闲话,田家之情。通篇充满了田园风味、泥土气息。尾联用招呼法写未来事,造成一种期待感。然着一"就"字,则系不邀而至,显得真率洒脱。不说访人,却单提赏花,愈加妙趣横生了。方回《瀛奎律髓》评曰:"此诗句句自然,无刻画之迹。"黄生《唐诗摘抄》亦说:"全首俱以信口道出,笔尖儿不着墨,浅之至而深,淡之至而浓,老之至而媚。火候至此,并烹炼之迹俱化矣。""信口道出",谓其本色;"烹炼之迹俱化",则谓其既雕既琢,复归于朴,绚烂之极归于平淡。

另如李白的《峨眉山月歌》:

峨眉山月半轮秋,影入平羌江水流。夜发清溪向三峡,思君不见下渝州。

此诗是作者出蜀远游前所作。全篇将记行、写景与抒情交融一体,如月在水,如珠走盘,天巧浑成,毫不费力。虽然四句中连续用了五个地名,却不露痕迹,不觉重复。王世贞说:"此是太白佳境,二十八字中有'峨眉山'、'平羌江'、'三峡'、'渝州',使后人为之,不胜痕迹矣,益见此老炉锤之妙。"(《艺苑卮言》卷四)谓李诗的自然浑成,实是提炼的结果。由炉锤锻炼而返回自然朴素,随分自佳,如浩气喷薄,天马行空,神韵清绝。另外如《金陵酒肆留别》:"风吹柳花满店香,吴姬压酒劝客尝。金陵子弟来相送,欲行不行各尽觞。请君试问东流水,别意与之谁短长?"仿佛口语,明快自然,而又轻盈活泼,"犹行惠风,荏苒在衣"。沈德潜说:"语不必浑,写情已足。"除此之外,另如贺知章的《咏柳》、孟浩然的《春晓》、王之涣的《凉州词》、王维的《相思》、王昌龄的《采莲曲》、崔颢的《黄鹤楼》都表现出自然真朴的特点。

综上我们还可以看出,唐代诗人对意境的追求与创造,是与对自然的体认息息相关的。要创造出意境浑茫的作品,就必须假江山之助,以自然景物作为材料,通过直觉触发引出意象,于是诗中往往风物天然,同时在风格上又避免雕琢人为,力求真朴自然,抒真性情,写真景物,任其丑朴,而自有风流。在人生的价值指向上,又把自然作为追求理想人格、高扬个体精神的归宿与极境。于是,从社会功利转到自然风景,从有限跃入无限,从诗境的创造导向对人生境界的追求。所以,由风物天然(把自然作为观赏对象和描写题材)到风格自然(把自然作为艺术技巧饱和成熟、创作个性鲜明稳定的结晶),再到返归自然(将自然作为追求理想人格、张扬个性精神的极境),正可涵盖唐人对意境追求的不同历程。

王士源《孟浩然集序》中说孟浩然"行不为饰,动以求真","游不为利,期以放性"。放性即是自然,放性同时也是自由,是"物物而不物于物",把人生意义的追求,通过外在行为指向内在的完善和超越。孟浩然诗中写道:"澄明爱水物,临泛何容与。"(《耶溪泛舟》)"欲知清与洁,明月在澄湾。"(《赠萧少府》)这是实景,又是诗人创造的空境,同时也是诗人"心凝形释,与万化冥合"后的神境,是自然的人化,也是人的自然化。

第二章　乾坤万里眼,时序百年心

——唐诗的时空意识

　　时间与空间是运动着的物质存在的基本方式。时间是指物质自身状态的交替序列,具有不间断性、瞬逝性和不可逆性;空间是指物质形态的并存序列,包括形状、大小、方位、深度。时间与空间是物质形态之间普遍联系的一个方面或一个环节,又是运动着的物质存在的一种确证。时空作为一个坐标,规定了物质运动的特征与秩序。自然界作为时空的统一体,正是"万物秩序的原因"。所以,早在两千多年前,亚里士多德就在他的《物理学》一书中强调:"如果不了解运动,也就必然无法了解自然。"但是,"如果没有空间、虚空和时间,运动也不能存在"①。犹如运动着的物质与时间是不可分离一样,时间与空间也是不可分离的。

　　值得我们深思的是,西方文化所探求研究的时空统一体命题,在中国文化中则是显而易见的常识。时空,在中国古代是用"宇宙"一词来表述的,何谓宇宙?《庄子·庚桑楚》中解释:"有实而无乎处者,宇也;有长而无本剽(通'标')者,宙也。"《淮南子·齐俗》:"往古来今谓之宙,四方上下谓之宇。"换言之,宇即指东、西、南、北、上、下、左、右方面延伸的空间;宙则指过

---

① 亚里士多德《物理学》(中文版),北京:商务印书馆,1982年,第26页。

去、现在、未来的时间。时空统一体的所有内涵,从"宇宙"这个古汉语并列式合成词的构成方式中就体现了出来。中国古代的诗画艺术,特别是唐诗中的时空观念,既导源于这种全整律动的宇宙意识,同时,又是对这种哲理玄思的富有生命情调的永恒呈示。

一、逝者如斯夫

亚里士多德曾以辩证的理性对时间作了形而上的阐述:"至于时间,虽然它是可分的,但它的一些部分已不存在,另一些部分尚未存在,就是没有一个部分正存在着。"① 而早于他一百六十多年,在地球的另一端,孔子则以直觉感性对时间做了一番富有伤感意味的喟叹:"逝者如斯夫,不舍昼夜!"(《论语·子罕篇》)

这条永恒的河,湍流不息,人不可能两次踏入同一水面,它孕育着一切,推动着一切,同时又否定着一切,时间的这种吞噬性与破坏性,对钟情自然、企求天人合一的中国人,永远是强烈的震撼和沉重的打击。

神话传说中的"夸父逐日"与"鲁阳挥戈驻日"等,就表现了人类想战胜时间的强烈愿望,以便使日月永驻,时间停顿。唐人还曾设想用长绳系日,用箭射日,用胶粘月:

> 恨不得挂长绳于青天,系此西飞之白日。(李白《惜余春赋》)
> 黄河走东溟,白日落西海。逝川与流光,飘忽不相待。(李白《古风五十九首》其十一)
> 长绳难系日,自古共悲辛。(李白《拟古十二首》其三)
> 鲁阳何德,驻景挥戈?(李白《日出入行》)
> 既无长绳系日月,又无大药驻朱颜。(白居易《浩歌行》)
> 吾将斩龙足,嚼龙肉,使之朝不得回,夜不得伏。自然老者不死,少者不哭。(李贺《苦昼短》)

---

① 亚里士多德《物理学》(中文版),北京:商务印书馆,1982年,第121页。

羿弯弓属矢,那不中足?令久不得奔,讵教晨光夕昏?(李贺《日出行》)

从来系日乏长绳,水去云回恨不胜。(李商隐《谒山》)

羲和自趁虞泉宿,不放斜阳更向东。(李商隐《乐游原》)

乌飞飞,兔蹶蹶,朝来暮去驱时节。女娲只解补青天,不解煎胶粘日月。(司空图《杂言》)

然而时间并没有因为人类钟爱她而放慢脚步,驻足人间,也没有因为有人厌恶她而加快速度,她永远是那样默默地流逝,在我们意识到她的存在时,她早已消失了。黑格尔说:"时间是那种存在的时候不存在、不存在的时候存在的存在,是被直观的变易。"① 也是这个意思。面对着无情的时间,人们才觉得在广大而神秘的宇宙自然中,自己是那样的渺小短暂。"寄蜉蝣于天地,渺沧海之一粟。哀吾生之须臾,羡长江之无穷"(苏轼《前赤壁赋》),这也是形成古代诗歌史上吊古忆昔的作品兴旺发达的一个重要原因。

当孟浩然登上岘山时,所引发的就是这样一种情绪:

人事有代谢,往来成古今。江山留胜迹,我辈复登临。水落渔梁浅,天寒梦泽深。羊公碑尚在,读罢泪沾襟。(《与诸子登岘山》)

在永恒的河流中,个体的人只不过是匆匆之过客,方生方死,来来往往,还没有来得及仔细欣赏品味存在的含义,已纵入大化中了。但江山胜迹与羊公碑是生命存在的参照系,如没有此参照系,我们可能会怡然自得,为自己的境遇欣欣然。参照系的存在则似乎嘲笑戏弄着个体,引来人们的反思自省,认识到无法超越的命运悲剧,从陈子昂的《登幽州台歌》、崔颢的《黄鹤楼》、杜甫的《咏怀古迹五首》,到韦庄的《台城》,吊古诗的发达与感人肺腑,都与诗人对时间的悲慨凄怆的体验有关。曾经有人说,中国传统文学中没有悲剧因素,但只要稍稍留心一下唐代吊古诗,就可以看出这种认识的肤浅片面。

---

① 〔德〕黑格尔《自然哲学》(中文版),北京:商务印书馆,1980年,第47页。

作为语言艺术的诗歌，除了记录物理时间从过去到未来的单向量的延展外，更重要的是，它还可以对时间进行重新锻造，使其内化为心理时间，再将其在时序、时差、时值、时态等方面的复杂而丰富的变化形式，外化为具体形象，借以表达自己的各种感受，这样就使得作品中的时间形式和时间观念变得极为复杂。

前类情况在唐诗中也有，特别是白居易的那些讽喻诗，包括《新乐府》五十首和《秦中吟》十首，多采用严格的写实手法，在时序发展上，也遵循从前到后的线索。如《村居苦寒》一开始就点明"八年十二月，五日雪纷纷"，然后写"愁坐夜待晨"，时序井然。另如《宿紫阁山北村》、《杜陵叟》、《卖炭翁》等，大多是单向量、单线条，以时序的自然发展为情节次序。

但在唐诗中，也有相当部分作品在时间表现上采用了颠倒、错综、跳跃、凝固等手法，使时间表现丰富多彩，神奇怪异，令人惊叹。具体有如下几种主要方式。

1. 今昔对比

"四明狂客"贺知章致仕回到镜湖边的老家后，写了这样两首诗：

> 少小离家老大回，乡音无改鬓毛衰。儿童相见不相识，笑问客从何处来。（《回乡偶书》其一）
> 离别家乡岁月多，近来人事半销磨。惟有门前镜湖水，春风不改旧时波。（《回乡偶书》其二）

这两首诗都没有写时间的具体过程，只是紧紧捕捉住时序的两极（"少小"与"老大"、"旧时"与"近来"），写出其间的"变"与"不变"。"鬓毛衰"、"人事半销磨"这是自其变者而观之；"乡音无改"、"镜湖水依然"，这是自其不变者而观之。写不变，是为了对比反托出变化巨大，是为了突出时间的破坏性，为了显示人生的瞬息短暂。唯第一首中的儿童笑问，又凭空添出小变与大变的附旋律，"客从何处来"，既有贬主为客的伤感，同时又暗含着精神家园失落的迷惘。

此外,宋之问的《渡汉江》、王维的《息夫人》、杜甫的《江南逢李龟年》,虽然内容上各有所别,甚至相差极远,但都是把握住个体存在过程中时间的上下限,通过对时序的这两个端点的强调,在对比中表现昨是而今非的观念,自我面对过去,追恋过去,时序的箭头由现在指向过去。视野也局限在个体存在这一片断中。

2. 古今相形

这类现象与前一类都是在时序顺流的情况下发生的,只是前一类现象的时段被局限在个体存在的片断中,而这一类则被放大延伸到整个历史进程中,视野更恢宏,时段更幽远深长,作者对时序的两极(古与今)的感知与评价也更加复杂了。

一些作品是对过去单向度的缅怀,如前举孟浩然的《与诸子登岘山》,陈子昂的《登幽州台歌》,崔颢的《黄鹤楼》,李白的《谢公亭》、《望鹦鹉洲悲祢衡》、《经下邳圯桥怀张子房》、《秋登宣城谢朓北楼》,杜甫的《蜀相》、《咏怀古迹五首》其二,韩愈的《题楚昭王庙》,温庭筠的《过陈琳墓》,均将视野延伸到整个历史过程中,时序的箭头指向过去的一极,表现出对历史人物的企慕神往及肯定性评价,同时还夹杂着一些身世之感,主要是"怅望千秋一洒泪,萧条异代不同时"(杜甫《咏怀古迹五首》其二),对历史上的盛世与前贤昔哲的一种单相思。

其中温庭筠的《苏武庙》一首,是这一类的变格,颇有特点:

苏武魂销汉使前,古祠高树两茫然。云边雁断胡天月,陇上羊归塞草烟。回日楼台非甲帐,去时冠剑是丁年。茂陵不见封侯印,空向秋波哭逝川。

此篇写作者在苏武庙前发思古之幽情,凭吊缅怀这位民族英雄。其中三、四两联,通过"去时"、"回日"等时间词的提示,又引出苏武对茂陵(指汉武帝)的凭吊,构成一种包孕式的古今对比法,时序线条由一条变两条,一实一虚,一长一短,一远一近,双线并行,同向发展,时间的立体感更强烈,历史的内涵更丰富。末尾"空向"一句既指苏武凭吊茂陵,又指温庭筠吊苏武庙。诗评家把眼睛盯在颈联上,认为"甲帐"与"丁年"巧对,先说"回日",后述"去时",沈德潜称之为"逆挽法",认为可以"化板滞为跳脱"(《唐诗别裁集》卷一五),不过是目疾患者,见木不见林,虽细察秋毫而未能睹舆薪,下面将此诗的时间表现技巧列表(如图所示):

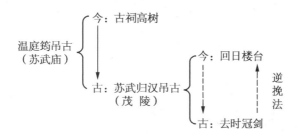

还有一些作品呈环状时序。作者的思维从现在驰向过去,再由过去折回到现在。既能站在时代的制高点上,俯视过去,对过去进行理性的批判和诗意的否定,又能触目感怀,对现实进行反讽和嘲笑。如刘禹锡的《金陵五题》(包括《石头城》、《乌衣巷》、《台城》、《生公讲堂》、《江令宅》五首绝句)和《西塞山怀古》是这方面的代表作,许浑的《途经秦始皇墓》,杜牧的《题乌江亭》、《江南春绝句》也属这一类。下面以《乌衣巷》为例再做一简略分析:

朱雀桥边野草花,乌衣巷口夕阳斜。旧时王谢堂前燕,飞入寻常百姓家。

全篇用"旧时"与"寻常"来形成历史与现实的两个时限坐标点,清人何文焕谓此诗"妙处全在'旧'字及'寻常'字"(《历代诗话考索》),可谓独具慧眼。"王谢堂前"与"寻常百姓家",历史与现实,这强烈的反差,巨大的变化,却由作者独出机杼,设计出"燕子"这一道具,翩翩飞回,贯穿古今,绾合两端。作者的思绪由今及古,而燕子又将诸种见证从过去带回到现实。两条互逆的时序构成了一个环形结构,而又前实后虚,前主后宾。如图所示:

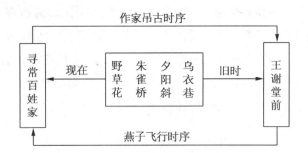

《西塞山怀古》亦属此法,但切题抒感,精通圆熟:

> 王濬楼船下益州,金陵王气黯然收。千寻铁锁沉江底,一片降幡出石头。人世几回伤往事,山形依旧枕寒流。今逢四海为家日,故垒萧萧芦荻秋。

全诗以旧事起,以今景结,上下古今,于纵横跌宕中,旋绕成环,气势雄浑,感情充实,把嘲弄的锋芒指向历史上曾雄极一时、但终于覆灭的统治者,为唐代怀古名篇。白居易比之为"骊龙之珠"(《鉴诫录》卷七),清代薛雪《一瓢诗话》评此诗曰:"似议非议,有论无论,笔著纸上,神来天际,气魄法律,无不精到,洵是此老一生杰作。"

3. 物我反照

作者有时不是站在个人命运的立场上,也不是站在历史的高度,而是站在宇宙巅峰,"观古今于须臾,抚四海于一瞬"(陆机《文赋》),对过去现在的一切全盘否定,得出世间万物的大小长短皆是相对的这样的结论。如卢照邻的《长安古意》写道:"自言歌舞长千载,自谓骄奢凌五公。节物风光不相待,桑田碧海须臾改。昔时金阶白玉堂,即今惟见青松在。"作者以冷峻的眼光,愤慨的态度,一举扫空古今,谓富贵奢华,青春美貌,无物常驻,一切皆流,后之视今,亦如今之视昔。沈德潜曾评述道:"长安大道,豪贵骄奢,狭邪艳冶,无所不有,自嬖宠而侠客,而金吾,而权臣,皆向娼家游宿,自谓可永保富贵矣。然转瞬沧桑,徒存墟墓。"(《唐诗别裁集》卷五)卢照邻等初唐四杰给宫体诗中所注入的,恐怕也正是这种苍凉的宇宙意识和人生无常的悲剧情调,使原来那种以刺激感官、挑逗情欲为能事的宫体诗,具有了悲壮的哲理内涵。刘希夷的《代悲白头翁》则全篇都弥漫着这样一种诗意的伤感:

  洛阳城东桃李花,飞来飞去落谁家?洛阳女儿惜颜色,坐见落花长叹息。今年花落颜色改,明年花开复谁在?已见松柏摧为薪,更闻桑田变成海。古人无复洛城东,今人还对落花风……

  作者以流美的笔触、明丽的诗境来表现青春少年的一种感伤的哲理启悟:时间对生命的穿透力和破坏性。从红颜子到白头翁,从松柏到柴薪,从桑田到沧海,从歌舞地到昏鸦窠,相反而相成,对立而统一,通过时序的描绘,来表现对生命的反思,深沉的哲理与浓郁的情思交融其间,近启张若虚的《春江花月夜》及李白《把酒问月》中的"古人今人若流水,共看明月皆如此",遥开《红楼梦》中的《葬花词》。

  李贺的《苦昼短》一篇则不光将历史上的人物否定了:"刘彻茂陵多滞骨,嬴政梓棺费鲍鱼。"而且对生命的短促表现出一种焦虑感:"惟见月寒日暖,来煎人寿。"对求仙致寿、对彼岸世界的永恒也提出了疑问:"神君何在?太一安有?""何为服黄金,吞白玉?谁是任公子,云中骑碧驴?"《古悠悠行》也感叹生命衰亡,时间失落:"白景归西山,碧华上迢迢。今古何处尽?千岁随风飘。海沙变成石,鱼沫吹秦桥。空光远流浪,铜柱从年消。"《浩歌》一首"南风吹山作平地,帝遣天吴移海水。王母桃花千遍红,彭祖巫咸几回死",则通过空间意象和神话传说,来表达自己对时间的宇宙性展望,诗人跳脱个人的圈子,超越历史,从天地自然运动的韵律中,来领会关于时间的相对主义哲理。

4. 时差的设置

  地球的自转和绕太阳公转所引起的自然界的变化,给人们带来了时间观念,人们还逐渐形成了一整套度量时间的计时系统。以太阳再度升起、昼夜交替的周期为日，以月亮亏盈变化的周期为月，以春夏秋冬、寒来暑往的周期为年。年、月、日、时、分、秒都以精确的数字来表示，这样就形成了统一而严密的计时系统，整个世界都遵守这一系统规则，这一规则同时也内化为人的某种生物节律。

在诗歌作品中，诗人往往幻化出两个或多个时间系统。一个遵循现实的时间，另一个遵循想象中的时间系统。现实中的时间与想象中的时间在计量单位上也并不相同，而且差距极大，往往仙界数日，世上已历千年变化。这种受神话传说和道教宇宙观所形成的时差，在唐诗中亦多有表现，特别是一些游仙梦天的作品中，尤为集中突出。如崔涂《七夕》："自是人间一周岁，何妨天上只黄昏。"张联奎《七夕》："洞里仙人方七日，千年已过几多时。"曹唐《小游仙诗九十八首》其六十八："一百年中是一春，不教日月辄移轮。"[1]

如果说李白的《梦游天姥吟留别》还仅仅是将仙境与现实相衬，并没有刻意表现两种时间的距离的话，那么李贺的《天上谣》和《梦天》则呈露出天上人间的时间差。下面以《天上谣》为例，略作分析：

> 天河夜转漂回星，银浦流云学水声。玉宫桂树花未落，仙妾采香垂佩缨。秦妃卷帘北窗晓，窗前植桐青凤小。五子吹笙鹅管长，呼龙耕烟种瑶草。粉霞红绶藕丝裙，青洲步拾兰苕春。东指羲和能走马，海尘新生石山下。

诗先写天国乐园的幽雅环境，继写天庭中的景象，分别展示了四个画面：月

---

[1] 钱锺书对此多个时间系统有精妙解释："盖人间日月与天堂日月则相形见多，而与地狱日月复相形见少，良以人间乐不如天堂而地狱苦又逾人间也。常语称欢乐曰'快活'，已直探心源，'快'，速也；速，为时短促也。人欢乐则觉时光短而逾近速，即'活'得'快'，如《北齐书·恩倖传》和士开所谓'即是一日快活敌千年'，亦如哲学家所谓'欢乐感，即是无时间感'。乐而时光见短易度，故天堂一夕、半日、一昼夜足抵人世五日、半载乃至百岁、四千年；苦而时光见长难过，故地狱一年只折人世一日。古希腊诗人云：'幸运者一生忽忽，厄运者一夜漫漫'。拉丁诗人进一解云：'人生本短，疾苦使之长耳'。十九世纪名什云：'安得欢娱时刻漫长难过浑如苦戚岁月耶？'"见《管锥编》第2册，第671页。

宫采桂,秦妃眺晓,子晋吹笙,粉霞拾翠。美丽而神奇。这里不是无限的时间的持续流逝,而是一种无时间性,一种超时间、超感知的存在。但如果仅写到此就搁笔,仍属一个时间系统,作者在末两句通过拾翠仙女的偶然观望,发现羲和御日奔驰,时间过得飞快,东海之山周遭的海水又干涸了,变成陆地,扬起了尘土。《梦天》一首与此命意相同,结构也类似,末尾也是通过天界遥望发现:"黄尘清水三山下,更变千年如走马。"在这里,天国与人间互为参照系,只有观察到玉宫里的桂花未落、北窗尚晓、青凤娇小如故、兰苕春芳,才能感受到仙界的悠闲自在,时间节奏的舒缓漫长,同人世间另一系统相对照后,千年如走马,海尘生山下,更衬出天国时间之悠久,仿佛是永恒的,凝固不动的。天界之明净和谐,天仙之怡然自乐,天时之凝定不迁,更形出"人生流光之促"(方扶南《李长吉诗集批注》卷一)。《浩歌》一诗更奇妙,出现了两个参照系,形成了两层对比:一、以仙人与凡人相比;二、以凡人中的长寿者同普通人对比。前者见于字面,后者意在言外。既然王母桃花都已红过千遍,人间最长寿的彭祖、巫咸恐怕已不知死过多少回了。树犹如此,人何以堪?寿星都是这样,何况我辈之须臾呢?

李贺以他天才的文思、瑰奇的想象,在一千多年前给我们展示了这样一幅太空遨游奇遇图。如果说当代的航天工程,是人类征服自然的远征的话,那么李贺的游仙诗,则是人类精神上企图挣脱自然秩序、从心所欲自由遨游的一段畅想曲。荒诞奇诡的形式之外,恐怕还隐含着人类的永恒情结:对无法超越时间秩序、主宰自我生命的一种生生不已的深沉忧思。

5. 时值的变形

时值是指时间的长短。从物理时间来看,一小时无论在什么地方,在哪一天,对哪一个人来说,都是恒定的六十分钟,它不会因为人们珍惜留恋它而稍稍在人间停顿片刻,也不会因为人们厌恶嫌弃它而加快运动速度,这是客观时值。不过,人们对时值的感知却带有浓厚的主观色彩,同一段时间,不同的人或同一个人处于不同的心境,对它的感知却大相径庭,《诗·王风·采葛》中所说的"一日不见,如三秋兮",就是主观感受中的时值,因情思而夸张变形后的时间,晋代张华《情诗》说:"居欢惜夜促,在戚怨宵长。"

唐代李益《同崔邠登鹳雀楼》："事去千年犹恨速,愁来一日即知长。"均属此类。

这种带有感受者特定情绪的时值,表现在唐诗中,主要会出现如下情况。

一类是作者或抒情主人公觉得感知到的时间要比实际上的快或慢。李白《将进酒》中的"君不见高堂明镜悲白发,朝如青丝暮成雪",以朝暮之间喻人生变化之迅疾。李贺《苦昼短》:"飞光飞光,劝尔一杯酒。吾不识青天厚。惟见月寒日暖,来煎人寿。"作者才气豪迈,而坎坷困顿;志向远大,而举步维艰,故感到日月穿梭,青春虚度。着一"煎"字,愈发表现出作者对时间焦灼痛苦的体验。

另一类则是作者在叙述时超越物理时间的规则,把自己感受体验较深的某一片断、某一瞬间延展开来,仔细描绘;而将自己体验较浅,或者与表现主题无大关系的时间段落,压缩剪辑,轻描淡写,一笔带过,或干脆忽略不计。同是一个作者所写的七言绝句,王昌龄的《闺怨》由"忽见"一动作,生出无穷情绪:悔恨昨夜星辰而又虚度今朝春风,功名之望遥而离索之情亟。《长信秋词五首》其三以团扇类比玉颜,又以玉颜对比寒鸦,摇曳之笔,触景生愁,寄情无限。都是将瞬间心理变化拉长放慢,反复描述。而《出塞二首》其一:"秦时明月汉时关,万里长征人未还。但使龙城飞将在,不教胡马度阴山。"则在一句之中历秦经汉,纵观百年。第三句用"但使"说明作者身在当代,而神往古代良将,虽仅四句,但在时间上作了三级跳:秦—汉—现在,缩千年于尺幅之中。

如果说,西方人的美感心态是审美认识论,是实在论与存在论,关心的是思维与存在的关系。那么,也可以说,中国人的美感心态则是一种审美人类学,是价值论与生存论,关注的是有限与无限的关系,内在生命的超越与永恒[1]。因此,有限与无限、内在与外物、瞬逝与永恒、诗情与玄理,这些困扰人类文化几千年的严肃命题,便被古代诗人自觉或不自觉地表现在诗歌

---

[1] 潘知常《众妙之门——中国美感心态的深层结构》,郑州:黄河文艺出版社,1989年,第183页。

之中。

绝对地延长个体生命的长度是荒诞虚幻的,而相对地提高对生命密度的把握利用,却是可能的。在短暂而有限的人生中,立德、立功、立言以求"三不朽";放浪形骸、秉烛夜游、纵情享乐,以填补生命的每一个空暇;皈依宗教,以虔诚的态度来获得彼岸世界的神秘体验。空间感知是对外在世界的征服,时间感知则是内在心灵的超越,但生命时限在实际上的不可能突破,使得诗人只能退而求其次,在心理上追求平衡:"古人今人若流水,共看明月皆如此。唯愿当歌对酒时,月光常照金樽里。"(李白《把酒问月》)这是一种无可奈何的旷达,也是惶惑不安的千古大梦的化解①。这样便似乎消解了芸芸众生的生命疑问,平息了因顾影汲汲而产生的痛苦焦虑,同时也给人造成一种误解,以为中国人素来乐天知命,没有悲剧意识。实际上,在生命的深层,在伟大的心灵中,各种麻醉剂的效力都是极其有限的,时时处处都有隐隐的疼痛。这种因时间感知而引起的内伤与心病,便形成了民族文化心理结构中的隐形悲剧内涵。

二、拟太虚之体

在西方文化看来,空间是一个脱离具体物质形态的容器,一个空框,一个几何结构。其中的物质全部都是有形有状,有一定位置、序列和边缘的质点和刚体。亚里士多德提出限面说,认为空间即是限面本身。这个限面是包围物体的限面,"是宇宙的一个与运动物体接触的静止的内限"②。黑格尔提出:客观上确定的空间乃是"间断性与连续性这两个环节的统一"③。撇开古希腊文化与近代日耳曼文化的差异不谈,从这些最富有思辨色彩的表述中,至少可以看出西方人空间观中的机械论与结构论倾向,空间被看作是绝对的共时的,它往往成为诱惑人们好奇心和征服欲的动力。

---

① 关于时间忧患的解脱,参见萧驰《中国诗歌美学》,北京:北京大学出版社,1986年,第250—256页。
② 亚里士多德《物理学》,第105页。
③ 黑格尔《自然哲学》,第41页。

而中国人却不然,从很早开始,就把空间不仅仅看作是有限的、有形的限面或刚体,同时看作一个无限的、没有边缘的太虚。"天了无质,仰而瞻之,高远无极,眼瞀精绝,故苍苍然也……日月众星,自然浮生虚空之中,其行其止皆须气焉"(《晋书·天文志上》)。这种空间虚灵而又充实,生气氤氲而又真体内充,其中有象,其中有物,其中有信,虚而不屈,动而愈出,远而无所至极,它是控制论的,又是发生论的;是共时的,又是历时的。

在观物方式上,西方人倾向于以自我为中心,从一点出发,对事物进行照相机镜头式的观察,在透视学上叫做"焦点透视"或"灭点透视"。美国著名艺术心理学家卡洛琳·M·布鲁墨在其《视觉原理》一书中对这种观物方式解释说:

> 从本质上说,灭点透视是一个以数学为基础的系统,用来表现在空间某个特定位置上,在一只眼的视网膜上所出现的大小衰落。这是一个照相机镜头式的观察方法,只是这个系统在照相机出现前四百年就已经确立。灭点透视的原理用铁轨作说明最为通俗。从某个特定的地点看,平行的铁道合并或消失在地平线的某点上。

> 用灭点透视绘画,画家不是在画他所了解的世界,而是陷身于表现视网膜对某时、某点的映像——在这个场合是真实的,换了一个场合就不再真实了,这种透视法把写实主义局限于仅仅复写视网膜映像。我们所了解、所看到的世界是从爆炸性的经验与感觉中组织起来的,当然其中也包含了——但不只限于——视网膜映像。就是视网膜映像本身也是不断变幻——说实在的,外来刺激真要是一成不变,视网膜也就停止作出反应了。视网膜映像只是时空中某个瞬间的冻结,只表现了人类视觉中某个极端的瞬间。

> 稀奇的是,在西方艺术中冲破视网膜表示法的过程是痛苦的、充满障碍的一页。艺术家一旦违反了这种人为的视觉方式,就会遭到辱骂,被斥为"原始"、"装饰化"、"花哨"、"实验性的"、"赶时髦",这还算是对背离正统艺术的客气称呼。至于有些措辞如"幼稚"、"胡闹"、"放肆"、"颓废"可就不那么客气了。为什么我们处在一个不断进行的系

统中,却要把艺术绳捆索绑呢?为什么只准按一条"正统"的路子来描绘真实呢?①

幸运的是中国文化没有给艺术套上这样的枷锁,中国的艺术家也不必与自然缔结这样僵死的、对双方的自由均加以绳捆索绑的哲学婚约,中国人与自然的关系是一种彼此需求的、生机活泼的情爱关系,而不是单方面的强迫与发泄。自然女神允许中国人从远近高低内外各个方位观照自己,而中国的艺术家也从来没有非分地妄想将自然据为己有,仅供自己一人抒情散郁之用。主体与客体是心灵的默契,物各自然,均有自由②。

通过以上比较可以看出,西方文化是以观察者为出发点,中国文化则以空间自身为中心;西方文化是由近及远,推己及人,中国文化则是由远及近,反求诸身;西方文化是以小观大,管窥蠡测,中国文化则是以大观小,视天下古今为棋局;西方文化是焦点透视,中国文化则是散点透视;西方文化探求因果关系,中国文化认可同步关系;西方文化注重单向推理,中国文化倾向全方位呈示;套用庄子的话说,西方文化是"藏舟于壑",而中国文化则是"藏天下于天下"也③。因此,中国文化中的空间不是几何学和复现性的科学空间,而是充满诗情画意的创造性的艺术空间,趋向着音乐境界,渗透了时间的节奏。"空间在这里不是一个透视法的三进向的空间,以作为布置景物的虚空间架,而是它自己也参加进全幅节奏,受全幅音乐支配着的波动。这正是抟虚成实,使虚的空间化为实的生命。于是我们欣赏的心灵,光被四表,格于上下"④。

---

① 《视觉原理》(中文版),北京:北京大学出版社,1987年,第89—91页。
② 这一看法在本书第六章亦有引申,可参读。
③ 《庄子·大宗师》:"夫藏舟于壑,藏山于泽,谓之固矣。然而夜半有力者负之而走,昧者不知也。藏小大有宜,犹有所遁。若夫藏天下于天下,而不得所遁。是恒物之大情也。"叶维廉对这一段话发挥道:"'藏舟于壑',井底之蛙也,以部分视作全体。'藏天下于天下',全面网取也。西画中的透视也者,视灭点也者,乃单线追寻的时间观,'藏舟于壑'也。中国画中的'多重透视',鸟瞰式所构成的多重视灭点和中国诗中的意象并发,'藏天下于天下'也。"(《叶维廉比较文学论文选》,第88页)
④ 宗白华《美学与意境》,北京:人民出版社,1987年,第258页。

这种观念表现在唐诗中,就形成了艺术不是反映或复制有限的空间形象,而是游心太玄,俯仰自得,拟太虚之体,打通有限与无限,与天地精神相往来。"阳春召我以烟景,大块假我以文章。会桃花之芳园,序天伦之乐事"(李白《春夜宴从弟桃花园序》)。套用孟郊的诗说就是:"天地入胸臆,吁嗟生风雷。文章得其微,物象由我裁。"(《赠郑夫子鲂》)天地映入作者澄明的胸中,自然物象由作者恣意饮吸吐纳,点化生情。

在唐诗中,有不少作品表现具体空间景物的清晰、准确、明丽,如王维《山居秋暝》:"明月松间照,清泉石上流。竹喧归浣女,莲动下渔舟。"一动一静,互为衬托,视听兼用,蔚成音像。《辛夷坞》:"木末芙蓉花,山中发红萼。涧户寂无人,纷纷开且落。"写具体的景物,构图别致,而饶有韵味,前人曾评为"真一片水墨不着色画"(王鏊《震泽长语》)。另如韩愈的《早春》诗:"天街小雨润如酥,草色遥看近却无。最是一年春好处,绝胜烟柳满皇都。""草色"一句妙用视错觉,体物极细微,于远近有无间,直摄早春之魂。末句更进一层,以杨柳堆烟的暮春景色相衬,虚实对照,空处传神。所以前人曾夸赞说"景绝妙,写得亦绝妙"(朱彝尊《批韩诗》)。"写照工甚,正如画家设色,在有意无意之间"(黄叔灿《唐诗笺注》)。但有些作品却颇有争议,如杜牧的《江南春绝句》:

千里莺啼绿映红,水村山郭酒旗风。南朝四百八十寺,多少楼台烟雨中。

寥寥二十八字,层层布景、笔笔绘色,确实是一幅绝妙的青绿山水图。明代杨慎在《升庵诗话》卷八中却批评道:

千里莺啼,谁人听得?千里绿映红,谁人见得,若作"十里",则莺啼绿红之景,村郭、楼台、僧寺、酒旗,皆在其中矣。

对此,清人何文焕《历代诗话考索》曾反驳说:

  "千里莺啼绿映红"云云,此杜牧《江南春》诗也。升庵谓"千"应作"十"。盖"千里"已听不着,看不见矣,何所云"莺啼绿映红"耶?余谓即作"十里",亦未必尽听得着,看得见。题云《江南春》,江南方广千里,千里之中,莺啼而绿映焉;水村山郭,无处无酒旗;四百八十寺,楼台多在烟雨中也。此诗之意既广,不得专指一处,故总而名曰《江南春》。诗家善立题者也。(《历代诗话》附录)

  两相对照,杨慎的批评是从实际的物理空间出发,有些拘泥坐实,如若按他的推理,那么李白"黄河之水天上来"的诗句就成了昏话,刘禹锡的《浪淘沙》"九曲黄河万里沙,浪淘风簸自天涯。如今直上银河去,同到牵牛织女家",恐怕就更无法解释了。而何文焕则认识到这是"诗家善立题者也",是根据艺术表现的需要,对物理空间进行的变形处理,使它成为四面洞开、八方来风的开放式结构,含濡吞吐天地精神的心理空间,一种主观虚拟的空间。这种空间泯合了有限与无限、虚空与实境、具体与抽象。这种空间并不是站在一点上观察,而是提神太虚,从宇宙上下,俯仰流观所获得的一种连续画面。李贺的《梦天》也是这方面的一个例子:

  老兔寒蟾泣天色,云楼半开壁斜白。玉轮轧露湿团光,鸾佩相逢桂香陌。黄尘清水三山下,更变千年如走马。遥望齐州九点烟,一泓海水杯中泻。

  题为《梦天》,就是梦中飞天的意思。现实中的人,在白昼之时,内心的丰富感受受到逻辑概念、伦理道德等理性的压制和禁锢,只有到了夜晚,进入睡眠状态,各种潜意识才蠢蠢欲动,偷偷冲出理性的禁区,自由自在地表现呈露,意有所极,梦亦同趋。所以,作者借梦游天,神驰八表,凭虚御风,飘飘然羽化而登仙,到无际的空间去作这宇宙航行。前四句写月宫游仙,通过奇特的想象对事物作了跳脱式的重新组合,或远或近,或仰或俯。后四句则撇开月宫,折向地面,"遥望"俯览海上蓬莱、方丈、瀛洲三座神山,在两个时间参照系中,观察到人世间的缩微图像。

唐诗美学精读

要想打通有限与无限,把几个不同形态的景物并置在一幅画面中,或者表现宇宙全整律动的状态,就必须在观照方式上有所调整。用西方机械论式的固定视点,无法看到宇宙全息景象,甚至无法处理超出视角之外的景物,中国诗画则采用散点透视的方法,解决了困扰西方艺术多少世纪的难题。宗白华先生对此特点曾做过极富有启示的诗意描述:

> 用心灵的俯仰的眼睛来看空间万象,我们的诗和画中所表现的空间意识,不是像那代表希腊空间感觉的有轮廓的立体雕像,不是像那表现埃及空间感的墓中的直线甬道,也不是那代表近代欧洲精神的伦勃朗的油画中渺茫无际追寻无着的深空,而是"俯仰自得"的节奏化的音乐化了的中国人的宇宙感。
>
> 全幅画面所表现的空间意识,是大自然的全面节奏与和谐。画家的眼睛不是从固定角度集中于一个透视的焦点,而是流动着飘瞥上下四方,一目千里,把握全境的阴阳开阖、高下起伏的节奏。①

宋代画家郭熙在《林泉高致·山川训》中提出了"三远法":"自山下而仰山巅,谓之高远;自山前而窥山后,谓之深远;自近山而望远山,谓之平远。高远之色清明,深远之色重晦,平远之色有明有晦。高远之势突兀,深远之意重叠,平远之意冲融而缥缥缈缈。"就是对这种多重透视的一个总结,艺术家面对一片山景可以仰山巅、窥山后、望远山,以流动转折的视线,俯仰往还,饮吸吐纳自然元气,俯拍全整律动的空间画面。

下面以王维《终南山》为例,看这种观念在唐诗中的体现:

> 太乙近天都,连山到海隅。白云回望合,青霭入看无。分野中峰变,阴晴众壑殊。欲投人处宿,隔水问樵夫。

首联两句是仰视所见终南远景,作者由山外向山中行来,在极远处看到绵延

---

① 宗白华《美学与意境》,第248、247页。

不断伸向远方的山脉,所以采取提神太虚、整体呈示的方法,把巍峨壮观的终南全景摄入画面。颔联两句是平视所见终南近景。其中"白云回望合"一句是向后看,"青霭入看无"一句则是向前看。景虽不同,意却一脉,都是说终南山景致缥缈迷茫,恍如仙境一般。颈联两句是在山上俯视到的远景,千岩万壑的千形万态尽收眼底,大有"一览众山小"之感。尾联两句为下山后附近环境的呈示,即自近山而望远山①。

全诗四联八句,每联一个视点、一个角度,因物赋形,随景换步,勾画出了终南山的高峻、东西长、南北宽,在我们的脑海中形成了一个全整律动的立体的山。这就是采用"散点透视"的方法取景,是一种视点活动的全方位观照。在创作时提神太虚,观照全息的大自然,并在时间中徘徊移动,游目周览,用散点多方位谱成一幅超象虚灵的诗情画境。

王维另有几句诗:

> 逶迤南川水,明灭青林端。(《北垞》)
> 山中一夜雨,树杪百重泉。(《送梓州李使君》)
> 水国舟中市,山桥树杪行。(《晓行巴峡》)
> 窗中三楚尽,林上九江平。(《登辨觉寺》)

皆写远处的涧水山泉在画面上似乎是从树杪林端倾泻下来的,作者巧妙地压缩了远近距离,将景物全部置于一平面上来观照,故形成此奇观②。

有了这种态度就可以饮吸虚空于自我,摄取山川大地于门户。唐诗中

---

① 这一段解释参考叶维廉的论述,见《叶维廉比较文学论文选》,第64、110页。
② 叶梦得《石林诗话》卷中:"学者多议子瞻'木杪见龟趺',以为语病,谓龟趺不当出木杪。殊未之思。此题程筠光墓归真亭也,东南多葬山上,碑亭往往在半山间,未必皆平地,则下视之龟趺出木杪,何足怪哉?"又钱锺书《宋诗选注》评论张耒《和周廉彦》一诗中"新月已生飞鸟外,落露更在夕阳西"两句话:"张的写法正像岑参《宿东溪王屋李隐者》:'天坛飞鸟边',杜甫《船下夔州别王十二判官》:'柔橹轻鸥外',姚鹄《送友人出塞》:'入河残日雕西尽',以至文徵明《题子畏所画黄茅小景》:'遥天一线鸥飞剩'等,把一件小事物作为一件大事物的坐标,一反通常以大者为主而小者为宾的说法。"(见该书第95页)钱先生将此技巧的产生追溯到唐代,其解释与笔者用语虽异,但义旨相近。

多以窗、户、帘、檐、庭、阶等作为取景框,但所看到的景物,却又不局限于框,而是移远就近,由近知远,使万物皆备于我:

  山月临窗近,天河入户低。(沈佺期《夜宿七盘岭》)
  画栋朝飞南浦云,珠帘暮卷西山雨。(王勃《滕王阁诗》)
  枕上见千里,窗中窥万室。(王维《和使君王郎西楼望远思归》)
  大壑随阶转,群山入户登。(王维《韦给事山居》)
  隔窗云雾生衣上,卷幔山泉入镜中。(王维《敕借岐王九成宫避暑应教》)
  樯出江中树,波连海上山。(孟浩然《广陵别薛八》)
  舟移城入树,岸阔水浮村。(岑参《与鄠县群官泛渼陂》)
  樽前遇风雨,窗里动波涛。(岑参《陕州月城楼送辛判官入奏》)
  檐飞宛溪水,窗落敬亭云。(李白《过崔八丈水亭》)
  人行明镜中,鸟度屏风里。(李白《清溪行》)
  月下飞天镜,云生结海楼。(李白《渡荆门送别》)
  路危行木杪,身迥宿云端。(杜甫《移居公安山馆》)
  山河扶绣户,日月近雕梁。(杜甫《冬日洛城北谒玄元皇帝庙》)
  窗含西岭千秋雪,门泊东吴万里船。(杜甫《绝句四首》其三)
  江上晴楼翠霭开,满帘春水满窗山。(李群玉《汉阳太白楼》)
  山翠万重当槛出,水华千里抱城来。(许浑《晨起白云楼寄龙兴江淮上人兼呈窦秀才》)
  门枕碧溪冰皓耀,槛齐青嶂雪嵯峨。(许浑《春日郊园戏赠杨嘏评事》)

需要澄清的一个理论是非是,并非唐代诗人借鉴画中的"散点透视"方法。恰恰相反,是画家受诗歌创作中仰观俯察思维的启迪,才形成此一方法。从魏晋到唐代,山水画才刚步入早期阶段,张彦远在《历代名画记》中总结山水画的发展史时说:"魏晋以降,名迹在人间者,皆见之矣。其画山水,则群峰之势,若钿饰犀栉,或水不溶泛,或人大于山。"认为魏晋时的山水画,很古拙,连一些基本的比例关系都处理不好。到了隋朝"尚犹状石则务于雕透,如冰澌斧刃;绘树则刷脉镂叶,多栖梧宛柳"。仍旧只懂得用线勾轮廓,形象简约。虽说"山水之变,始于吴,成于二李",但山水画的真正全盛期,要到宋元才出现。所以正是南北朝时期的山水诗人,受老庄玄学自然观的启迪,以灵活多变的角度来观照空间物像,到了唐代,诗人将这种方法进一步完善,更纯熟自然地运用,并将此法传递给山水画家。从这个意义上讲,唐诗在中国画透视方法的形成过程中,具有承前启后的重要地位。

除了以游目周览的散点透视法观照宇宙空间的虚灵浩渺外,唐代诗人还采用"以物观物"的视角,一种非我的观察方式,尽量淡化诗人主观的情意表现和知性分析,虚以接物,使物各自然,本样自存,呈露出语言指义前的活泼无碍状态和多重复义效果。

这一特点,在王维诗中表现得尤其突出。王维精通禅理,擅长绘画,所以能用艺术家的态度和灵心悠然地静观默察,在时间的片断和瞬间中表现空间的并存性和广延性。例如《辋川闲居赠裴秀才迪》:

> 寒山转苍翠,秋水日潺湲。倚仗柴门外,临风听暮蝉。渡头余落日,墟里上孤烟。复值接舆醉,狂歌五柳前。

全诗具有时间的特指("落日"时分)和空间位置的具体固定,通过"(柴门)外"、"(渡)头"、"(墟)里"、"(五柳)前"等方位名词,勾勒出景物的相互空间位置关系,景物具有空间并发性,既活泼无碍,又彼此依存,是构成整个画面谐调的一部分。

王维还有些诗略去动词,纯以静态的空间景物排列在一起,造成意象并置叠加的画面效果,如《田园乐七首》其五:

> 山下孤烟远村,天边独树高原。一瓢颜回陋巷,五柳先生对门。

四句无一动词,故没有情节和动作序列,纯粹是空间意象的并发映出;同时没有时态的变化,所以又使意象带有一种永恒的、普遍的性质。这种超语法、超分析的无主句,在一定程度上呈现了语言指义前的多层空间关系和兴象的复义效果。"非右丞工于画道,不能道此语"(《画禅室随笔》)。另如"高鸟长淮水,平芜故郢城","杏树坛边渔父,桃花源里人家","云里帝城双凤阙,雨中春树万人家",都强调超越时间、因果关系的静观体知和了悟。从绘画的观点分析,具体特指,恍如画境;但从句法关系来说,景物之间又是暧昧的,关系不确定。由此可见,王维多捕捉对象的静态形貌,强调意象在空间中的并置映出,表达诗人瞬间的感悟印象。

王维往往还采取"于宾见主"或"暗主宾中"的角度,使读者和诗歌意象之间不再站着作者,"诗人已变成现象本身,并且允许现象中的事物照本相出现,而无智识的污染。诗人并不介入,他之视物如物之视物"[①]。

以物观物,物各自然,本样自存。有时作者巧妙地藏在景物背后,不动声色,任景物自由兴发映出;有时连作者自己也变成了(诗中)景物之一,而被写入画幅中去了。如《辛夷坞》一诗:"木末芙蓉花,山中发红萼。涧户寂无人,纷纷开且落。"《鸟鸣涧》:"人闲桂花落,夜静春山空。月出惊山鸟,时鸣春涧中。"都是写无我之境,景物天机毕露,自由活动。作者把自我隐藏起来,巧妙地偷拍下了这两幅山水小品。"它更强调的是在一切现象里观照太一实体和抛舍主体自我。主体通过抛舍自我,意识就伸展得更广阔,通过摆脱尘世有限事物,就获得了完全自由,结果就达到了自己消融在一切高尚优美事物之中的福慧境界"[②]。因此,展现在读者视觉中的似乎是一切外在力量支配下的山水景物具象的自发运动。这是一种"后其身而身先,外其身而身存"(《老子》第七章),一种无我——拟物主义的抒情方式。

叶维廉先生对这种观照方式有过一段极精彩的议论,现征引如下,作为佐证:

所谓"以物观物"的态度,在我们有了通明的了悟之际,应该包含

[①] 叶维廉《王维诗选序》,引自《唐代文学研究年鉴》1984年辑,西安:陕西人民出版社,1985年,第382页。

[②] 〔德〕黑格尔《美学》第2卷(中文版),北京:商务印书馆,1979年,第90页。

后面的一些情况:不把"我"放在主位——物不因"我"始得存在,物各自有其内在的生命活动和旋律来肯定它们为"物"之真;"真"不是来自"我",物在我们命名之前便拥有其"存在"、其"美"、其"真"(我们不一定要知道花的名字才可以说它真它美)。所以主客之分是虚假的;物即客亦主,我即主亦客。彼此能自由换位,主客(意识与世界)互相交参、补衬、映照,同时出现,物我相应,物物相应,贯彻万象;我既可以由这个角度看去,同时也可以由那个角度看回来,亦即是说,可以"此时"由"此地"看,同时也可以"彼时"由"彼地"看,此时此地彼时彼地皆不必用因果律而串连。所谓距离都不是绝对的。我们可以定向走入物象,但我们也可以背向从物象走出来,在这个我们可以自由活动的空间里,距离方向都是似是而非似非而是。①

三、变形与转换

前面两节,我们分别讨论了时间与空间观念及其在唐诗中的表现,实际上,这只是为了叙述的方便及分类的清晰。换言之,主要是从名理与逻辑角度来考虑问题,但是,将完整统一的事物剖判分析并试图从逻辑与思辨的角度理解,这恰好同中国文化精神相悖,如南辕北辙,所行愈多,所距愈远;离析得愈精微,就愈无法理解。《庄子·应帝王》中讲过这样一个寓言:

> 南海之帝为儵,北海之帝为忽,中央之帝为浑沌。
> 儵与忽时相与遇于浑沌之地,浑沌待之甚善。儵与忽谋报浑沌之德,曰:"人皆有七窍,以视听食息,此独无有,尝试凿之。"日凿一窍,七日而浑沌死。

这说明对那些不可名状、不可言传的事物,只能活参,不能执著,强为之

---

① 《叶维廉比较文学论文选》,第146页。

说,不但徒劳无益,还会适得其反,往往愈说愈远,愈说愈死。

值得深思的是,中国文化正是把时空合一的宇宙形成的元气状态,视为浑沌。《淮南子·诠言》:"洞同天地,浑沌为朴。未造而成物,谓之太一。"《论衡·谈天》:"说《易》者曰:元气未分,浑沌为一。"也就是《老子》中反复强调的先天地而生的"有物混成"。这说明中国人一直保有着时空互渗的原始自然心态,时间与空间、主体与客体存在着一种亲和而暧昧的复杂关系。"我们宇宙既是一阴一阳、一虚一实的生命节奏,所以它根本上是虚灵的时空合一体,是流荡着的生动气韵。"①这种时空交融互渗的宇宙观,对于建立在机械论基础上的自然科学的发展与成熟,可能是一种巨大的障碍和阻力,但对文学艺术的繁荣发达却洞开无限方便之门,使中国古代的诗画艺术呈现出令西方人叹为观止、无法仿效的成就。究其深层原因,就是由于审美心态与宇宙观的不同所致。

在唐诗中,我们发现,诗人俯仰流观的并不仅仅是空间形象,同时也还有时间意象,诗人用心灵的眼睛俯仰古今,游心太玄,回环往复,因此,空间中渗透了时间,时间中融合了空间,形成了四维度的空间结构。特别是在律诗中,因平仄对仗的缘故,时间意象与空间意象往往相伴相随,或并置叠加,或分出独立,或换位重组:

  乾坤万里眼,时序百年心。(杜甫《春日江树五首》其一)
  窗含西岭千秋雪,门泊东吴万里船。(杜甫《绝句四首》其三)
  万里悲秋常作客,百年多病独登台。(杜甫《登高》)
  一去紫台连朔漠,独留青冢向黄昏。(杜甫《咏怀古迹五首》其三)
  三分割据纡筹策,万古云霄一羽毛。(杜甫《咏怀古迹五首》其五)
  故国三千里,深宫二十年。(张祜《宫词二首》其一)
  秦时明月汉时关,万里长征人未还。(王昌龄《出塞二首》其一)
  枕上片时春梦中,行尽江南数千里。(岑参《春梦》)
  三春白雪归青冢,万里黄河绕黑山。(柳中庸《征人怨》)

---

① 宗白华《美学与意境》,第261页。

黄尘清水三山下，更变千年如走马。（李贺《梦天》）
永忆江湖归白发，欲回天地入扁舟。（李商隐《安定城楼》）

以时空合一来表现寥廓的宇宙意识与孤独的人生情感的第一篇代表作，当推陈子昂的《登幽州台歌》：

前不见古人，后不见来者。念天地之悠悠，独怆然而涕下。

前两句俯仰古今，谓古人不及见，来者不可见，在古往与今来的映衬下，突出现实的不幸与可悲，流露出生不逢时的孤独感；后两句仰望苍茫的天穹，俯瞰空旷的原野，显示自己在天地间的渺小。前两句通过"前"与"后"，系连成时间的滚滚长河，后两句通过"天地"与"独"的对比，形成了极大极小的强烈反差。前两句侧重从时间上思索，后两句侧重从空间上观照，时空合一，突现出诗人深沉的孤寂与悲伤，使全诗具有一种强烈的感发力量，被誉为魏晋以来诗坛的"洪钟巨响"。清代黄周星曰："胸中自有万古，眼底更无一人，古今诗人多矣，从未有道及此者。此二十二字，真可泣鬼。"（《唐诗快》卷二）奥秘恐怕也就在诗人能从时空交融的角度来勃发抑郁不平之气。

西方现代著名哲学家海德格尔曾讲过这样一段话：

老实说，人是什么？试将地球置于无限黑暗的太空中，相形之下，它只不过是空中的一颗小沙，在它与另一小沙之间存在着一哩以上的空无。而在这颗小沙上住着一群爬行者，惑乱的所谓灵性的动物，在一个偶然的机会里发现了知识。在这万万年的时间之中，人的生命，其时间的延伸又算什么？只不过是秒针的一个小小的移动。在其它无尽的存在物中，我们实在没有理由拈出我们称之为"人类"此一存在物而视作异乎寻常。①

---

① 〔德〕海德格尔《形而上学序论》，引自《叶维廉比较文学论文选》，第159页。

这段话与陈子昂诗有异曲同工之妙。只不过前者为诗人,后者是哲学家;前者从个体的观照中触发出忧伤悲怆的感情,后者则由对整个人类的反思引申出彻底绝望的结论。

张若虚的《春江花月夜》,则以"月"为线索,以春、江、花、夜为陪衬,诗从月生开始,继而写月下的江流,月下的芳甸,月下的花林,月下的沙汀,然后就月下的思妇与游子反复抒写,最后以月落收结。月在一夜之间经过升起、高悬、西斜、落下的过程,时序感极强。但空间景物又丰富多变,忽此忽彼、亦实亦虚、由大到小、由远到近、由景物到情思。末尾一段,本是异地同时的两个场面:"白云一片去悠悠,青枫浦上不胜愁。谁家今夜扁舟子,何处相思明月楼。""扁舟子"与"明月楼"并提,综括游子与思妇的两地思念之情,"可怜楼上月徘徊"以下八句分述思妇闺怨,最后八句单写游子的乡愁,而以月通贯上下,触处生神,时间艺术获得了高超的空间效果,空间形象振荡出悠扬的节奏感与音乐感。所以,现代著名诗人兼学者闻一多毫无保留地称赞说这是"诗中的诗,顶峰上的顶峰"①。

时空合一的另一类现象,就是时间的空间化与空间的时间化②。如杜甫《咏怀古迹五首》其二"怅望千秋一洒泪,萧条异代不同时",表现古今之慨,但作者用视觉动作"望"字,将时间的序列空间化。王勃《滕王阁诗》中"闲云潭影日悠悠",崔颢《黄鹤楼》中"白云千载空悠悠",则又把空间形象"闲云"、"白云"时间化、过程化,赋予其永恒的性质。李贺《秦王饮酒》中"劫灰飞尽古今平",将只能在空间中横向移动的飞灰,延伸到时间隧道中作纵向运动③。这一类现象最有代表性的例子当为王维《终南别业》的颈联两句:

行到水穷处,坐看云起时。

---

① 《唐诗杂论·宫体诗的自赎》,见《闻一多全集》第3卷,北京:三联书店,1982年,第21页。
② 这一提法及下文关于《黄鹤楼》、《终南别业》的解释参见〔美〕刘若愚《中国诗歌中的时间、空间和自我》,载《古代文艺理论研究》第4辑,上海:上海古籍出版社,1981年,第170—172页。
③ 钱锺书《谈艺录》(补订本):"夫劫乃时间中事,平乃空间中事;然劫既有灰,则时间亦如空间之可扫平矣。"(见该书第51页)

这两句是说随意而行,走到哪里算哪里;席地而坐,看到悠闲的白云飘动时。其中第一句行到水源的时间过程被"处"字冲淡而空间化了,第二句中诗人与白云的空间关系被"时"字时间化了①。

唐诗中还有一种把物理时空重叠倒映、切割组合的方法,回环往复,深婉曲折,构成一种突破常规的经验,表达各种复杂的人生体验。如刘皂的《旅次朔方》②:

  客舍并州已十霜,归心日夜忆咸阳。无端更渡桑干水,却望并州是故乡。

全篇写乡愁。首句说客居时间之久,次句写归心似箭,故以并州为基点远眺咸阳。后两句则述虽又渡桑干河,但并非回归咸阳,而是远赴朔方,反眺并州。由于在并州望咸阳与在朔方望并州这种视角大转换,使得两处都变得模糊陌生,诗人的归乡之思无可附丽,不知何处安置,表现出一种迷惘失落的情绪。全诗以空间上的并州、咸阳与朔方,时间上的过去、现在交织在一

---

① 这两句的解释参见〔美〕刘若愚《中国古诗评析》(中文版),南京:河海大学出版社,1989年,第129—131页。
② 此篇又作贾岛诗。查《全唐诗》卷五七四贾岛集中,确有此诗,题为《渡桑干》,惟"已"字作"数","更"作"又","是"字作"似"。令狐楚《元和御览诗集》作刘皂诗,楚于贾岛为前辈,当无大错。李嘉言《长江集新校》卷九亦有详考,断其为刘皂诗,似已定论。唯对诗中所涉及的地理位置及诗人旅次路线前人未有详解,今人沈祖棻、程千帆(见《唐诗鉴赏辞典》第979页)、杨军(见《唐诗大辞典》第841页)、富寿荪(见《千首唐人绝句》下册,第603页)诸说颇多分歧,互相抵牾,今略陈管见,以疏通诗意。朔方,唐时郡名,又称夏州,在今陕西北部与内蒙南部一带,治所在陕西靖边白城子。并州,唐时又称太原郡、太原府、北部,辖境为今山西中部一带,治所在今山西太原。桑干,河名,发源于今山西北部,为永定河上游。据日人平冈武夫主编《唐代行政地理》所附《唐地理志府州图》及谭其骧主编《中国历史地图集》第5册唐河东道图(第46—47页)知,从并州赴朔方并不经过咸阳,但也不必渡桑干。从旅行路线来看,诗中出现的并州、朔方、桑干等地名,呈三角状,颇异旅次习惯。或谓此处并州非州治,当为州境内偏北某地。这样,赴朔方就可能要渡桑干。但仍感费解。故笔者怀疑题中的"朔方"为"朔州"之误。朔州,在并州之北,治所在今山西朔县,桑干河从其境内东南部流过。由并州之北赴朔州必渡桑干,这样从地理方位上就能讲通,诗中疑难亦涣然冰释。又,朔州与云、燕、代诸地相连,为唐时边地,作者或许为取功名而赴边塞军幕。

起,切割转换,宛转关情①。

另如陈陶的《陇西行四首》其二:

> 誓扫匈奴不顾身,五千貂锦丧胡尘。可怜无定河边骨,犹是春闺梦里人。

此为反战作品。首二句叙述慷慨悲壮的激战场面,三、四两句将"河边骨"与"春闺梦"联系起来,谓思妇不知征夫早已战死,仍在梦中与变成枯骨的丈夫相会。诗从作者所处空间转到"春闺",又由思妇的梦化出另一个虚幻的空间。两个现实空间与一个梦幻空间,虚实相形,转换巧妙;现实的悲惨与梦境的浪漫,荣枯迥异,对照强烈,而以乐景衬出,倍增其凄惨。

> 君问归期未有期,巴山夜雨涨秋池。何当共剪西窗烛,却话巴山夜雨时。

此诗写思念家人。首句一问一答,在假定的情境中,由眼前的空间带出远方的家乡。次句写眼前的实景:巴山,点出地点;夜雨,指示时间;涨秋池,进一步说明季节。第三句是想象中虚景,时间跳跃至未来,在超越了现实时空限制的想象里,作者与他的妻子相偎西窗,剪灯夜话,长叙别情。第四句再次出现的"巴山夜雨"与第二句的"巴山夜雨"遥相呼应,构成了一个语义上的回环,说明诗人在想象中又回到此时此地,那秋雨绵绵的夜里。诗虽仅四句,视角却三次转换:景物上,实景、虚境、虚中虚;人物上,单(分)、双(合)、单(分);空间上,此地(巴山)、彼地(西窗)、此地(巴山);时间上,今宵、他日、今宵夜雨时,如下图所示:

---

① 另如王昌龄《送魏二》:"醉别江楼橘柚香,江风引雨入舟凉。忆君遥在潇湘月,愁听清猿梦里长。"日人松浦友久认为该诗由"四元时间构成"(见松浦友久《唐诗语汇意象论》(中文版),北京:中华书局,1992年,第166、171页),松浦该文侧重谈时间表达,其实王诗的空间表达也是曲折多重的。

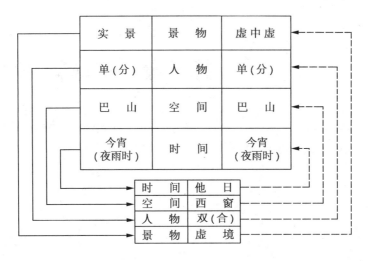

作者的想象从巴山预先飞驰家中,萦绕西窗,又从家中折转飞回巴山,形成了一个环状运动。这其中既有空间上的往复叠映,又有时间上的回环旋转①,且虚实相生,婉转缠绵,摇曳荡漾出千种风情,故能传唱古今,历久弥新。

---

① 这一看法参考霍松林师的论述,见师著《唐宋诗文鉴赏举隅》,北京:人民文学出版社,1984年,第218—220页。钱锺书称此类技巧为"倩女离魂"法,或谓"自我分离"法,"己思人思己,己见人见己,亦犹甲镜摄乙镜,而乙镜复摄甲镜之摄乙镜,交互以为层累也",使其形影,重重相涉。参见《管锥编》第1册,中华书局,1979年,第114—115页。〔德〕莫芝宜佳《〈管锥编〉与杜甫新解》一书第3章对钱先生这一观点有较充分的阐释发挥(中文版,河北教育出版社,1997年),可参读。亦类似温庭筠《菩萨蛮》中之"照花前后镜,花面交相映",以镜照镜,彼此摄入。

第三章　花非花，雾非雾

——唐诗的模糊思维

　　人们对艺术作品的阐释往往处在一个进退维谷的悖论中：一方面求其清晰精确，以便能直探底蕴，获得明白无误的确切答案；另一方面又求其隐约含蓄，如镜中看花，水中赏月，把玩品味那丰富复杂的情致。前者要求作品的精确性，后者则认同作品的不确定性。在许多作品中，特别是在那些优秀作品中，其不确定的成分、空白的部分、如谜似梦的因素往往更多。在文学史上，有这样一个值得人们思考的现象，愈是伟大的作品，愈不被人理解，愈易于被人诋毁诽谤。这是因为此类作品包含的不确定成分、创新的因素、异质的超前的东西较多，当时的人因距离太近是不能望其项背的。因此，杜甫嘲笑那些诽谤攻击王、杨、卢、骆的人说："尔曹身与名俱灭，不废江河万古流。"（《戏为六绝句》其三）实际上，岂止当时，就是后世也不一定能完全理解，形成一个统一看法，甚至连作者创作时，也未必有清晰准确的名理认识。所以西方人说：有一千个读者，就会有一千个哈姆雷特。

　　阐释之树是常青的。不仅是由于欣赏者的见仁见智，而且是由于优秀作品本身就是一个富矿源，有取之不尽、用之不竭的财富。这是一个再生能力极强的原始森林，目前尚无法探明其幅员面积、树木种类、植被覆盖。我们所看到的是郁乎苍苍，林涛汹涌，开采与砍伐被永远淹没在这绿的海洋中。

白居易有一首诗，是对这种观念的一个极好表征：

> 花非花，雾非雾，夜半来，天明去。来如春梦几多时？去似朝云无觅处。

宋人苏东坡从此篇中获得灵感，写出了《水龙吟·次韵章质夫杨花词》："似花还似非花，也无人惜从教坠……晓来雨过，遗踪何在？一池萍碎。春色三分，二分尘土，一分流水。细看来，不是杨花，点点是离人泪。"究竟是花，是雾，还是离人泪？朦胧隐约，扑朔迷离，脱有形似，握手已违。唐代诗歌的艺术境界及创作思维，多可以此来涵盖。

一、诗无达诂

晚唐诗人李商隐有一首《锦瑟》诗，这样写道：

> 锦瑟无端五十弦，一弦一柱思华年。庄生晓梦迷蝴蝶，望帝春心托杜鹃。沧海月明珠有泪，蓝田日暖玉生烟。此情可待成追忆，只是当时已惘然。

此篇为义山的代表作。诗人由绮丽而哀怨的锦瑟发端起兴，触引出华年之思，然后依次展现了庄生梦蝶、杜鹃啼春、沧海珠泪、蓝田玉烟等一幅幅色彩绚烂、光怪陆离的画面，有如梦境中若隐若现、刹那即灭的幻景，尾联则写如梦初醒，归结为一片怅惘之情。但全诗具体写的是什么，主题为何，寓意什么，读者似乎领悟了什么，又似乎什么也没获得。所以，从宋元以来揣测纷纷，莫衷一是。真可谓："横看成岭侧成峰，远近高低各不同。"（苏轼《题西林壁》）

一种解释是悼亡说。谓此篇为作者悼念妻子王氏之亡而作。持此说者有朱鹤龄、朱彝尊、孟森、刘盼遂等。以"五十弦"为例，朱彝尊说应为二十五，指王氏"二十五而殁也"，也就是说，二十五是王氏逝世之年。孟森则说:"瑟为二十五弦,但古传为五十弦破合两二十五为古瑟弦数。义山婚王氏时年二十五,意其妇年正相同。"则把"二十五"指为王氏出嫁之年。刘盼遂却说"五十弦当是十五弦之误倒",据考证王氏由出嫁到逝世,恰好是十五年(一说为十三年)。

另一种解释是题序说。谓此篇最早曾被置于义山集卷首,当为作者自题其诗文集。持此说者有程湘衡、钱锺书和周振甫等人。程湘衡说:"此义山自题其诗以开集首者。"也就是说以此首为总序,概括并回顾自己平生的创作。钱锺书在《谈艺录》中更具体地分析"锦瑟"犹"玉瑟"喻诗,首两句说"景光虽逝,篇什犹留",三、四句言作诗之法,五、六句言"诗成之风格或境界",七、八句说"前尘回首,怅触万端"。

另一种解释是寄托说。即谓诗句所指,皆有本事。持此说者为张采田。如说"沧海月明"句指李德裕被贬死于崖州,"蓝田日暖"句指令狐楚相业显赫。

与上相联系的一种解释是自伤身世说。持此说者有何焯、汪师韩、叶葱奇等,均谓此诗是回首平生遭际所作。何焯说:"此篇乃自伤之词,骚人所谓美人迟暮也。庄生句言付之梦寐,望帝句言待之来世。沧海、蓝田,言埋而不得自见;月明、日暖,则清时而独为不遇之人,尤可悲也。"这种看法与"一弦一柱思华年"的句意刚好相合,有人干脆说此篇是一首政治诗,当与其他《无题》属于爱情诗者相区分。

另一种解释是爱情说。谓此篇是追怀意中之人。持此说者为刘攽、纪昀等。刘攽谓锦瑟是令狐楚家丫环的名字。纪昀说:"盖始有所欢,中有所恨,故追忆之而作。中四句迷离恍惚,所谓惘然也。"

另一种解释是赋瑟说。如宋代黄朝英曾假托苏轼名义说此诗是咏瑟声的适、怨、清、和①。

---

① 参见刘学锴、余恕诚著《李商隐诗歌集解》第3册,北京:中华书局,1988年,第1420—1438页。又,王蒙近年来先后著《一篇〈锦瑟〉解人难》、《再谈〈锦瑟〉》、《〈锦瑟〉的野狐禅》、《混沌的心灵场——谈李商隐无题诗的结构》,尤其是《混沌的心灵场》一文,以"混沌"释义山无题诗,对《锦瑟》的模糊性有极精辟深入的剖析,可以补本章之不足,欲求对唐诗模糊美有进一步理解者,可参读王著《双飞翼》,北京:三联书店,1996年。

以上所列并没有也不可能完全概括对《锦瑟》诗的各种意见,现在或将来,在人们鉴赏研习过程中,还会产生更多的新看法。所以,难怪一千年前元好问就感叹道:"望帝春心托杜鹃,佳人锦瑟怨华年。诗家总爱西昆好,独恨无人作郑笺。"(《论诗三十首》其十二)王士禛也无可奈何地说:"一篇《锦瑟》解人难。"(《戏效元遗山论诗绝句》其十一)实际上,并不是无人作笺,而是解说太多,言人人殊,歧见纷见,无法形成统一的看法。

对中国诗歌史上的这个"斯芬克斯之谜"究竟如何破译呢?

也许有人会说,诸如《锦瑟》这样的诗就是在李商隐集中也为数有限,在整个唐诗中,并没有什么代表性,不足为奇。

诚然,在数万首唐诗中,像李商隐的《锦瑟》及其《无题》诗那样深情绵邈、包藏细密、韵致婉曲的作品固然不是多数,但具有朦胧、含蓄、多层隐意的作品,却比比皆是;有些诗语法关系松散,句子可以从多层求解,秘响旁通,所以造成了歧义的产生;还有的作品纯是画面映出,无言独化,思维道断,干脆超越了名理概念,进入语言指义前的浑融自足境界①,从前提上否定了"作郑笺"——寻找唯一确切答案的可能性。

李白的《蜀道难》是一篇光耀千古的杰作,但其主旨为何,前人亦众说纷纭,综合起来,大抵有如下七种看法:(1)罪严武(李绰《尚书故实》、范摅《云溪友议》、《新唐书·严武传》等);(2)讽谏玄宗幸蜀(萧士赟《分类补注李太白诗注》);(3)讽章仇兼琼(沈括《梦溪笔谈》、洪刍《洪驹父诗话》);(4)言险著戒,不专指一时人事(胡震亨《李诗通》);(5)即事名篇,别无寓意(顾炎武《日知录》);(6)送友人入蜀(范宁《李白诗歌的现实性及其创作特征》);(7)借蜀道崎岖写世途坎坷,抒壮志难酬之愤(郁贤皓《李白丛考》、安旗《李白全集编年注释》等)②。这首诗"言出天地外,思出鬼神表。

---

① 叶维廉《中国古典诗中的传释活动》认为"中国古典诗里利用未定位、未定关系或关系模糊的词法语法,使读者获致一种自由观感、解读的空间"。在《语法与表现:中国古典诗与英美现代诗美学的汇通》中也说中国古典诗"能以不决定不细分保持物象之多面暗示性及多元关系,乃系依赖文言之超脱语法及词性的自由"。见《中国诗学》,北京:三联书店,1992年,第18页。《寻求跨中西文化的共同文学规律》,北京:北京大学出版社,1987年,第66页。

② 参见罗联添《李白〈蜀道难〉寓意探讨》,见罗著《唐代四家诗文论集》,台北:学海出版社,1996年。

读之则神驰八极,测之则心怀四溟"(皮日休《刘枣强碑文》),可谓奇之又奇,但因主题无法确解,以致时下的一些赏析文章竟然完全撇开思想不谈,只转述其中的形象画面。

杜甫的诗素来以具体明朗著称,但也不是都可解释。薛雪在《一瓢诗话》中即说:"解之者数百余家,总无全璧。"从这个意义上说,"诗无达诂"既是对这种艺术现象的直观敏感的把握,同时,也是对此艺术奥境可望而不可企及的一种无可奈何的承认。

凡此种种,都与诗人创作过程以及读者接受过程中的模糊思维有关①。

二、恍兮惚兮

模糊是指人类认识过程中关于对象类属边界和性态的不确定性。模糊性的本质是宇宙普遍联系运动在人们思维活动中的反映。恩格斯说:"当我们深思熟虑地考察自然界或人类历史或我们自己的精神活动的时候,首先呈现在我们眼前的,是一幅由种种联系和相互作用无穷无尽地交织起来的画面。"②模糊既不是物质自身的本质属性,也不是人脑固有的产物,而是客体在人类意识的映照下,所投射出的粼粼波光。

换言之,模糊性是事物现象不确定性在整体上的总和。较之于精确的科学概念,这是一种更复杂、更易变的概念。如果说,科学概念的特征是二值逻辑思维,那么模糊概念的特征则是多值逻辑思维,它反映事物的多因性、动态性和系统性。事物的存在都或多或少地带有模糊性的特点。

从生理学角度看,大脑皮层神经细胞的不确定性,是模糊思维产生的生理基础。海森伯格在分析测不准原理的生理机制时曾指出,这是由神经细胞(神经元)上突触传递中含有递质的小泡的不确定性所决定的。生物学家埃克尔斯评价道:含有递质的小泡是那样微小,以至于按照海森伯格的测

---

① 第二、三节关于模糊思维的理论参见王明居《模糊美学》(北京:中国文联出版公司,1992年)、《模糊艺术论》(合肥:安徽教育出版社,1998年)。

② 《马克思恩格斯选集》(中文版)第3卷,北京:人民出版社,1972年,第60页。

不准原理来看,由于它们存在的时间只有一毫秒那么短暂,因而具有相当大的不确定性。这就说明,含有递质的小泡是构成不确定的物质基础。小泡运动的短暂性(一毫秒)是产生不确定性的根本原因。这种小泡数量极多,不断涌现,又不断消逝,忽隐忽现,时出时没,升沉飘浮,极不稳定。这种不确定性,必然使人的大脑思维出现断续状态,产生亦此亦彼的模糊现象。可见,含有递质的突触小泡短暂内现的不确定性,是模糊思维的生理机制①。

神经电生理学家王伯扬的研究还表明:"从电子显微镜下观察到的所谓'突触小泡',可能是一个单位的乙酰胆碱。"当乙酰胆碱释放之时,就会出现含有乙酰胆碱的突触小泡。这种小泡与受体结合而能分泌出环一磷酸腺苷②。它呈现出流动的不确定状态,因而便造成模糊思维的不确定性。

由此可知:模糊思维过程中的不确定性与神经细胞轴突传递时含有递质的突触小泡运动的不确定性有关。这种不确定状态是模糊思维的生理机制。模糊现象与模糊思维在任何领域中都存在,"在人的感知、辨识、推理、决策以及抽象的过程中,模糊性简直是一种天惠,人的大脑能安之若素地接受、贮存、处理模糊信息,是一种无与伦比的优越性,计算机就没有这样的能力"③。但在艺术创作领域表现得更为集中典型。可以说,艺术是模糊的王国,艺术构成的诸要素、艺术的各种类、艺术发生与接受过程都闪烁着模糊的光泽。清代著名诗论家叶燮曾具体指出:

> 诗之至处,妙在含蓄无垠,思致微渺,其寄托在可言不可言之间,其指归在可解不可解之会,言在此而意在彼,泯端倪而离形象,绝议论而穷思维,引人于冥漠恍惚之境,所以为至也。(《原诗》卷二内篇下)

叶燮虽没有用"模糊"一词,但他描述优秀诗作的特点是"无垠"、"微渺"、"可言不可言"、"可解不可解"、"冥漠恍惚"云云,正道出了诗的模糊特点。

---

① 〔美〕S·阿瑞提《创造的秘密》(中文版)沈阳:辽宁人民出版社,1987年,第500页。
② 王伯扬《神经电生理学》,北京:高等教育出版社,1982年,第119页。
③ 〔美〕L·A·乍得《模糊集合、语言变量及模糊思维》(中文版),北京:科学出版社,1982年,第1页。

模糊现象具体有许多特点,表现在唐诗中主要有以下几个特征。

1. 两极游离性

所谓的两极游离性是指:"事物连续中介过渡使其与它物之间呈现出内在同一性和对立的不充分性,因此,具有亦此亦彼的特征,对立的两极、差异的双方总是相互渗透、相互贯通的。正是此物与彼物之间的系列连续中介链条,使两极对立的绝对性在客观上消失了。所以主体事物类属的划分就不可能存在一条绝对分明和固定不变的界线,'一切差异都在中间阶段融合,一切对立都经过中间环节而互相转移'。"①

中唐张籍《秋思》写道:

> 洛阳城里见秋风,欲作家书意万重。复恐匆匆说不尽,行人临发又开封。

全诗说在秋风萧瑟之际仍客居洛阳城,想写一纸家书,但思绪万千,难以说清。最后几经犹豫,反复斟酌,总算写好了一封信,可捎信人临行时,又恐匆忙之间漏了什么,故把信索要回来拆封检查。诗的前两句表现思绪万千、言不及义的心理,体现了模糊的多元定理。第四句已"临发",而"又开封"是两极端,"发"是向前运动,"开封"则是发的反方向运动。诗人的情绪在此邻界上矛盾游移,摇曳晃动,形成了颇难确定的弧形摆动。作者摄取这一典型细节,描摹游子变化心理中的骚动不定因素,故能使羁旅乡愁跃然纸上。

> 朱雀桥边野草花,乌衣巷口夕阳斜。旧时王谢堂前燕,飞入寻常百姓家。(刘禹锡《乌衣巷》)

此篇表现昔盛今衰、沧海桑田的无限感慨,通过古今对比来突现历史的强烈反差:当年行旅繁忙、车水马龙的朱雀桥边滋蔓着杂草野花;衣冠往来、名流

---

① 李晓明《模糊性:人类认识之谜》,载《文艺研究》1991年第2期,第25页。

云集的乌衣巷在夕阳的残照中格外凄凉;往日王谢家的甲宅府第已坍塌成断壁残垣,变为寻常百姓的栖息之所了……但如果诗仅仅写到此,那么就没有什么特异之处了,亦不具有扑朔迷离的模糊美。作者独出心裁,设计出"飞燕",使其穿越时间隧道,从四百年前的王谢堂飞到今日的寻常百姓家,联系古今,绾合昔盛今衰这两个极端,遂使诗超越寻常畦径,托兴玄妙,风神无限,备见空灵。清人施补华曾击节评论道:"若作燕子他去,便呆。盖燕子仍入此堂,王谢零落,已化作寻常百姓矣。如此则感慨无穷,用笔极曲。"(《岘佣说诗》)可谓准的之论。

2. 多元性

任何事物都具有多重属性,一个语词也有一系列意义。在辞典中,它是一组意义的集合;在具体语境中,它又通过横向的结合形成不同意义,同一组合也可能包含许多歧义;在文化背景中,语词又会染上民族、历史、时代的色彩。所以赫思在《阐释的正确性》一书中,强调作品意义的"未定性",相对于原义,他提出了"衍生义"的概念,即鉴赏者对作品从不同的角度用不同的方法去理解和阐释而生的意义。有限的原义,可能会泛化为无穷的衍生义,"作品不外是意义的导火线"。接受美学的奠基者波兰哲学家罗·英伽顿也认为,艺术作品为人们提出一个多层次的未定点,通过接受者的咀嚼,意味就会层出不穷。

这些论述实际包含着两个方面的内容,即作品内涵本身的多义与暧昧,以及欣赏者所读出的不同意味。就前者而言,上面举张籍《秋思》"欲作家书意万重"句,说明作者写作时已情思绵绵,千丝万缕,剪不断,理还乱。孟郊《古怨别》中的"含情两相向,欲语气先咽。心曲千万端,悲来却难说",宋代柳永《雨霖铃》中"执手相看泪眼,竟无语凝咽",苏轼《江城子·乙卯正月二十日夜记梦》中"相顾无言,唯有泪千行"等,均属此类。李白《送友人》一诗写道:

> 青山横北郭,白水绕东城。此地一为别,孤蓬万里征。浮云游子意,落日故人情。挥手自兹去,萧萧班马鸣。

用"孤蓬"、"浮云"喻离别,既形象又蕴含无穷,用"落日"表现"故人情",因语法关系不确定(两个名词性词组并列,既无动词,又没有关联词),就会产生多种歧义:

(1) 在落日时分故人送别情谊长;

(2) 故人送别之情如夕阳残照,强烈而凄惨,令人留恋;

(3) 情景交融,指送行时睹物生情,情景不分,浑融一片。

最后以"挥手"这一体态语言表达了一种更暧昧含糊的感情,而"班马鸣"这一声音给我们提供的也是一种极复杂的反应。换言之,作者此时情意缠绵,缱绻无限,这都是诗作本身的多义性①。就后者而言,王维《终南山》一诗的最后两句:

欲投人处宿,隔水问樵夫。

此诗前三联写景,分别从远近前后、俯仰回环各个角度描绘终南山景色,尾联笔锋一转,写自己打算借宿一晚,隔着水向砍柴人询问,问什么呢? 作者却戛然而止,不作下文了。这样写似乎很突兀,所以有人曾认为这"末二句似与通体不配"(《唐诗别裁集》卷九引),但唯其如此,才会给读者的想象力留下一个可供填补的空白。其妙处全在设一"问"字而不作答,让读者思考回答:

(1) 樵夫是忙于砍他的柴火呢,还是回答了作者提的问题?

(2) 樵夫如何回答? 是有口没心地随便答,还是殷勤热心地作答? 甚至于干脆给作者当向导,引他到住宿处?

(3) "隔水"是指一条波浪翻腾的深沟大涧,还是狭窄的潺潺小溪? 如果是指深沟大涧,那么诗人的"问"该是扯开嗓子大声呼喊;如果是一条小溪,诗人的问亦当是轻声细语,抱拳施礼,文绉绉地唱个喏?

虽仅五个字,但却蕴含着许多问题。于作者而言,他是当事人,经历了

---

① 叶维廉用"母题的交响"、"物象罗列并置"解释此诗,对笔者颇有启发,参见叶著《中国诗学》,北京:三联书店,1992 年,第 70—72 页。又见《叶维廉比较文学论文选》,第 65 页。

过程,自然清楚,但因措辞含蓄,语有省略,造成了模糊语义场,辐射出多层衍义,因此读者可以见仁见智,多方猜测。

另外如晚唐杜牧《泊秦淮》一诗:

> 烟笼寒水月笼沙,夜泊秦淮近酒家。商女不知亡国恨,隔江犹唱后庭花。

此篇起笔就给我们展现出一幅迷蒙冷寂的画面,烟、水、月、沙被重复出现的两个"笼"字和谐地融合在一起,呈现出浮走流动的朦胧意态。三、四句点题,作者将商女唱《后庭花》这件小事与亡国恨连接起来,又以古今相形,并添上"不知"、"隔"、"犹"等几个表现不确定内容的语词,虚实远近,蕴含无穷。故前人曾评笺道:"'不知'二字,感慨最深,寄托甚微。通首音节神韵,无不入妙。"(李锳《诗法易简录》)

3. 互克性

如果说,两极游离与多元辐射还仅仅局限于从作品、作者和接受这三个环节考虑问题的话,那么,互克性原则则扩展到从社会、历史、文化的大背景中理解作品。"当一个系统复杂性增大时,我们使它精确化的能力减少,在达到一定阈值(即限度)之上时,复杂性和精确性将互相排斥",这样便形成了互克性。事物结构的复杂性往往伴随着人类对其认识的模糊性。这种复杂性表现在如下三个方面:(1)复杂性意味着其结构的多因素、多层次;(2)复杂性还意味着联系和各种相互作用的多样性;(3)复杂性意味着深度的延长,即对象发展层次、阶段和过程的彼此渗透、衔接,使各种在共时性意义上与复杂性相伴生的模糊性在历时性发展过程中不断积累强化[①]。

艺术作品鉴赏过程中"借他人酒杯,浇自己块垒",即是形成互克的一个原因。对古代作品的现代阐释和诠解,其实又何尝不是在受互克因素支配。

---

① 李晓明《模糊性:人类认识之谜》,转引自《文艺研究》1991年第2期,第26页。

比如李商隐的《无题》(相见时难别亦难)一诗,无论对作品的主题如何争议(有悼亡说、恋情说、寄托说等观点),但颔联两句"春蚕到死丝方尽,蜡炬成灰泪始干",基本上都认为是对某种感情的企恋,表现出一种绝望的哀愁。因采用了比兴手法,故在流传过程中人们对其含义的取舍,就有偏向,现在多借用这两句诗表达对某种事业的奉献,有鞠躬尽瘁、死而后已的含义。

秦韬玉《贫女》诗:"苦恨年年压金线,为他人作嫁衣裳。"具体地描述贫家女只能替别人缝嫁衣,自己却衣衫不整,生活无着。后衍变引申为替别人忙碌。

最能说明这一点的还是许浑的一首《咸阳城西楼晚眺》诗,其中的颔联两句:"溪云初起日沉阁,山雨欲来风满楼。""山雨"句原意是具体描述自然景色,但后来却普泛地指社会政治气候发生大变动前夕的征兆。含义由自然转入社会,由具体变为抽象。本文与衍生义的交融渗透、互生互克,进一步强化了作品(或诗句)的模糊性,使它具有了不可言说的多种意味。

唐诗中模糊现象的产生,除前陈述各种原因外,恐怕还与诗的"兴象"即触物起情的自然意象的大量存在有关。兴象具有复义性和多面辐射性的特点。清代陈启源说:"比兴虽皆托喻,但兴隐而比显,兴婉而比直,兴广而比狭。"(《毛诗稽古编》卷二)实际上,早在南北朝时代,刘勰在探讨隐秀时就涉及了诗义的多重性与不确定性问题,他说:"隐也者,文外之重旨者也;秀也者,篇中之独拔者也。隐以复意为工,秀以卓绝为巧,斯乃旧章之懿绩,才情之嘉会也。夫隐之为体,义生文外,秘响旁通,伏采潜发,譬文象之变互体,川渎之韫珠玉也。故互体变文,而化成四象;珠玉潜水,而澜表方圆。始正而末奇,内明而外润,使玩之者无穷,味之者不厌矣。"(《文心雕龙·隐秀》)隐秀并提,隐是指形象的丰富性,秀则是指形象的独创性。前者从深度讲,后者从高度讲。隐不易理解,故侧重阐述,谓其指"文外之重旨"、"以复意为工"、"义生文外"、"秘响旁通,伏采潜发",可使人"玩之者无穷,味之者不厌"云云,都是说兴象的不确定性和复义性,也是造成诗歌朦胧隐约的重要原因。"抚琴动操,欲令众山皆响",诗中所呈示的每个意象,甚至每个语词,犹如琴键,都可以产生一种语义的交响、复调的回旋,使诗的旨意遥深,从平面走向立体,从空间走向时间。在历史的廊壁上震荡,秘响旁通,余音袅袅,不绝如缕。

三、开凿浑沌

模糊现象是一种极活跃的、极不确定的变量,用司空图的话说:"遇之匪深,即之愈希。脱有形似,握手已违。"(《二十四诗品》)所以对其进行名理的概括、逻辑的分类,本身就是一个悖论,但为了理解方便,以下将唐诗中的模糊现象进行简单的归类。

1. 向心型

张九龄《赋得自君之出矣》诗这样写道:

　　自君之出矣,不复理残机。思君如满月,夜夜减清辉。

这是一首拟乐府之作。"思君如满月"句用一个比喻却表现了几个方面的含义:满月减辉,状其色衰;圆月缺亏,拟其体瘦;盈亏递变,日月催年。故明代钟惺评道:"从'满'字生出'减'字,妙想。"(《唐诗归》)此诗所写从充盈到缺亏、从大到小的变化过程,实际上就体现了向心思维的特点。

研究者指出,分布在大脑皮质上的神经元群中,有许多细胞体。当刺激物作用于细胞体时,细胞体便由抑制状态转入兴奋状态,并释放出生物电波。这种电波传播的方向不是由内向外的,而是由外向内的;不是离心传递,而是向心传递;不是拓展型的,而是压缩型的。这种脑电波释放活动具有很强的凝聚性,它对于模糊思维起着制约作用,使模糊思维也具有相应的凝聚性。这种由广漠分散渐变的聚合的运动状态,就属于向心型[①]。

杜甫的《旅夜书怀》便是这种思维的一个典型:

---

① 参见王明居《审美中的模糊思维》,载《文艺研究》1991年第2期,第35页。

　　　　细草微风岸,危樯独夜舟。星垂平野阔,月涌大江流。名岂文章著,官应老病休。飘飘何所似,天地一沙鸥。

此篇写羁愁。结构上是从即景到抒怀再到写景(自况象征),但在思维上却是从繁星低垂、平野广阔、月随波涌、大江东去的天地大景,汇集聚焦到"一沙鸥"上;从远到近,从大到小,从景物到情思(沙鸥即作者遭际与人格的化身),最后定格在沙鸥这一小鸟的特写镜头上。

柳宗元的《江雪》一诗在结构上也采用了层进聚焦的方式:"千山鸟飞绝,万径人踪灭。孤舟蓑笠翁,独钓寒江雪。"它把读者的审美注意力由远到近、由大到小地集中到孤舟独钓者的形象上。表面看来,诗的境界越缩越小,实际上渔翁的形象在读者心灵中所占有的位置却越来越大。它不仅占据了画面的中心,而且占据了读者的整个心灵,诗人在诗中主要是为了突出"孤舟""独钓"的渔翁形象以表现他的遗世独立的意趣、耿介超拔的人格。

另外如王昌龄《芙蓉楼送辛渐》中所说的"洛阳亲友如相问,一片冰心在玉壶",李商隐《无题》中所说的"春心莫共花争发,一寸相思一寸灰",均将丰富复杂的、不可言传的感受汇聚压缩在"玉壶"、"一寸灰"之中,也属于向心思维。

2. 辐射型

此类型与前一类型恰好相反。当大脑皮层上的神经元中分布在四周的细胞受到外物的刺激时,便立刻活跃起来,产生放电现象。但这种放电现象却是朝外的,呈现出辐射状态。脑电波由点到面,向外扩散。这种辐射型的脑神经电波活动状态,也影响并制约着模糊思维的方式,使其呈辐射性状态。

李白诗歌往往采用这种抒情方式。他在感情的表达上不是掩抑收敛,而是喷薄欲出,一泻千里;不是聚焦集中,而是发散外射。当平常的语言不足以表达其激情时,他就用大胆的夸张,当现实生活中的事物不足以形容、比喻、象征其思想感情时,他就借助非现实的神话和种种奇异惊人的幻想。在他的诗里,外物不过是触媒,是导火索,随时随地都会引爆他的思想感情。

叶燮说李白的诗"如弓之括,力至引满,自可无坚不摧"(《原诗》卷四),胡震亨谓其"以宣泄见长"(《李诗通》),均指出他喷射发散式的抒情特点。如《秋浦歌十七首》其十五:

> 白发三千丈,缘愁似个长。不知明镜里,何处得秋霜。

作者由照镜见白发而生感慨。依照情理,应是由镜中见白发,引发出无限感慨,形成一次性发散和宣泄。但在结构上,作者却巧妙地采用倒装法,起笔突兀,无端奇想,似大潮奔涌,如火山爆发,骇人耳目,形成第一次喷发;三、四句才补述缘照镜睹白发如霜而生情,又形成了第二次喷发。

3. 平移型

李白《闻王昌龄左迁龙标遥有此寄》诗:

> 杨花落尽子规啼,闻道龙标过五溪。我寄愁心与明月,随君直到夜郎西。

此篇是怀人之作。首句写景兼点时令,杨花飘零,子规啼血,虽不着一愁字,而悲痛之意自见。后两句以摇曳之笔,忽发奇想,凌厉九霄,神驰夜郎,极写关怀之切。而缠绵悱恻,蕴含深挚。沈祖棻教授曾评析说:"细加分析,则两句之中,又有三层意思,一是说自己心里充满了愁思,无可告诉,无人理解,只有将这种愁心托之于明月;二是说只有明月分照两地,自己和朋友都能看到她;三是说,因此,也只有依靠她才能将愁心寄与,别无他法。"①子苾先生独具慧眼,看出"我寄愁心"两句的模糊特点。这两句诗同时还受到前人的影响,曹植《杂诗》:"愿为南流景,驰光见我君。"他的《怨诗》还写道:"愿作东北风,吹我入君怀。"均有情趣,唯曹诗一作日光,一作东北风,都是直接以日(景)与风作比,而李诗则是以月为运载工具,寄托愁心,飞移运送

---

① 《唐诗鉴赏辞典》,上海:上海辞书出版社,1983年,第387页。

到夜郎西。又齐澣《长门怨》："将心寄明月，流影入君怀。"张若虚《春江花月夜》："此时相望不相闻，愿逐月华流照君。"与李诗意境相似。都表现出不满足于"海上生明月，天涯共此时"、"但愿人长久，千里共婵娟"之类的被动等待，异地而同时。由消极变为积极追求，主动出击，打破时空阻隔，寄心与月，企图直接与友人倾心交流。所以，三、四句除表达了沈先生所概括的三层含义外，还应附加上由典故原型衍生出的意义。愁心中的这几层意思，都被诗人交付给明月，随着月亮的平移运动到达夜郎之西。《梦游天姥吟留别》中"我欲因之梦吴越，一夜飞度镜湖月"，则更加奇诡谲怪，诗人已不满足于寄心托意了，而是干脆让明月直接载着自身，在梦境中飞度所神往的地方。李白《金陵酒肆留别》诗的末两句：

请君试问东流水，别意与之谁短长？

"流水"与"别意"，一为具象，一为抽象，本无法比较，作者忽发奇想，化情思为景物，将内隐的无形的"别意"活化为可以视听感触的具体形象，让其与流水竞长争短，双线奔流。一实一虚，复线平移，互相映衬，彼此强化，神韵悠然。

4. 曲线型

大脑皮层上的神经细胞，由外物的刺激而兴奋，在兴奋灶出现放电现象，其电波有时是曲线的，或迂回曲折，或波澜起伏。这种现象，也势必要影响和制约模糊思维活动。

最能体现这种波浪起伏、迂回曲折特点的恐怕要推李白《行路难三首》其一：

金樽清酒斗十千，玉盘珍羞直万钱。停杯投箸不能食，拔剑四顾心茫然。欲渡黄河冰塞川，将登太行雪满山。闲来垂钓碧溪上，忽复乘舟梦日边。行路难，行路难，多歧路，今安在？长风破浪会有时，直挂云帆济沧海。

全诗表现诗人处于逆境时的苦闷和不屈不挠的追求与探索精神,艺术上最显著的特点体现在情感起落的剧烈和心理变化的急遽上。诗一开始,铺陈"金樽清酒"、"玉盘珍羞"的丰盛筵席,但随即以"停杯投箸"、"拔剑四顾"这两个与豪华饮宴场面极不协调的反常举动,显示出内心苦闷抑郁,悲愤之情难以按捺。五、六两句,分别通过句中自相对比,以"欲渡黄河"、"将登太行"象征对某种理想的追求;"冰塞川"、"雪满山"象征世途艰难,再抒英雄失路的困顿失意。七、八两句忽然返思遄飞,神游千古,以吕尚、伊尹的故实自慰自勉,情绪高涨,色调顿趋明朗昂扬。以下四句,又用节奏短促的感叹与反问,将思绪由上古带到当代,由理想折回现实,由古人反躬自身,心情又顿时由开朗变为阴沉,从亢奋跌向低落,再度陷入苦闷彷徨之中。末二句复又振起,以船帆乘风破浪、横绝沧海的意象,表示了对未来的热忱希望和实现理想的坚定信念。整首诗的感情由茫然苦闷、抑郁愤激,到乐观昂扬,再到苦闷彷徨,最后复为振作自信。大起大落,层层折转,喜怒哀乐,变化剧烈,在格局上也呈现出跌宕起伏、纵横翻卷的曲线运动,有一种腾跃震荡之美。

李白《金乡送韦八之西京》一诗中"狂风吹我心,西挂咸阳树"两句,除了表达自己的心在狂风吹荡下移到咸阳(即西京长安)这样一个意念外,还同时呈示出物体在狂风拂动下,翻卷腾挪,飘浮不定,忽上忽下、忽快忽慢、忽高忽低的曲线运动状态。

杜甫《阁夜》"五更鼓角声悲壮,三峡星河影动摇"两句,写岁暮江边景色,下句描绘玉宇无尘,天上银河格外澄澈,群星参差,映照峡江,但因江流湍急,起伏奔腾,给人在视觉上造成一种互动的错觉,似乎星影也在摇曳不定,起伏运动。五代冯延巳《谒金门》:"风乍起,吹绉一池春水。"也是写曲线美的。其实,吹绉的又何止是一池春水,恐怕还有主人公的一池心田。春风吹拂,春情荡漾,如游丝一般浮动,似涟漪一样泛出梦幻般的波纹。

5. 垂线型

当信息刺激细胞体时,细胞体释放出来的电波呈垂直状态,谓之垂线型。这种脑电波也影响着诗人创作时的思维活动,从而使其艺术思维的角度、方位、形态呈垂直线。例如李白的《望庐山瀑布》绝句：

> 日照香炉生紫烟,遥望瀑布挂前川。飞流直下三千尺,疑是银河落九天。

此诗描述香炉峰景色。首句写香炉峰周围烟云冉冉上升、袅袅浮动。次句着一"挂"字,既暗示出垂直状态,又化动为静,为下文蓄势。三、四句从空中落笔,活画出高空突兀、巨流倾泻的磅礴气势,直摄瀑布之神。中唐徐凝也写了一首《庐山瀑布》绝句,诗云:"虚空落泉千仞直,雷奔入江不暂息。千古长如白练飞,一条界破青山色。"虽然自古以来对徐诗褒贬不一,但有一点是共同的,即李、徐两人都试图通过垂线型的模糊思维来捕捉瀑布的精神。李白还有"野竹分青霭,飞泉挂碧峰"(《访戴天山道士不遇》)的诗句,也是写垂线运动。王维的"大漠孤烟直,长河落日圆"(《使至塞上》),则是通过垂直线与圆曲线的配合描绘塞外景色的雄浑开阔。《红楼梦》四十八回通过香菱之口评论道:

> 据我看来,诗的好处,有口里说不出来的意思,想去却是逼真的;有似乎无理的,想去竟是有理有情的……"大漠孤烟直,长河落日圆",想来烟如何直? 日自然是圆的。这"直"字似无理,"圆"字似太俗。合上书一想,倒像是见了这景的。若说再找两个字换这两个,竟再找不出两个字来。

所谓"口里说不出来"、"似无理"云云,实际就涉及模糊思维问题,均指诗的不确定性、超分析性。通过这种看似无理的模糊表现,有时更能揭示事物本质丰富、复杂的样态。

6. 散点型

宋之问《灵隐寺》诗中有两句:"桂子月中落,天香云外飘。"传说灵隐古刹在秋爽月夜时往往有豆粒般的桂子从天空中飘落人间,同时香气袭人,弥散在天地之间。人们思维过程中的点,也是这样一些飘忽不定的精灵。它既是凝固成形的,又是变动不居的。在艺术作品中,则通过这些似隐似现、若有若无、飘忽弥散的元素,来呈示某种意境,表现某种情态。王维以"纷纷开且落"(《辛夷坞》)的芙蓉花,"人闲桂花落"(《鸟鸣涧》)、"花落家童未扫"(《田园乐》)等悠然闲落的花瓣,来表现佛心的自在和内心的澄明无扰。杜甫的"糁径杨花铺白毡,点溪荷叶叠青钱"(《绝句漫兴九首》其七)则通过点的疏与密、色的青与白的对比,描绘自然景色。白居易的"可怜九月初三夜,露似真珠月似弓"(《暮江吟》)呈示出露在初月映照下晶莹的透明感和圆滚欲滴的立体感。张祜的"潮落夜江斜月里,两三星火是瓜洲"(《题金陵渡》),根据若隐若现、若明若暗的两三点星火,来判断方位。卡洛琳·M·布鲁墨在《视觉原理》一书中把这种点的移动叫"自活性运动"或"点的徘徊",他通过实验描述说:

> 如果能找到一个全黑的屋子,你站在屋子一头,在另一头放一个亮点,比如烟灰缸里一支点燃的香烟,或者是一支不透光的盒子里放一只灯,再在盒子壁上戳一个小眼。对这个光点盯几分钟,光点会古怪地动荡起来。如果你搞了好几个亮点,这些亮点间彼此的关系保持衡定,那么这整个星座便会舞动起来……但有一点值得一提,即在出现这一现象的任何场合里,只要视野里有任何可作佐证的参照物时,只要观察者感知了他与某些可见固定点的关系时,这一幻觉也就化为乌有了①。

诗人李贺则想落天外,从天上俯视人世间:

> 遥望齐州九点烟,一泓海水杯中泻。(《梦天》)

偌大的九州赤县站在外层空间来看,不过是几点飘忽不定的烟尘,可见想象力之丰富。他的《将进酒》诗中的"桃花乱落如红雨",描绘青春将暮、红粉

---

① 《视觉原理》(中文版),北京:北京大学出版社,1987年,第111页。

零落的愁思,铸词造境,匪夷所思。宋代秦观《满庭芳》词:"斜阳外,寒鸦数点,流水绕孤村。"前句以飘忽稀疏的数点鸦噪映现凄凉,下句以弯弯流水环绕荒村描写孤独,散点与曲线相配合,颇有韵致。

7. 色彩型

色彩是光的组成部分,是能见的一部分电磁波。从视觉生理学角度来看,视网膜的感受元能分辨不同的光频率,人们白天能看到色彩,是由于锥形光感受元在作用,晚上看不见色彩,则是柱形光感受元作用,所以说,色彩感受是出于锥形细胞。卡洛琳·M·布鲁墨认为:"通常一个正常人可以分辨出一百三十到二百多种不同颜色,同时又不可能存在一二百种不同的感受元,色彩肯定是由几个基本种类的感受元联合组成的信息编码才感受到的。"目前学术界对大脑如何加工色彩刺激还知之甚微,但是,"从种种视觉面貌看,视网膜的作用不过是复杂的内在情况的起点罢了,官能刺激在内部神秘地转换和演变,这才形成了可供理论的知觉"[①]。

人们在诗歌中对色彩的感知,不是通过对不同频率光的直接感知,而是通过载有色彩信息的语言符号作用于人脑,是由语词这一特殊的高级感觉刺激物,引起人们的某种间接体验。

杜甫《绝句四首》其一写道:

> 两个黄鹂鸣翠柳,一行白鹭上青天。

作者涂抹出黄、翠、白、青等色彩,通过艺术加工,构成一幅色泽鲜艳、对比强烈的水彩画。王维的"漠漠水田飞白鹭,阴阴夏木啭黄鹂"(《积雨辋川庄作》),亦属此类。刘禹锡的"晴空一鹤排云上,便引诗情到碧霄"(《秋词》),除了以色彩的对比(青碧的天空与雪白的鹤)构成画面,还通过凌空排云的动作,构成直线上升的动态。

王维是水墨画的大师,自许"宿世谬词客,前身应画师"(《偶然作》其

[①] 见前揭《视觉原理》,第118、120页。

六),苏轼评价他诗中有画、画中有诗,明代董其昌等人竟将他推到南宗山水画宗主的宝座上,虽有拉大旗作虎皮、夸饰失实之嫌,但至少我们通过他的诗可以看出,他对色彩的感知是非常敏锐的,他不仅能通过色彩的交融渗透、对比映衬来构图设景,而且能通过冲淡的色彩表现一种寥落朦胧的虚空,反映他的禅学情趣:

> 白云回望合,青霭入看无。(《终南山》)
> 明月松间照,清泉石上流。(《山居秋暝》)
> 湖上一回首,山青卷白云。(《欹湖》)
> 江流天地外,山色有无中。(《汉江临眺》)
> 日落江湖白,潮来天地青。(《送邢桂州》)

在李贺的笔下,则大量出现饱蘸诗人主观情绪的色彩,如细绿、寒绿、团红、冷红、老红、愁红等主观色彩。李贺有时喜欢用一些富有质感和感觉印象强烈的词汇,来刺激读者的官能和情绪。如他经常用"白"这个富有光感的词,但却伴随着哀愁肃杀气氛,空旷寂寥,丧尽生机,充满迷惘失望的情感,如:

> 蕃甲锁蛇鳞,马嘶青冢白。(《塞下曲》)
> 芦洲客雁报春来,寥落野湟秋漫白。(《梁台古意》)
> 秋野明,秋风白,塘水漻漻虫喷喷。(《南山田中行》)
> 我有迷魂招不得,雄鸡一声天下白。(《致酒行》)

8. 音响型

对声音的知觉是由合适的振动频率、振幅和波形构成的音波,作用于人的耳膜所产生的。听觉形象具有时间上的流动性,音乐就是通过时间上流动的音波来拨动人们感应的心弦。从这一点上看,诗与音乐是一对姊妹艺术,但诗与乐毕竟是两种不同载体的符号系统。音乐是音符声响直接刺激人们的听觉器官,而诗歌则是通过语言文字符号来暗示,引起人们对声响的联想,这是一种间接、想象的、极不确定的声音感受。换言之,是一种模糊感受,如果说音乐是对声响的模拟与创造,那么诗歌就是对声音的再模拟和再创造,它是摹本的摹本,因而带有很大的虚幻性;它是一种再创造,因而又具有极大的自由度与随意性。琵琶演奏者可以直接通过手指拨弄琴弦来表现情绪,创造意境,而诗歌则无法录制再现这一段乐曲,只能通过侧面描摹和拟喻来调动人们的听觉想象:

> 大弦嘈嘈如急雨,小弦切切如私语。嘈嘈切切错杂弹,大珠小珠落玉盘。间关莺语花底滑,幽咽泉流冰下难。冰泉冷涩弦凝绝,凝绝不通声暂歇。别有幽愁暗恨生,此时无声胜有声。银瓶乍破水浆迸,铁骑突出刀枪鸣。曲终收拨当心画,四弦一声如裂帛。(白居易《琵琶行》)

用诗歌语言来复现琵琶演奏者的高超技巧和美妙动听的乐曲,这是一个极有难度的挑战。值得我们沉思的是,由于乐谱的失传,乐工的死亡,古曲大多湮灭无闻了,但唐诗却给我们保存了几首音乐作品,或者说,古代音乐演奏最形象化的记录存储在唐诗中,使我们千年之后仿佛仍能听闻其声:

> 昵昵儿女语,恩怨相尔汝。划然变轩昂,勇士赴敌场。浮云柳絮无根蒂,天地阔远随飞扬。喧啾百鸟群,忽见孤凤凰。跻攀分寸不可上,失势一落千丈强。(韩愈《听颖师弹琴》)

> 吴丝蜀桐张高秋,空山凝云颓不流。江娥啼竹素女愁,李凭中国弹箜篌。昆山玉碎凤凰叫,芙蓉泣露香兰笑。十二门前融冷光,二十三弦动紫皇。女娲炼石补天处,石破天惊逗秋雨。梦入神山教神妪,老鱼跳波瘦蛟舞。吴质不眠倚桂树,露脚斜飞湿寒兔。(李贺《李凭箜篌引》)

清人方扶南曾说:"白香山江上琵琶,韩退之颖师琴,李长吉李凭箜篌,皆摹写声音至文,韩足以惊天,李足以泣鬼,白足以移人。"(《李长吉诗集批注》

卷一)白、李、韩的诗确可鼎足而立,但在唐诗中摹写声音之至文其实何止这三篇,他如李颀的《琴歌》,以动静二字为主,全从背景着笔;《听董大弹胡笳弄兼寄语房给事》,以两宾托出一主,正写胡笳;李白的《听蜀僧濬弹琴》,亦如行云流水,清新明快,各极一时之妙。

语言文字的模糊性、随意性反倒捕捉住了乐曲的灵魂,虽离方遁圆,却能穷形尽相,把握音乐的深层本质。

9. 耦合型

在唐诗中,除了以各种单纯方式形成作品的模糊特点外,还有一种把各类单质因素融成新质的方式,它不是简单地拼合,而是一种化合,一种产生新质的方式。在诗歌作品中,两个意象的叠加所产生的效果大于他们之和。借用结构主义者列维·斯特劳斯的话说就是:"意识品尝一种元素组合时所知觉到的一种特殊味道,而这些元素如果分别品尝却没有味道。"[1]所以当我们读到杜甫《登高》"风急天高猿啸哀,渚清沙白鸟飞回。无边落木萧萧下,不尽长江滚滚来"几句时,感受到的是一种凄清悲凉的总体感觉,并不是零碎的拼凑,这就是耦合。在情意的电流接通后,所有意象都处于积极跃动而又谐和的状态,产生了某种神秘暧昧不可言说的关系。如王维的《送梓州李使君》:

> 万壑树参天,千山响杜鹃。山中一夜雨,树杪百重泉。

第一句是垂直线,写原始森林中的树林挺拔笔直,高峻突兀;第二句是声响,山谷中回荡着杜鹃鸟凄惨的叫声,其中第一句又是写视觉形象,第二句写听觉感受,第四句更奇妙,作者把远景处的山泉与近景处的树木放置在一个画面中,并且压缩了空间距离,使其平面化,给人造成一种错觉,仿佛泉水悬挂在树梢上一般。如果是一幅画,这样描绘可能是败笔,但作为诗,便凭空增添了无限趣味。故清人王士禛曾击节称赞:"兴来神来,天然入妙,不可凑

---

[1] 转引自《文艺研究》1987年第6期,第68页。

泊。"(《古夫于亭杂录》)。

前面为了分析方便,我们将整体离析分解,但在创作实际中,作者往往将多种类型的模糊技巧糅合使用,故耦合现象在作品中出现得更多:

夜来风雨声,花落知多少。(孟浩然《春晓》)
雨中山果落,灯下草虫鸣。(王维《秋夜独坐》)
残星几点雁横塞,长笛一声人倚楼。(赵嘏《长安秋望》)

这是散点与音响的配合。另如:

角声满天秋色里,塞上胭脂凝夜紫。(李贺《雁门太守行》)
燕歌未绝塞鸿飞,牧马群嘶边草绿。(李益《塞下曲四首》其一)
黄叶仍风雨,青楼自管弦。(李商隐《风雨》)

这是色彩与声响的配合。另如:

大漠孤烟直,长河落日圆。(王维《使至塞上》)
两竿落日溪桥上,半缕轻烟柳影中。(杜牧《齐安郡中偶题二首》其一)

这是直线与曲线的配合。另如:

两个黄鹂鸣翠柳,一行白鹭上青天。(杜甫《绝句四首》其一)

这是声响、色彩与直线的配合。

10. 通感型

杨慎《升庵诗话》卷七说:

雨,未尝有香也,而李贺诗"依微香雨青氛氲",元微之诗"雨香云淡觉微和";云,未尝有香,而卢象诗云"云气香流水"。

杨慎对此不理解,但比较慎重,只列举现象,存疑而已。比较而言,还是吴景旭较有识见,他在《历代诗话》卷四十九中说:

竹初无香,杜甫有"雨洗涓涓静,风吹细细香"之句;雪初无香,李白有"瑶台雪花数千点,片片吹落春风香"之句;雨初无香,李贺有"依微香雨青氛氲"之句;云初无香,卢象有"云气香流水"之句。妙在不香说香,使本色之外,笔补造化。

能认识到这是由于诗人"笔补造化"造成的,带有诗人强烈的主观色彩,这是正确的。但对这一现象发生的原因仍然没有说透。

这实际属于通感的描绘手法,古代诗歌特别是唐诗中大量存在。钱锺书先生首揭此秘,指出通感就是"感觉挪移":

在日常经验里,视觉、听觉、触觉、嗅觉、味觉往往可以彼此打通或交通,眼、耳、舌、鼻、身各个官能的领域可以不分界限。颜色似乎会有温度,声音似乎会有形象,冷暖似乎会有重量,气味似乎会有体质。诸如此类,在普通语言里经常出现。①

五蕴异趣而可同调,分床而亦通梦,此官所接,若与他官共,故"声"能具"形",十七世纪英国诗人戏喻以数妇共一夫者也。②

在一定的条件下,不同的感觉可以互相联系,彼此合作,结帮搭伴,融通搞活,互惠互利,这样便形成了审美通感。从生理学角度来看,一种感觉之所

---

① 《七缀集》,上海:上海古籍出版社,1985 年,第 56 页。
② 《管锥编》第 3 册,北京:中华书局,1979 年,第 982 页。

以会引起另一种感觉(形成通感),主要是由于外界信息进入感官之后,在神经中枢输送时转辙改道的缘故①。而感觉与感觉之间,在生活实践、审美实践中形成的特殊联系,是通感产生的心理原因。

值得注意的是,将各种感觉打通,形成一种神秘体验,虽未被古代文论家所认识,但在古代哲学著作中却常讲到。《庄子·人间世》:"夫徇耳目内通,而外于心知。"《列子·黄帝篇》:"眼如耳,耳如鼻,鼻如口,无不同也,心凝形释。"又同书《仲尼篇》:"老聃之弟子有亢仓者,得聃之道,能以耳视而以目听。"佛典《成唯识论》卷四:"如诸佛等,于境自在,诸根互用。"佛的"诸根互用",就相当于庄子所说的"耳目内通"、亢仓的"耳视目听",是经过长期静修苦炼而获得的一种超凡的特异功能。

在诗歌作品中,由于通感手法的使用,使本来已非常复杂,含有多种复义和不确定内容的语言,更加难以捉摸,令人费解,因此更具有模糊的特点。通感可分为感官直觉的联想和感情态度的联想两种形式。前者是记忆引起的,属于感性范围;后者是象征引起的,属于理性范围。

在唐诗中,最多见的是以耳为目,听声类形,沟通视听感觉。如李贺《恼公》诗中有这样的句子:

歌声春草露,门掩杏花丛。

说歌声如滚动在春草上的露珠一样晶莹透亮,将听觉感受转化为视觉形象呈示出来。李商隐《拟意》中的"珠串咽歌喉",也是说歌声仿佛具有了珠子的形状,圆满而光润,构成了视觉兼触觉的印象。李颀《听董大弹胡笳弄兼寄语房给事》中写道:"空山百鸟散还合,万里浮云阴且晴。"韩愈《听颖师弹琴》:"浮云柳絮无根蒂,天地阔远随飞扬。"都是将听觉形象转化为视觉形象,心想形状如此,然后表现出来。最为奇特的要数李贺的《李凭箜篌引》:

昆山玉碎凤凰叫,芙蓉泣露香兰笑。

---

① 参见〔美〕汤普森主编《生理心理学》(中文版)北京:科学出版社,1981年,第6页。

前句是以声拟声,后句是以形写声,刻意渲染乐声的优美动听。芙蓉、香兰虽可视,但并无"笑"与"泣"的特征,作者在这里采用了移情方法,然后以形喻声,故曲折蜿蜒。司空图《寄永嘉崔道融》:"戍鼓和声暗,船灯照鸟幽。"明与暗本来也是属于视觉的感觉,作者却用来描绘鼓声的低沉,杜甫《夔州雨湿不得上岸》中的"晨钟云外湿",让听觉有了干湿度[①]。贾岛《客思》"促织声尖尖似针",将听觉与触觉勾通。王维《过青溪水作》中的"色静深松里"、韦应物《游开元精舍》中的"绿阴生昼静",则倒过来用听觉上的"静"来描写视觉形象。刘长卿《秋日登吴公台上寺远眺》中的"寒磬满空林"则用温度感觉"寒"来描绘磬声的悠远。刘驾《秋夕》中的"促织灯下吟,灯光冷于水",李贺《蝴蝶舞》中的"杨花扑帐春云热",也是用温度感觉描绘视觉形象的。李商隐《重过圣女祠》"一春梦雨常飘瓦",幻中有真,实中见虚。

李贺《天上谣》:"天河夜转漂回星,银浦流云学水声。"上句从视觉写,下句则将视听打通。作者想象星空,既有天河,自然有水流,故能"漂回星";水既然流动,自然能发出哗哗的响声,故云"学水声"。另《秦王饮酒》:"羲和敲日玻璃声,劫灰飞尽古今平。"前句将太阳的光亮比作明净的玻璃,又因玻璃可发声响,故可拟类太阳,谓羲和敲击,可使其发出清脆的声音,打通视觉与听觉的区别。后句则将空间形象化为时间感觉,谓劫火中留下的灰烬在时间隧道中飘扬飞去。又《唐儿歌》"一双瞳人剪秋水",将目光之锐利转化为刀剪之锐利,谓其可以断流剪水。对李贺诗中的这类现象,钱锺书先生曾指出:"古人病长吉好奇无理,不可解会,是盖知有本义,而未识有锯义耳。"锯义者,诗歌的不确指性,形象的多棱面性,语词的伸缩性。"余尝谓长吉文心,如短视人之目力,近则细察秋毫,远则大不能睹舆薪;故忽起忽结,忽转忽断,复出傍生,爽肌戛魄之境,酸心刺骨之字,如明珠错落。"[②]李贺的许多作品,由于采用了移情、通感、曲喻等多种表现手法,故一部分一部

---

① 叶燮《原诗·内篇下》:"此诗为雨湿所作,有云然后有雨,钟为雨湿,则钟在云内,不应在云外也。斯语也,吾不知为耳闻耶?为目见耶?为臆揣耶?俗儒于此,必曰'晨钟云外度',又必曰'晨钟云外发',决无下'湿'字者。不知其于隔云见钟,声中闻湿,妙悟天开,从至理实事中领悟,乃得此境界也。"

② 《谈艺录》,第51、46页。

分可以看懂,合起来却觉得茫然。在这里,作者所要表现的不是明晰的思想,而是感觉和情感。我们能感受到意象的跳跃晃动,感到情绪的翻腾起伏,但不能准确地理解和说明。有时作者故意抽走诗中标志逻辑关系的线索,违反寻常诗的章法,只留下红红绿绿的色彩和璀璨夺目的散珠。有时作者恶作剧般把我们推到一个扑朔迷离的境界,仿佛堕入五里云雾,需要我们慢慢摸索着前行。

第四章　此时无声胜有声

——唐诗的空白艺术

在自然界与社会中充满着缤纷的色彩、喧嚣的声响以及具有形质的物体,艺术作品将其模拟或复现出来,于是艺术也成了五彩缤纷、锦绣成章的世界,成了乱哄哄你方唱罢我又登场的天桥杂耍场,唐诗无疑也具有复制各种色彩、音响、景物的功能。

当我们阅读杜甫《丽人行》时,当日杨国忠及韩国夫人、秦国夫人、虢国夫人等列队出游,照映如百花焕发,"五鼓待漏,靓妆盈巷,蜡烛如昼"(《旧唐书·杨贵妃传》),显赫热闹场面仿佛眼前。读白乐天《琵琶行》,好似耳边一直回响那商女弹奏出的哀艳凄楚、扣人心弦的乐曲。诵《长恨歌》,宛如那"梨花一枝春带雨"、"回眸一笑百媚生"的倾城倾国的尤物,含情远眺,呼之欲出。这是就其写景、状物、叙事之真切细腻、毕肖自然的一面而言。

但另一方面,自然不仅包括目之所视、耳之所闻的实景,还包括耳目所无法直接感知的虚境,宇宙的节奏化运动有间歇、停顿,事物之间的位移也有空隙、距离,表现在艺术作品中,就出现一个短暂的空白或虚静①,恰如一

---

① 西方现代美学史上,英伽登在《文学的艺术作品》中提出"未定性理论",伊瑟尔在《本文的召唤结构》中进一步形成"空白理论",对接受过程的文本理解有重要意义,参见〔德〕沃尔夫冈·伊瑟尔《阅读活动——审美反应理论》(中文版)第4篇,北京:中国社会科学出版社,1991年。本章论述受其启发,但因所针对的皆为中国诗学的问题,故并没有完全袭用其理论。

段乐曲在嘈嘈切切、急管繁弦之后，往往要有一个"声暂歇"，一个停顿，一个令人回味的休止符。

同时，中国文化还认为，宇宙本身就不是一个具有形质的刚体，也不是一个可具体感知的机械结构，而是时空合一的复合体，是涵泳万物、绸缪往复、流动生成的太虚。因此，艺术不能局限于可感知的声色形相，同时要仰观白云，俯察清流，澄怀观道，游心太玄，从对具体事物的执著中超脱出来，体合天地精神，"悠悠乎与颢气俱，而莫得其涯；洋洋乎与造物者游，而不知其所穷……心凝形释，与万化冥合"（柳宗元《始得西山宴游记》），由具体到抽象，从有限进入无限，从空间进入时间，瞬息中看到了永恒，刹那间即成终古。在一花一鸟、一丘一壑中发现了无限，于观赏自然中获得了一种审美顿悟。中国古人用太虚、太素、无、浑茫、鸿蒙、青冥、溟涬等虚渺空白的概念语词来象征形而上的宇宙自然，"唯此窅窅摇摇之中，有一切真情在内，可兴，可观，可群，可怨，是以有取于诗。然因此而诗则又往往缘景缘事，缘以往缘未来。经年苦吟，而不能自道。以追光蹑影之笔，写通天尽人之怀，是诗家正法眼藏"（王夫之《古诗评选》卷四），就中可以给我们许多启发，也为唐诗中的空白表现提供了一个深广而缥缈的文化背景。

一、大 音 希 声

盛唐诗人常建曾游江苏常熟虞山脚下的破山寺（今兴福寺），写了一首《题破山寺后禅院》的游览诗：

清晨入古寺，初日照高林。竹径通幽处，禅房花木深。山光悦鸟性，潭影空人心。万籁此俱寂，唯余钟磬音。

此篇在当时曾传颂一时，殷璠收集盛唐作者的诗选为《河岳英灵集》，首列常建诗，并赞赏此篇"山光"两句为警策。宋代欧阳修赏爱"竹径"两句，欲仿效常建诗作数语，竟不能得，以为憾恨。但笔者认为，一"空"字乃此篇关键。唯心境空灵，方可赏玩日照山光、竹径花丛、鸟鸣水流等缤纷万象；唯性空入定,方能于喧嚣纷扰的人世中领悟出悠扬的钟磬声中的禅意;惟澄怀味象,虚以待物,故能写出这样生机盎然而又令人尘心俱消的作品。

常建的诗并非偶然,在唐诗中表现空灵之境的作品比比皆是,就以王维而言,只见他的笔下①:

空山不见人,但闻人语响。(《鹿柴》)
人闲桂花落,夜静春山空。(《鸟鸣涧》)
空山新雨后,天气晚来秋。(《山居秋暝》)
荒城自萧索,万里山河空。(《奉寄韦太守陟》)
秋天万里净,日暮澄江空。(《送綦毋校书弃官还江东》)
洒空深巷静,积素广庭闲。(《冬晚对雪忆胡居士家》)
故乡不可见,云外空如一。(《和使君五郎西楼望远思归》)
薄暮空潭曲,安禅制毒龙。(《过香积寺》)

诚如诗论者所指出的,这些作品曾受到佛教思想的影响,具有浓厚的禅趣玄机。但对空白的探讨与认识,早在佛教传入东土之前,已在中国文化中形成了一个传统。

首先,中国文化认为,宇宙的根源就是气韵氤氲的虚空。《老子》第五章中有这样一个比喻:

天地之间,其犹橐龠乎?虚而不屈,动而愈出。

"橐龠"就是风箱。吴澄说:"橐像太虚,包含周遍之体;龠像元气,氤氲流行之用。"②老子认为天与地之间有点像风箱,空虚但不会穷竭,发动起来而生生不息。天地之间虽是一个虚空状态,但并非绝对的虚无顽空,其中弥漫充

---

① 据张节末统计,《王右丞集》所收古近体诗中共出现"空"字84次,平均每五首一个。参见张著《禅宗美学》,杭州:浙江人民出版社,1999年,第186页。
② 引自陈鼓应《老子注释及评介》,北京:中华书局,1984年,第81页。

沛着元气,所以它的作用是不会穷竭的。第十一章又说:"三十辐,共一毂,当其无,有车之用。埏埴以为器,当其无,有器之用。凿户牖以为室,当其无,有室之用。故有之以为利,无之以为用。"这个"虚""无"便包含了无穷的创造因子,就成了产生万物的根源。故第二十五章继续讲道:

> 有物混成,先天地生。寂兮寥兮,独立而不改,周行而不殆,可以为天地母。吾不知其名,强字之曰"道",强为之名曰"大"。

看来不仅天地是虚空,就连那先天地而生、派生天地万物的根本——道,也是听不到声音、看不到形体的"混成"状态,(严灵峰注曰:"寂兮,静而无声,寥兮,动而无形。"①)"天地万物生于有,有生于无",这个"无"也就是"寂兮寥兮"的混成之道,它视之不见,听之不闻,因此《老子》第四十一章进一步推论:

> 大音希声,大象无形。

王弼注曰:"听之不闻名曰'希'。大音,不可得闻之音也。有声则有分,有分则不宫而商矣。分则不能统众,故有声者非大音也。"②说明具体的声与形是抽象大音与大象的显现,但这种纯粹的音乐与完美的形象却是听不见、看不清的,这是由于"道隐无名"的缘故。不过,听不见、看不清并非不存在,恰恰相反,它是"听之不闻其声,视之不见其形,充满天地,苞裹六极"(《庄子·天运》)。

总括起来说,老庄及道家哲学认为天地万物之上还存在着一个本源——道,道的本质是"无",是虚,而万物的本性则是"有",是"实"。有生于无,无复归于无。有无相生,虚实变化,便构成了宇宙的大循环。所以,我们所面临的世界,便不再是单一层次的有限现实世界,而是体用二元既对立

---

① 同前揭书,164 页。
② 《王弼集校释》上册,北京:中华书局,1980 年,第 113 页。

又统一的双层结构。无限与虚空并非缥缈的彼岸世界或入境手续极烦琐的天国，而是就弥散在现实世界的周围。人们可以通过观赏自然，玄对山水，目击道存，在有限中体验到无限，在瞬间看到永恒，"欲知清与洁，明月在澄湾"（孟浩然《赠萧少府》）。特别是当仕途失意、功名无成之际，就更容易以空虚之心涵括万有，沟通自然，泯灭物我界限，心凝形释，与万化冥合，于观赏自然中获得一种审美解悟，由功名仕进追求，转化为道德追求，并进而达到审美追求的境界。

佛教自东汉末年传入东土，在其不断地中国化和儒道合流的过程中，非但没有削弱和淡化这种宇宙观念，反而将此进一步强化并普及到平民百姓家，使原来只属于哲学家精神游戏的玄理，通过佛教徒的宣传，深入到普通人的心理。佛教以虚空为真如佛性，进而将世间万物也一概消解为虚空。但为了使其理论更精致圆通，合理解释现象世界的存在，以龙树为代表的大乘中观学派，又提出了"假有"与"真空"相统一的"中道"说，认为大千世界一切事象都起于因缘和合，不能常住不灭，因此所谓的"有"，不过是一个假象幻影，"空"才是世界的真实本性，但"空"亦存在于虚假的万有之中，因空可以生色，由色可以悟空，空有一如，不执一偏，才能对世界有比较全面的理解。《大智度论》卷二十三中说："观色念念无常，即知为空……空即是无生无灭。无生无灭及生灭，其实是一，说有广略。"《中论》中还有一个概括的说法："因缘所生法，我说即是空，亦为是假名，亦是中道义。"这段话的基本思想是：世界上的一切事物都是因缘和合而生的。因为是因缘和合而生，所以都无自性，无自性即"空"；但诸法既已缘起，即非空无所有，它都有幻相，假名，因此亦即假；对一切事物的认识，既要看到它空无自性的一面，又要看到它作为一种假相、幻影的存在。世间万物与涅槃本是一致的，二者都是空，也都是"妙有"。

禅宗六祖慧能当初所作的有名的示法偈，亦体现了这样的思想：

　　菩提本无树，明镜亦非台。佛性常清净，何处有尘埃。

世间诸物都是幻影，佛性也是澄明清净的虚空，存在于自家心中，故不会沾

染尘埃垢氛。受佛教禅宗思想影响极深的王维,亦搬弄这类典故入诗,表现他的人生哲学:

> 空虚花聚散,烦恼树稀稠。(《与胡居士皆病寄此诗兼示学人二首》)
> 眼界今无染,心空安可迷。(《青龙寺昙璧上人兄院集并序》)
> 欲问义心义,遥知空病空。(《夏日过青龙寺谒操禅师》)

白居易《重酬钱员外》则进一步以无而无之,并空而空之:"本立空名缘破妄,若能无妄亦无空。"杜荀鹤《题著禅师》:"说空空说得,空得到空么?"钱锺书先生解释说:"十字纂言提要,可当一偈。第一'空',名词;第二'空',副词,漫也,浪也;第三'空',动词,破也,除也;第四'空',又名词。若曰:任汝空谈'空',汝能空'空'否,语虽拮弄,意在提撕也。"[①]还有些诗是以空无为话头,如诗僧寒山诗:"寒山有一宅,宅中无阑隔,六门左右通,堂中见天碧,其中一物无,免被人来借。"后来禅宗多喜用空如贫穷人来作偈语。如《五灯会元》卷四记香严偈:"去年贫,未是贫,今年贫,始是贫;去年无立锥之地,今年锥也无。"卷十三僧问:"古人得了什么便休去?"龙牙曰:"如贼入空室。"后枯木元偈:"无地无锥未是贫,如贫尚有守无身,侬家近日贫来甚,不见当初贫底人。"末流所及,在世俗人看去,近乎耍贫嘴。

其次,既然宇宙万物的本源为虚空,那么人如果体认这形而上的"无形"、"希音"的妙道,就必须尽量排除主观欲念的成见,保持内心的虚静。《老子》第十章又指出:

> 涤除玄鉴,能无疵乎?

"涤除",就是洗除尘垢,也就是清除杂念,摒除妄见,使头脑变得像镜子一样纯净清明。"鉴"是观照,"玄"是指道。"玄鉴",就是对道的观照。

[①] 钱锺书《管锥编》第2册,北京:中华书局,1979年,第449页。

《老子》第十六章还说：

> 致虚极,守静笃。万物并作,吾以观复。

"虚"、"静"形容心境原本是空明宁静的状态,只因私欲的活动与外界的扰动,而使得心灵蔽塞不安,所以必须时时做"致虚"、"守静"的功夫,以恢复心灵清明,这样才能感受到万物生成运动、往复循环的本原。陈鼓应先生对此发挥道："致虚即是心智作用的消解,消解到没有一点心机和成见的地步。一个人用心机会蔽塞明澈的心灵,固执成见会妨碍明晰的认识,所以致虚是要消解心灵的蔽障和厘清混乱的心智活动。"[①] 庄子所说的"心斋"、"坐忘"、"虚室生白"、"唯道集虚"都是对老子致虚守静命题的进一步发挥。

这与禅宗所强调的对世界的超理性认识有些类似。禅宗把人对宇宙的顿悟分成三个境界,第一境是"落叶满空山,何处寻行迹"(韦应物《寄全椒山中道士》),这是描写寻找禅的本体不得的情况。第二境是"空山无人,水流花开"(苏轼《罗汉赞》),这是描写已经破法执我执,似已悟道而实尚未了悟的阶段。第三境是"万古长空,一朝风月"(《景德传灯录》卷四),这是描写在瞬刻中得到了永恒,刹那间即成终古,超越思虑执著后呈示出的澄明境界。人既然超越了时间、空间、因果,就等于超越了一切有无差别,挣脱了束缚人的心灵的精神锁链,获得了一种自由解放感,用现代著名禅学大师铃木大拙的话说："禅宗的禅必须'悟',必须是一气推倒旧理性作用的全部堆积并建立新生命基础的全面的心灵凸现,必须是过去从未有过的通过新视角遍观万事万物的新感觉的觉醒。"[②]《五灯会元》卷六记贤者石霜的一段话："休去,歇去,冷湫湫地去,一念万年去,寒灰枯木去,古庙香炉去,一条白练去。"铃木大拙翻译并解释说："止息一切心灵的妄动,让嘴唇上生霉,成为一条白练,使一念超逾万劫,如同冰冷的无生命的死灰,如同寂静山村小庙

---

① 陈鼓应《老子注释及评介》,北京:中华书局,1984年,第129页。
② 〔日〕铃木大拙《通向禅学之路》(中文版),上海:上海古籍出版社,1989年,第81页。

中那久无香火的香炉。只要你信从这些话语，无论在何处修行都行，使身心如土木石块，达到完全没有变动、没有知觉的状态，那么所有生死的征兆消失，界限也毫无踪迹，当没有任何念想在你的意识中干扰的时候，不知不觉地，你会感到在充溢的欢喜中有一道光明照彻，如同暗中得灯、贫中得宝一样，四大五蕴之身已不再有任何重负，变得轻松自在，你的真正的存在就从所有的束缚桎梏中解放出来，身心豁然，愉悦轻松，不知有任何滞碍，同时，你还能得到透视物质真性的洞察力。种种存在在你眼前豁然呈露出原本不可捉摸的种种'空华'，现出真实的本性。这才是你本来面目，同样，这才是你的本地风光，它们只有在这时，才毫无隐匿地现出真形。道路虽只有一条，但它却是何等宽广的坦途！"①

在文学艺术创作方面，魏晋南北朝期间，宗炳从对自然现象的欣赏中总结出"澄怀味象"、"澄怀观道"的理论，陆机《文赋》一开头便说道："伫中区以玄览，颐情志于典坟……课虚无以责有，叩寂寞而求音。"刘勰《文心雕龙·神思篇》中也说："是以陶钧文思，贵在虚静；疏瀹五藏，澡雪精神。"均指出创作过程中要有虚静澄明的审美心胸，这是对主体的一个极重要的要求。

到了唐代，释皎然认为："如何万象自心出，而心澹然无所营。"(《诗式》)刘禹锡更具体地说："能离欲则方寸地虚，虚而万景入。"(《秋日过鸿举法师寺院便送归江陵并引》)司空图《诗品》里形容艺术的心灵当如"空潭泻春，古镜照神"(《洗炼》)，"素处以默，妙机其微"(《冲淡》)；形容艺术的人格如"落花无言，人淡如菊"(《典雅》)，"神出古异，淡不可收"(《清奇》)；艺术的造诣当如"遇之匪深，即之愈希"(《冲淡》)，"遇之自天，泠然希音"(《实境》)；艺术的境界当如"悠悠空尘，忽忽海沤"(《含蓄》)，"诵之思之，其声愈希"(《造诣》)。

如此意义上的无声与无形，又可称为"时空零点"，亦即禅的刹那。这种艺术心胸的根本"在于空诸一切，心无挂碍，和世务暂时绝缘。这时一点觉心，静观万象，万象如在镜中，光明莹洁，而各得其所，呈现着它们各自的

---

① 铃木大拙《通向禅学之路》，第19页。

充实的、内在的、自由的生命,所谓万物静观皆自得。这自得的、自由的各个生命在静默里吐露光辉"。"空明的觉心,空纳着万境,万境侵入人的生命,染上了人的性灵"①。虚怀而物归,心无而入神(进入物象内在的机枢与物为一),离合而引生,空纳以空成。诗人进入创作构思阶段后,主体心理应是澄明空静的,虚以待物,于是万物奔赴,心灵的窗户四方洞开,八面来风,任元气氤氲,白云舒卷,吞吐往复,不做人为的调停制控,止息一切机巧功利,让那天真的鸥鸟在心灵的海滩上自由飞翔栖落,无拘无束地噪唳,于是自然界仿佛回到了原初状态,未经人类理性的开采围猎,未经语言逻辑的歪曲割裂,本样自存,无言独化,饮之太和。

二、飞笔留白

台湾著名易学家陈子斌说:"高明的作者,常常把美的感受,留给观赏者自己去揣摩,在脑海里自由自在的酝酿,才会影射出无限的遐思和品味,所以说,由自我发乎直觉或幻觉,由揣摩而得来的那种想象的'美',才是每人所向往的属于自己对'美'的隽永感。一般能获得社会共鸣的好画,大部分可能是由留白的效果而产生,国画之所以那么重视留白,也就是一种方便的法门,给予观赏者自我发挥影射的机会。常听人说,神来之笔,往往是'无心恰恰用,有心恰恰无'的道理。留白是'无'的表现,在哲理中,'道以无为大,大而无所容',当然也是一种技法的熟练与理念贯彻相辅相成的效果——即留白。"②其实又何止是国画采用这种"计白当黑"、"以无为有"的技法,在诗歌特别是唐诗里,也多用此法。寥落虚空映入澄明如古潭的心灵中,自然会呈现出一幅似幻似真、若有若无的图景,于是在作品中便出现了空寂、空白的现象。空白在画面上是一种休止符,但在欣赏者的脑海中却形成了审美期待,是美感上韵律性的延伸和振荡。

---

① 宗白华《美学与意境》,第228页。
② 《文明的生命力——河洛八卦开创新时代的新智慧》,北京:科学普及出版社,1990年,第117页。

在唐诗中,空白的表现主要有如下几个方面:

第一类直接以白云、空山、青冥、苍天等自然意象呈示出一幅悠远虚淡的画面(局部)。这一类现象除前面所列举王维诗的例子外,在唐诗中还非常多。下面以李白诗为例,作一分析。根据日本学者中岛敏夫《对李白诗中色彩字使用的若干考察》一文统计①,李白一千多首诗中白类汉字的使用有 7 种,频率为 599 次,出现的次数分别为:

白(463)　素(90)　皓(19)　皎(14)

练(9)　缟(3)　皙(1)

就类别而言,仅次于青类(13 种,889 次),但就单个的色彩字而言,则以白字出现的频率最高,下面将李白诗中出现的色彩字按频率大小的顺序排列,如表所示:

序号	颜色	频率	序号	颜色	频率	序号	颜色	频率
1	白	463	10	丹	87	19	玄	18
2	金	333	11	红	63	20	皎	14
3	青	291	12	沧	50	21	赫	13
4	黄	183	13	赤	46	22	练	9
5	绿	128	14	朱	41	23	铜	7
6	紫	128	15	翠	38	24	缁	5
7	碧	106	16	渌	38	25	(下略)	
8	苍	97	17	银	33	26		
9	素	90	18	皓	19	27		

李白诗中"白"字出现的方式:(1)单独使用有 27 次。(2)作为熟语出现有 436 次。其中色彩字在句首的有 419 次,在句尾的有 17 次,单独使用的 27 次。在主谓结构中处在主语位置的 25 次;在动宾结构中处在宾语位置的 2

---

① 马鞍山市李白研究会编《中日李白研究论文集》,北京:中国展望出版社,1986 年。

次。下面再将李白所用色彩词语及使用频率列表如下：

序号	色彩词	频率	序号	色彩词	频率	序号	色彩词	频率
1	白日	50	9	白雪	16	17	白首	11
2	青天	47	10	白璧	15	18	白露	11
3	白云	40	11	紫霞	14	19	红颜	11
4	白玉	26	12	白鹭	14	20	苍生	11
5	青山	21	13	绿水	13	21	碧云	11
6	碧山	19	14	紫烟	13	22	青松	11
7	白发	19	15	朱颜	13	23	素手	10
8	苍梧	18	16	赤城	12	24	（下略）	

就此可以看出，李白最喜欢以白日、白云这一类虚灵的自然意象构成画面。而青天亦是空阔高远的象征，与白日同属天体类。至于白雪、紫霞、紫烟、碧云等也是与天体有关的自然意象。从构成诗歌形象最基本的单位——色彩词与自然意象中，也可以看出李白的审美理想及风行水上、舒卷自如的风格。

值得注意的是，由中岛敏夫先生的统计我们还可以发现，不仅仅是李白，在杜甫诗中各类色彩使用频率最多的也是白字（493次），在全部色彩字中占22.3%，此外，陈子昂（64次）、王维（90次）、王昌龄（44次）、韦应物（65次）、孟郊（94次）、李贺（93次）李商隐（96次）、皮日休（94次）等作品中，白字均居各家别集中色彩字之首。所以，可以说唐代诗人大都喜欢用"白"这个色彩词构成诗歌意象。

色彩是光的组成部分，是能见的一部分电磁波。人们能感受到光的不同频率，就如同能感受到不同的声音频率一样。对不同声频的感受是音调，对不同光线的感受则是色彩。色彩能唤起人们一定的反应，表达不同的感情，甚至有一定的象征意蕴。以上面所列举唐诗中出现最多的"白"字而言，它是一个富有光感的词，由光谱中七种自然光折射而成。所以既是单纯的,又是复合的,既具有充盈一切、无所不包的空间感,又是寂寥虚无、遥远模糊的象征①。它能引起人们情绪上明亮、纯静、素朴、冲淡、寂静、雅致的反应,亦能使人从具体有限之中感受到幽远渺茫的抽象无限的诱惑,人们从空间的深邃中知觉到时间的悠久。时空的转换,往往依靠"白"的帮助,对无限永恒的体悟,也需要"白"的导引。

如崔颢《黄鹤楼》:

> 昔人已乘黄鹤去,此地空余黄鹤楼。黄鹤一去不复返,白云千载空悠悠。晴川历历汉阳树,芳草萋萋鹦鹉洲。日暮乡关何处是?烟波江上使人愁。

此篇写登楼感怀。作者以仙人跨鹤这样子虚乌有的传说起笔,又接连用"去"、"空余"、"一去不复返"等否定存在的语词,直逼出第四句"白云千载空悠悠"。在这里,"千载"是时间概念,而"白云"、"空悠悠"则是空间意象,两不相蒙,但作者将"千载"这一时间概念插入,就使得叠字"空悠悠"兼具有时间的悠久与空间的邈远两层意蕴。空悠悠的白云巧妙地从三维度的空间中偷渡到流逝的时间之河上,产生了一种永恒感。而在声律上"空悠悠"属三平调煞尾,高古奇崛,即《红楼梦》中林黛玉教人作诗时所说的:"若是果有了奇句,连平仄虚实不对都使得的。"在唱诵时,连续的平声能将字音最大限度地传播出去,从高到低,从近到远,从实到虚,从清晰到模糊、余音袅袅,不绝如缕。尾联末句写江上实景,虽未用空、白、虚、无之类的字眼,但"烟波江上"四字,却同样给我们呈示出一片暮霭氤氲、烟波浩渺的虚灵流动图景。只不过"白云"句是对前半幅的涵括,兴古今天人之感;"烟波"句则是对后半幅的弥散,抒羁旅行役之苦。"白云千载"是虚中之虚,"烟波江上"是实中之虚。前句谓天人阻隔,怅惘不已,反形出天地的空旷悠久;后句谓客居异乡,归思难收,正推出乡关的渺茫虚无。故首倡神韵空灵理论

---

① 葛兆光《禅意的"云"——唐诗中一个语词的分析》,侧重以中、晚唐诗为例,对"白云"语汇与禅宗文化进行了精彩的剖析,载《文学遗产》1990年版第3期,可参读。

的严羽认为"唐人七言律诗,当以崔颢《黄鹤楼》为第一"(《沧浪诗话·诗评》),而清代格调派的沈德潜亦击节称赞:"意到象先,神行语外,纵笔写去,遂擅千古之奇。"(《唐诗别裁集》卷十三)

在佛教中,白云(或青云)往往具有佛性自在的象征意蕴,如《景德传灯录·传第四》:"问如何是天柱家风?师曰:时有白云来闲户,更无风月四山流。"释皎然《白云歌寄陆中丞使君长源》:

> 逸民对云效高致,禅子逢云增道意。白云遇物无偏颇,自是人心见同异。

王维诗中也经常用白云来象征佛性的自在以及自己对人生意义的某种领悟:

> 但去莫复问,白云无尽时。(《送别》)
> 悠悠远山暮,独向白云归。(《归辋川作》)
> 湖上一回首,山青卷白云。(《欹湖》)
> 羡吾栖隐处,遥望白云端。(《酬比部杨员外暮宿琴台朝跻书阁率尔见赠之作》)
> 白云回望合,青霭入看无。(《终南山》)
> 惟有白云外,疏钟闻夜猿。(《酬虞部苏员外过蓝田别业不见留之作》)
> 寂寞柴门人不到,空林独与白云期。(《早秋山中作》)

舒卷自如的白云,是对某种神秘体验的直接启示,也是作者随遇而安、自由自在的生活态度的象征。诗艺与诗境,主体与客体,时间与空间,都被"千载空悠悠"的白云缭绕淡化,呈现出镜花水月般难以言说分辨的美景来。

第二类则是通过富有包孕的片刻寂静来表现各种复杂丰富的、耐人寻味的体验。如白居易《琵琶行》中描写音乐一段:

大弦嘈嘈如急雨,小弦切切如私语。嘈嘈切切错杂弹,大珠小珠落玉盘。间关莺语花底滑,幽咽泉流冰下难。冰泉冷涩弦凝绝,凝绝不通声暂歇。别有幽愁暗恨生,此时无声胜有声。银瓶乍破水浆迸,铁骑突出刀枪鸣。曲终收拨当心画,四弦一声如裂帛。东船西舫悄无言,唯见江心秋月白。

将这一段诗句再进一步简化,便是这样:嘈嘈切切→凝绝无声→四弦裂帛→主客无言。在两次嘈嘈切切、急弦繁音、震人视听的间歇,却又分别插入两个"无声"、"无言"的休止符,构成了两次听觉上的空白,婉转曲折,跌宕有致。乐音由弱到强,由单到复,层层递进,推至最高潮,却又戛然而止,归于寂静。第一次的凝绝无声,还只是弹奏者的乐器,而第二次则是东船西舫——听众与演奏者均陷入了一种冥思的沉寂之中,表现出复杂丰富的高峰体验。钱锺书先生曾对此现象分析道:"寂之于音,或为先声,或为遗响,当声之无,有声之用。是以有绝响或阒响之静,亦有蕴响或酝响之静。静故曰'希声',虽'希声'而蕴响酝响,是谓'大音'。乐止响息之时太久,则静之与声若长别远睽,疏阔遗忘,不复相关交接。《琵琶行》'此时'二字最宜着眼,上文亦曰'声暂歇',正谓声与声之间隔必暂而非永,方能蓄孕'大音'也。此境生于闻根直觉,无待他根。"①

三、空故纳万境

　　唐代诗人并没有满足于仅仅用空、白之类的字眼或虚淡的色彩闪现一两个空白画面,而是通过一系列艺术手段,造成一个空灵悠远的氛围,用以构成诗的意境。这就好比在山巅构筑一处亭阁,虽然空无一物,但却吐纳云气,收揽朝晖夕照,"惟有此亭无一物,坐观万景得天全"(苏轼《涵虚亭》)。山川灵气的动荡吐纳、天地精神的舒卷飞扬都从四方奔来,聚会于一亭。所以这"空中荡漾着'视之不见、听之不闻、搏之不得'的'道',老子名之为

---

① 《管锥编》第2册,第449页。

'夷'、'希'、'微'。在这一片虚白上幻现的一花一鸟、一树一石、一山一水，都负荷着无限的深意，无边的深情。"①

贾岛的《寻隐者不遇》，便是正面表现空灵冲淡境界的最明了的例子：

> 松下问童子，言师采药去。只在此山中，云深不知处。

此篇一作孙革诗，题为《访羊尊师》，著作权究竟该判归谁，我们姑且不论。就字面而言，全诗主要表现寻隐者不遇的怅惘之情。然作者却用简洁的笔触，勾勒出一幅幽静深远、烟霭杳渺的水墨图，呈示出一个悠远的意境。深云缭绕，已让人感到一片迷蒙，再添加上"不知处"三字，对具体确定的场景进行全面的否定，故末两句非但没有向来访者提供什么信息与路径，反而把来访者强烈而直接的欲望拧曲截断，一并推入那深邃莫测的云山雾海之中。旧评多谓此篇妙在以青松、高山、白云衬出未出场的隐者高致。其实又何止隐者，就连童子所答，亦可见其禅机灵动，修养颇深。如果他直接答出师之具体去处，那么，在禅学叫落入"第二义"，在诗学叫直露无余，只有如诗中那样回答，才能显出其禅学根基深厚，俨然一有道高僧，故意以超逻辑的答非所问点化来访者，使他能悟出些什么。钟惺《唐诗归》虽只用"愈近愈奇"四字点评，亦可看出此公天机自然，于"云深不知处"，领悟出原作者的心传道体。

除正面表现空寂之境外，还有反其道而行之，以动写静，以音衬寂，以实写虚。《诗·小雅·车攻》："萧萧马鸣，悠悠旆旌。"《毛传》曰："言不喧哗也。"即指出其以声音烘托寂静的特点。梁朝王籍《入若耶溪》："艅艎何泛泛，空水共悠悠。阴霞生远岫，阳景逐回流。蝉噪林逾静，鸟鸣山更幽。此地动归念，长年悲倦游。"其中"蝉噪"两句被时人评为文外独绝，究其实，亦是以声音之鸣噪来反衬山林之幽静空寂。

唐人诗中此类现象极多，且表现方法更加高妙自然，如王维的《鸟鸣涧》：

---

① 宗白华《美学与意境》，第222页。

> 人闲桂花落,夜静春山空。月出惊山鸟,时鸣春涧中。

作者意在表现幽静,但笔下却桂花纷落,山月出照,惊鸟时鸣,一片盎然生机,呈现出未经人工干涉污染的原始朴茂之美,反形出春山的空寂幽静。因为自然界本来是素朴浑整、无始无终、无动无静的,只是由于人类活动的介入,才打破了这种永恒的寂静,并以各种机巧为圈套,来戕害自然界的生态。现在,人既已"闲",暂时退出,于是自然界又恢复了它的本初状态,仿佛童话一般,万物纷纷登场,即兴演出。故李锳《诗法易简录》评道:"一种空旷寂静景象,因鸟鸣而愈显者。流露于笔墨之外,一片化机,非复人力可到。"《鹿柴》一篇,亦用此法。前人解释说"人语响是有声也,返景照是有色也。写空山不从无声无色处写,偏从有声有色处写,而愈见其空。"(同前书)李华《春行即兴》:"宜阳城下草萋萋,涧水东流复向西。芳树无人花自落,春山一路鸟空啼。"以草长水流、鸟啼花落,来反托荒凉寂寥,与王维诗有异曲同工之妙。

中唐诗僧皎然在《诗式》中说,所谓"静","非如松风不动,林狖未鸣,乃意中之静",松风不动,林狖未鸣,是一种死寂状态,令人联想到地狱中的黑暗恐怖,时时觉得毛骨悚然,不寒而栗,反倒会产生一种骇动之感。自然界的幽静与诗境的空寂,则往往需要用声音与动态来衬托。王维《山居秋暝》的中间两联:"明月松间照,清泉石上流。竹喧归浣女,莲动下渔舟。"以动写静,用有声衬无声,反形出终南山的空旷幽静,表现作者归隐山林的生活情趣。这类例子在唐诗中极多,另如王勃《春庄》诗"直知人事静,不觉鸟声喧",崔颢《入若耶溪》诗"岩中响自答,溪里音弥静",杜甫《题张氏幽居》诗"伐木丁丁山更幽",许浑《夜归丁卯桥村舍》诗"月凉风静夜,归客泊岩前。桥响犬遥吠,庭空人散眠",刘长卿《题郑山人幽居》诗"寂寂孤莺啼杏园,寥寥一犬吠桃源",张籍《不食仙姑山房》诗"月出溪路静,露白秋江晓",温庭筠《开圣寺》诗"竹间泉落山厨静,塔下僧归影殿香"等等,都是以各种声响来表现空寂之境的。

贾至《铜雀台》诗"日暮铜雀静,西陵鸟雀归",储光羲《贻刘高士别》诗

"山昼猿狖静,溪暄鱼鸟乱",钱起《山中酬杨补阙见过》诗"幽溪鹿过苔还静,深树云来鸟不知",李频《古意》诗"玄鸟深巢静,飞花入户香",裴说《赠衡山令》诗"猿跳高岳静,鱼摆大江宽",司空图《赠鉴禅师》诗"夜深雨绝松堂静,一点飞萤照寂寥"等,则是通过各种活泼腾跃的动态来表现宁静之境。

钱锺书先生指出:这种以声衬寂、以动写静的现象,属于心理学上的"同时反衬现象":"眼耳诸识,莫不有是;诗人体物,早具会心。寂静之幽深者,每以得声音衬托而愈觉其深;虚空之辽广者,每以有事物点缀而愈见其广。"①

还有一类作品是通过作者的艺术剪辑,故意删除裁汰掉一些连续画面,在内容上大跨度跳跃,造成画面的省略与空缺。我们再以《寻隐者不遇》一诗来作说明。诗人既然是记录寻隐者不遇与童子的一段对话,本该有问有答,但在诗中,却将作者的问话剪辑掉,寓问于答,我们只能从童子的答语中逆推作者的问话:

松下问童子,(尊师干甚去?)
言师采药去,(采药在何处?)
只在此山中,(此山哪一段?)
云深不知处。

空缺处需要我们在阅读欣赏时,根据自己的生活经历和审美体验去填充,每次填充的答案都会因人而异,因时而异。王文濡《唐诗评注读本》评曰:"此诗一问一答,四句开合变化,令人莫测。"正点破此篇以答句包赅问句,省略内容,故设空白的手法。

如果说,《寻隐者不遇》还是有问有答,只不过将问话省略造成空白的话,那么,崔颢的《长干曲》其一则恰恰相反,有问而无答:

---

① 《管锥编》第 1 册,第 138 页。

君家何处住,(　　　　　)
妾住在横塘,(　　　　　)
停船暂借问,(　　　　　)
或恐是同乡。(　　　　　)

此篇描写一水乡女子在江上向过往行人攀谈问话的一个细节。它像一场独幕剧,又像一篇微型小说。寥寥四句独白,简单明了,但仔细涵泳把玩,却会觉得隽永深长,风神无限。诗一上来就以女子的问话开场:"君家何处住?"此虽为一般人路遇攀谈时的常例,但在礼俗甚多的古代社会,由一女子主动发问,已经够大胆率直了。下来本该写君(小伙子)的答话,但诗到此却空缺,故需要欣赏者的想象力去填充;也许小伙子回答了,也许水乡姑娘天真无邪而又爽朗快捷,还未等对方答话就自报家门:"妾住在横塘。"从社交的一般习惯来讲,女子特别是青年女子的年龄、居处是不该轻易告诉陌生人的。作者这样写,一方面表现水乡姑娘的纯真无邪,另一方面,在潜意识中也未尝不含有向对方介绍自己情况的用意。所以俞陛云说这两句"既问君家,更言妾家,情网遂凭虚而下矣"(《诗境浅说续编》),正说破女子迫不及待自我介绍中的暗示。姑娘既有问,小伙子当有答,答毕可能还会反戈一击,以攻为守:你问这些干什么?就自然引出后两句姑娘的解释。当然,这只是我们的推测,是根据空白想象填充出来的。也许是另一种情况:姑娘在大胆攀问又主动介绍之后,才觉得自己有些太唐突,怕引起对方的误解,所以赶忙又加以补充解释,说自己只不过是随便问问,打听对方是不是同乡,绝无深意。这样解释表面看来十分得体,既掩饰了姑娘的羞涩,又表现了她的狡黠。但稍有阅历的人便不难看出,这样的补充欲盖弥彰,把起初恐怕连她自己也没有意识到的内心秘密给点破了。王夫之说:"论画者曰咫尺有万里之势,一'势'字宜着眼。若不论势,则缩万里于咫尺,直是《广舆记》前一天下图耳。五言绝句,以此为落想时第一义。唯盛唐人能得其妙,如'君家何处住'云云,墨气所射,四表无穷,无字处皆其意也。"(《姜斋诗话》卷二)这一段议论即是船山先生于此篇无字处所读出的意蕴,给那个空筐中填充进去的审美体验。

另如王维《终南山》一诗的尾联两句"欲投人处宿,隔水问樵夫",写作者游览终南山水,日暮时才下山,打算借宿一晚,隔着水向砍柴人询问,问什么呢,作者却戛然而止,不作下文了。这样写看似很突兀,似与通体不配,但唯其如此,才留出一块极大极自由的艺术空白,读者的想象力才可以在这宽敞空旷中寻幽探胜,流连徘徊,吟赏咀嚼,自得其乐。一"问"字中包蕴了许多问题,一空白处辐射出许多诗意的彩色弧光[①]。

[①] 霍松林师认为杜甫《石壕吏》一诗也是采用藏问于答的手法,故"其事何长,其言何简"(陆时雍)。另外,贺知章《回乡偶书》、王维《杂咏》、白居易《问刘十九》、皇甫冉《问李二司直》、李端《逢王泌自东京至》等都采用几句问乃至句句问。参见师著《唐宋诗文欣赏举隅》,北京:人民文学出版社,1984年,第96—106页。

第五章　秋风吹不尽，总是玉关情

——唐诗的情感体验

勃兰兑斯曾充满激情地说："文学史，就其最深刻的意义来说，是一种心理学，研究人的灵魂，是灵魂的历史。"[①]这段论述是针对把文学看作社会的、政治的、经济的材料堆积的错误看法，给人以深刻的启示。

如果说，西方文学由于受到希腊文学中史诗传统的影响，以塑造人的性格、挖掘人的深层意识为特点的话，那么中国文学则由于受到风骚传统的影响，以情感表现擅长。《尚书·尧典》中提出的"诗言志"命题，被后代推为中国文学的开山纲领，并不是没有道理的。古代诗歌的各种理论彼此之间或正或反，或分或合，或破或立，或推或挽，但都是缘此出发的一种发散思维；中国诗歌的表现或言志或抒怀，或缘情或明理，也都是由此源头飞流直下，波澜纵横，最后朝宗于海的。

《乐记》中指出："凡音之起，由人心生也，人心之动，物使之然也。"汉代王充也认为："文由胸中而出，心以文为表。"（《论衡·超奇篇》）指出了文与心的关系，同时说明了精神活动产生的心理根据和物理刺激。屈原还具

[①] 《十九世纪文学主流》（中文版）第 1 分册引言，北京：人民文学出版社，1980 年。〔德〕卡尔·兰普希特也有类似的看法，他认为"历史学首先是一门社会——心理学"。参见〔英〕彼得·伯克《历史学与社会理论》（中文版），上海：上海人民出版社，第 16 页。

体说:"惜诵以致愍兮,发愤以抒情。"陆机《文赋》则在新的时代背景下,总结前人的看法,提出"诗缘情"的主张,给"诗言志"的旧命题注入了新的美学内容。表面上看,言志与缘情,词义相近,似无区别。但从本质上说,情广而志狭,情活跃而志凝定,情为人的自然属性,而志为人的社会伦理属性。魏晋南北朝时期人的解放,文的自觉,对传统价值观念的彻底怀疑和否定,对感情与自然美的热烈追求,都使"诗缘情"这一新论断带有浓厚的时代色彩。《世说新语·伤逝》曾记载道:

> 王戎丧儿万子,山简往省之,王悲不自胜。简曰:"孩抱中物,何至于此?"王曰:"圣人忘情,最下不及情,情之所钟,正在我辈。"

不仅抒情诗注重主观抒发,日常生活也充满着悲悯的情调,甚至在写景类的作品中,也注意心与物的交融渗透。刘勰《文心雕龙》曾反复指出:"流连万象之际,沉吟视听之区;写气图貌,既随物以宛转;属采附声,亦与心而徘徊。""目既往还,心亦吐纳。""情往似赠,兴来如答。""登山则情满于山,观海则意溢于海。"都是讲创作过程中情缘外物兴起,在艺术意象形成和外化的各个环节中始终伴随着情感活动。

缘情、钟情给诗歌带来了新的曙光,唐代诗歌就是在建安文学重真情抒发、六朝诗歌重形式追求的基础上,辅以高远的政治思想和人生抱负,形成了风骨健举、兴寄深植、声律谐美而又自然率真的一代之文学。近人梁启超针对前人评价杜甫的偏颇之处,指出杜甫是千古"情圣",并以《情圣杜甫》为题撰文,解释说杜甫是"中国文学界写情圣手,没有人比得上他,所以我叫他做情圣"[1]。其实有唐一代笃情的诗人又何止杜甫一人,钱锺书曾指出:"唐诗、宋诗,亦非朝代之别,乃体格性分之殊。天下有两种人,斯分两种诗。唐诗多以丰神情韵擅长,宋诗多以筋骨思理见胜。"[2]说明与宋诗相比,整个唐诗均注重情韵的抒发。

---

[1] 《饮冰室文集》第70册,上海:中华书局。1926年,第62页。
[2] 《谈艺录》,第2页。

本章不打算对唐诗的情感体验和心理描写作总体的全面的论证,只是就唐诗情感表现的一些具体技巧作一些引述。

一、神奇的内宇宙

如果说,客观外界是一个广袤无垠、无始无终的时空统一体,人们的游览、远征、探险乃至太空航行都不过是为了解、认识或者征服这个外部世界的话,那么,与此相对还有另外一个神秘莫测、同样广袤无垠的宇宙,这就是人的心灵。比较而言,人类忙于扩张、掠夺和占有外部世界,所以对外部世界的认识较为丰富,但对其自身,对精神现象的产生,对心灵世界的疆域,却知之甚少,歧见、谬说颇多,系统的、有说服力的理论少得可怜。

人类精神领域的可见部分只是一块小小的陆地,还有极大部分被波浪滔天的海洋所隐藏,被那天苍苍、野茫茫的沼泽地所覆盖。这是一片没有灯塔的水域,是一块沉睡了百万年的原生地,是一块尚未清楚地标明范围的生命禁区。它的神奇瑰丽,在20世纪以来已逐渐引起一些学者的注意,开始了小规模的勘查探险。

值得注意的是,在科学文献和数据奇缺的情况下,文学艺术作品为我们认识这一块神奇原始的极地提供了星星点点的渔火,为我们理解人的精神现象的丰富性、深刻性展示了许多具体形象的画面。

比起西方的叙事文学作品诸如小说、戏剧来,中国古代以抒情诗见长,可以毫不夸张地说,无论是就其产生的数量,还是所达到的艺术高峰,都远远地超过了西方。但奇怪的是,人们进行心理分析时,多喜欢以叙事作品为重点,而对直接表达情绪、感受、体验、联想的抒情诗却置于一边,这倒确实是匪夷所思的。

中国古代文学的发展有这样一个奇特的现象:一方面抒情文学发达,言志缘情之说甚早,绝大部分的作品都是感发抒愤之作。另一方面,所言之志、所抒之情必须经过沉淀过滤、规范入格,涂有浓重的社会伦理色彩。要求乐而不淫,哀而不伤,中和无邪。从作品内容知情理意诸要素来看,更多地强调有社会伦理思想和功利精神的意、理、知,而忽略或压制纯粹亢奋激烈、隐秘变化的情感宣泄。但这并不完全符合唐诗的实际。以下,我们通过对唐诗中具体作品的解析,来看民族文化心理的另外一些被人忽略或误解的方面。

首先,唐诗在表现人的精神活动的丰富性方面超过了过去任何时代。

在初盛唐递变时期,先后产生了刘希夷的《代悲白头翁》和张若虚的《春江花月夜》两篇作品,不约而同地抒发出人类面对星换斗移、花开花落等物序的更替,所引发出的联翩思绪。这是青春期的少男少女对现实人生的一种甜蜜而忧伤的过敏反应,也是一直困扰人类心灵的一个永恒难题——如何度过有限,如何超越无限?

> 今年花落颜色改,明年花开复谁在?已见松柏摧为薪,更闻桑田变成海。古人无复洛城东,今人还对落花风。年年岁岁花相似,岁岁年年人不同。(刘希夷《代悲白头翁》)

> 江畔何人初见月?江月何年初照人?人生代代无穷已,江月年年只相似。不知江月待何人,但见长江送流水。(张若虚《春江花月夜》)

由生命的迷茫感所激起的感情涟漪,形成大小不等、深浅不一的同心圆,半江瑟瑟,半江残红,展示出曲线的朦胧意态;由现实的焦灼痛苦所生发的心灵花絮,纷纷扬扬,铺天盖地。这少年之春凋零时的潇潇红雨,同时还散发着生命特有的芬芳,洋溢着生动的气韵。难怪闻一多先生曾毫无保留地击节赞赏道:

> 更夐绝的宇宙意识!一个更深沉更寥廓更宁静的境界!在神奇的永恒前面,作者只有错愕,没有憧憬,没有悲伤……
>
> 他得到的仿佛是一个更神秘的更渊默的微笑,他更迷惘了,然而也满足了……
>
> 这里一番神秘而又亲切的、如梦境的晤谈,有的是强烈的宇宙意识,被宇宙意识升华过的纯洁的爱情,又由爱情辐射出来的同情心。这

是诗中的诗,顶峰上的顶峰。①

这是一个标志,也是一种象征,"那一气到底而又缠绵往复的旋律之中,有着欣欣向荣的情绪"②,结束了韵文依靠脂粉装饰容颜的旧时代,迎来了诗歌天然本色的新高潮,杜审言诗"云霞出海曙,梅柳渡江春"(《和晋陵陆丞早春游望》),王湾诗"海日生残夜,江春入旧年"(《次北固山下》),便是对这样一个变革时代的形象描绘。

盛唐时期的诗人无论是写山水田园还是写绝域边塞,是写纵酒携妓还是写失意悲观,总有一种昂扬饱满的情绪,一种占有扩张的欲望,这正是对初唐四杰、陈子昂、刘希夷及张若虚等所开创风气的一种赓续和发扬:

万里不惜死,一朝得成功。画图麒麟阁,入朝明光宫。大笑问文士,一经何足穷。(高适《塞下曲》)

十年守章句,万事空寥落。北上登蓟门,茫茫见沙漠。倚剑对风尘,慨然思卫霍。(高适《淇上酬薛三据兼寄郭少府》)

万里奉王事,一身无所求。也知塞垣苦,岂为妻子谋。(岑参《初过陇山途中呈宇文判官》)

均表现一介书生在时代精神感召下昂扬奋发的情绪。

葡萄美酒夜光杯,欲饮琵琶马上催。醉卧沙场君莫笑,古来征战几人回。(王翰《凉州词》)

将腥风血雨的征战与沙场写得如此豪情四溢,也是因诗人主观情绪的亢奋激烈。

---

① 《唐诗杂论·宫体诗的自赎》,《闻一多全集》第3卷,北京:三联书店,1982年,第20页。
② 同前揭书,第17页。

故园东望路漫漫,双袖龙钟泪不干。马上相逢无纸笔,凭君传语报平安。(岑参《逢入京使》)

写缠绵悱恻之情,而出语淡然,心致婉曲却又不流于哀怨。

唐诗不仅表现出精神活动的丰富性,而且揭示出人类心理内涵的深刻性和微妙性,同写思乡之情,宋之问的《渡汉江》说:

岭外音书断,经冬复历春。近乡情更怯,不敢问来人。

依情理,长年流贬岭外,归思难收。现在即将回家,本应该是"近乡情更切,急欲问来人",但作者却一反常态,说自己"情更怯",不敢询问来人。其中三、四句构成了两组心理矛盾,第三句表达情感的矛盾冲突,一方面急切盼望早一点回到久别的故乡,看到久别的亲人,另一方面又担忧家里不知会发生什么变故,家人的命运可能有什么不测,因此越是近乡越是胆怯不安。第四句表现行为的矛盾冲突,看到从家乡方向来的人,一方面想打听一下家人的情况,另一方面又没有勇气打听,害怕听到不吉利的消息,因此愈是熟悉家乡的人就愈不敢攀问,内心惶恐,心情战栗。从情感的状态和行为的状态两个方面表现旅人的异常心理状态[①],前内后外,前因后果,互相结合,将久别还乡的复杂情感体验表现了出来。

利用"情怯"这一心理异常状态来刻画将归的复杂情绪,在古今名著中屡有出现,比如在孙犁富有诗情画意的小说《嘱咐》中描写男主人公水生归乡时有这样一个片段:

太阳落到西边远远的树林里去了,远处的村庄迅速地变化着颜色。水生望着树林的疏密,辨别自己的村庄,家近了,就进家了,家对他不是吸引,却是一阵心烦意乱。他想起许多事,父亲确实的年岁忘记了,是

---

① 这一看法参考了林兴宅的论述,参见林兴宅《艺术魅力的探寻》,成都:四川人民出版社,1985年,第222页。

不是还活着？父亲很早就有痰喘的病。还有自己的女人，正在青春，一别八年，分离时她肚子里正有一个小孩子。房子烧了吗？

不是什么悲喜交加的情绪，这是一种沉重的压迫，对战士的心是很大的消耗。他的心里驱逐这种思想情感，他走得很慢，他决定坐在这里，抽袋烟休息休息。

他坐下来打火抽烟，田野里没有一个人，风有些冷了，他打开大衣披在身上。他从积满泥水和腐草的水洼望过去，微微地可以看见白洋淀的边缘。

虽古今异代，体裁有别，但文心如灵犀，一脉贯通。孙文可为宋诗作注脚。

与宋之问的《渡汉江》相媲美的还有杜甫的《述怀》，其中"自寄一封书，今已十月后。反畏消息来，寸心亦何有"四句，也是以反笔表现苦况，把诗人在特定环境下的变态心理刻画得细致入微，真情实感，有血有泪。非身经丧乱，不知此语之真。

以短小的篇幅、精炼的字句，涵括复杂而深刻的心理内容的还有王昌龄的《闺怨》：

闺中少妇不知愁，春日凝妆上翠楼。忽见陌头杨柳色，悔叫夫婿觅封侯。

杨柳色就是春色，那少妇本还沉浸在对燕尔新婚的回味追忆中，天真无邪与对功名的盲目崇拜，使她还不知忧伤痛苦为何物，打扮得花枝招展，登楼眺望，看到春色满城，踏青的士女熙来攘往，才蓦然唤醒了她懵懂沉睡的自然欲望，感到了自己的空虚孤独，辜负了无限春光，花有重开日，人无更少年，而自己锦片也似的韶光，就这样如流水般轻掷易抛了。"一见柳色而生悔心，功名之望遥，离索之情呕也"（唐汝询《唐诗解》卷二六）。一种莫名的空虚，一种强烈的失落，使原来的平衡被打破，价值观产生了严重的倾斜，由对功名富贵的企慕急转为对感情幸福的渴求。外的否定必然带来内的觉醒，而觉醒的人性又引出新的惶惑与痛苦。诗人巧妙地捕捉住女主人公刹那间的感情,极富有启发性,引人无限遐思。一"悔"字包孕了无限心事。在"陌头杨柳色"的照映下,"觅封侯"这一庄重严肃的理想,变得那样浅薄滑稽,欲望的小兽蠢蠢拱动,啃啮撕扯着女主人公的心绪。少妇心中埋藏的感情潜流,就这样震破理性的冻土冰层,浩乎其沛然地倾泻出来。

李白抒写壮志受挫后,理想与现实矛盾冲突所迸发出的愤激感情,极富有冲击与对抗力量。形式上以歌行体为主,章法上不主故常,变化无端,随意抒写。如《宣州谢朓楼饯别校书叔云》:

> 弃我去者,昨日之日不可留;乱我心者,今日之日多烦忧。长风万里送秋雁,对此可以酣高楼。蓬莱文章建安骨,中间小谢又清发。俱怀逸兴壮思飞,欲上青天览明月。抽刀断水水更流,举杯销愁愁更愁。人生在世不称意,明朝散发弄扁舟。

此篇另一题作《陪侍御叔华登楼歌》,据詹锳考证,当以后题为是①。开头两句如黄河落天,风雨骤至。中间的接转好似白云舒卷,随风变灭。短短的十二句,感情几次跳跃,由苦闷抑郁转为开朗,又由开朗转为豪逸,最后又由豪逸变为愤激。直起直落,大开大合,若断若续而又一气呵成,没有任何承转过渡的痕迹。诗的发展,完全是以情绪的变化为转移,转折腾挪,自成波澜,变化莫测,令人难以捉摸,别具一种感人力量。这种起落无端、断续无迹的跳跃式结构,最适宜于表现诗人因理想与现实的尖锐矛盾而产生的急遽变化的感情,沈德潜说:"太白七古,想落天外。局自变生,大江无风,波浪自涌,白云从空,随风变灭。"(《说诗晬语》卷上)就指出这类诗的抒情方式。本诗震荡人心之处,还表现在它将个人的不幸与对国家命运的担忧结合起来,不但表现了诗人在国难即将临头之时无可排遣的忧心烦乱,而且渲染出安史之乱前夕"山雨欲来风满楼"的时代氛围,所以在表情上更为强烈,更为集中,更为深刻。

---

① 詹锳主编《李白全集校注汇释集评》第5册,天津:百花文艺出版社,1996年,第2566页。

二、山林与魏阙

在中国文化中,由出处行藏构成的心理矛盾是知识分子的一个永恒的情结。儒家讲积极用世、自强不息,但他们并不偏执胶着,而是比较圆通易变,"天下有道则仕,无道则隐","道不行,乘桴浮于海"(《论语·公冶长》);"穷则独善其身,达则兼济天下"(《孟子·尽心上》)。这些思想对中国文人影响极为深远,已成为后代读书人系心立身的行为规范和心理模式。《庄子·让王》记中山公子牟对瞻子说:"身在江海之上,心居乎魏阙之下,奈何?"成玄英疏曰:"公子有嘉遁之情,无高蹈之德,故身在江海上隐遁,而心思魏阙下之荣华。"揭示出公子牟身心不一致的矛盾。从另一个侧面透露出中国知识分子的心理秘密。

首先,中国在唐宋以前,很少有职业作家,文人们大都恪守"学而优则仕"的古训,希望在政治舞台上有所作为,大用天下,大济苍生。即便有些人仕途坎坷,隐遁林泉,以著述为业,也多半是出于无可奈何,并非初衷。李白在安州被许圉师家招婿时,曾作《代寿山答孟少府移文书》一文,此文不仅对认识李白的思想,而且对理解唐代乃至整个封建社会的文人都是一把开心钥匙,文中写道:

> 达则兼济天下,穷则独善一身。安能餐君紫霞,荫君青松,乘君鸾鹤,驾君虬龙,一朝飞腾,为方丈蓬莱之人耳?此则未可也。乃相与卷其丹书,匣其瑶瑟,申管晏之谈,谋帝王之术,奋其智能,愿为辅弼。使寰区大定,海县清一,事君之道成,荣亲之义毕,然后与陶朱、留侯,浮五湖,戏沧洲,不足为难矣。

值得沉思的是,一介文士,却不想以著述为业,甚至"不求小官,以当世之务自负"(刘全白《唐翰林学士李君碣记》),而是想一跃成为辅弼大臣,帮助皇上实行开明政治,使社会安定,人民生活富足,成千秋英名。他的仗剑去国,辞亲远游,他的平交王侯,历抵卿相,都是为这样一个目的。因此,当奉诏入京时，便欣喜若狂："仰天大笑出门去，我辈岂是蓬蒿人"（《南陵别儿童入京》），即便是遇到挫折仍然梦想"闲来垂钓碧溪上，忽复乘舟梦日边"（《行路难》其一），"长风破浪会有时，直挂云帆济沧海"（同上）。杜甫也有类似的想法，他青少年时也曾"窃比稷与契"（《自京赴奉先县咏怀五百字》），希望"致君尧舜上，再使风俗淳"（《奉赠韦左丞丈二十二韵》）。

这种思想不仅是李杜同时也是唐代读书人的共同心理。"初唐四杰"中的王勃也曾以"材足以动俗，智足以济时"（《上绛州上官司马书》）自负，杨炯有"丈夫皆有志，会同立功勋"（《出塞》）的雄心，陈子昂更不愿以文人自限，屡次上书论事和从军出征，希望在政治上有所建树，被认为"其立言措意在王霸大略而已"（卢藏用《陈氏别传》），高适则"喜言王霸大略，务功名，尚节义，逢时多难，以安危为己任"（《旧唐书·高适传》），岑参以"未能匡吾君，虚作一丈夫"（《行军二首》其二）为憾，就连王维也曾表示"忘身辞凤阙，报国取龙庭"（《送赵都督赴代州得青字》）。从现实可行性上，我们完全有理由嘲笑这帮文人迂阔虚诞的狂言，但这是维系他们精神世界的一个极重要的支撑点。

其次，唐代前期是封建政治比较开明的时期，开元之治标志着封建社会进入物质文明和精神文明的黄金时代，"一百四十年，国容何赫然！"（李白《古风五十九首》其四十六）就当时的经济和社会财富而言，"鱼盐满市井，布帛如云烟"（李白《赠宣城宇文太守并呈崔侍御》），"稻米流脂粟米白，公私仓廪俱丰实"（杜甫《忆昔》其二）；就当时的精神面貌而言，"东风动百物，草木尽欲言"（李白《长歌行》）。受儒家济世思想的影响，读书人都跃跃欲试，希望建功立业，有所作为。布衣卿相，不仅有理论根据，而且有现实事例。朝廷曾屡次下诏搜罗贤俊，所谓"制举"，就是天子以待非常之人，"自诏四方德行、才能、文学之士，或高蹈幽隐与其不能自达者，下至军谋将略、翘关拔山、绝艺奇伎莫不兼取"（《新唐书·选举志上》）。中央政府要求地方举荐这些人才，往往不拘吏民士庶，布衣亦可受荐。被荐入京者，皇帝或引入内殿，亲加考问，或由中书省集贤殿书院报呈，"凡图书遗逸、贤才隐滞，则承旨以求之。谋虑可施于时，著述可行于世者，考其学术以闻"（《新唐书·百官志二》）。唐代前期，马周、张玄素、李邕、房琯、吕向等人或以声名为天子、宰相所知,或因上书由布衣直接授以京官;姚崇、宋璟、郭元振、张说、张九龄,或以德行,或以勋劳,或以文学,致位贵显。明乎此,对唐代诗文中表现的那种昂扬奋发的远大理想,就不会认为都是迂阔大话了。

　　唐代前期的政治安定和经济繁荣,也使知识分子们普遍产生了一种幻想,认为可以不受阻碍地施展自己的抱负,唾手取功名,立登要路津。殊不知封建统治的种种不合理的现象,它的各种矛盾,在所谓的开元盛世也是到处存在的。日人儿岛献吉郎说:"顾开元底天下,玄宗之治已极,阳虽有四海欢虞之风,而阴则萌崇极而圮的动机。日中则倾,月盈则亏,历史于此中藏一大转变的气运,天下将现出一大活动的舞台。"①

　　盛世的两面性,光明与黑暗混成的复合光投射到文士诗人的心中,于是普遍产生一种极端矛盾的心态,流露出迷惘和苦闷:

> 奈何偶昌运,独见遗草泽。(孟浩然《山中逢道士云公》)
> 明时久不达,弃置与君同。(王维《送綦毋校书弃官还江东》)
> 读书三十年,腰下无尺组。被服圣人教,一生自穷苦。(王维《偶然作》其五)
> 谁怜越女颜如玉,贫贱江头自浣纱。(王维《洛阳女儿行》)
> 大道如青天,我独不得出。(李白《行路难》其二)
> 秀色空绝世,馨香谁为传。(李白《古风五十九首》其二十六)
> 明时未得用,白首徒攻文。(岑参《送王大昌龄赴江宁》)

　　又据《旧唐书·崔颢传》记载:"开元、天宝间,文士知名者,汴州崔颢,京兆王昌龄、高适,襄阳孟浩然,皆名位不振。"一方面是盛世明时,另一方面却草泽遗贤;一方面是秀色绝世,另一方面却久无见爱,名位不振。这对统治者的所谓盛世无疑是辛辣的讽刺和嘲弄,但同时也是一个惨痛的现实。诗人们把这种情况归结为"朝端乏亲故","惜无金张援",后世学人亦多持此论诗,然究其本质,则是封建制度本身的痼疾。唐代诗人的心理矛盾、内

---

① 《中国文学通论》(中文版)下册,上海:商务印书馆,1936年,第172页。

心痛苦,只能在时代社会中寻找原因。

岑参《题虢州西楼》中说:"错料一生事,蹉跎今白头。纵横皆失计,妻子也堪羞。明主虽然弃,丹心亦未休。愁来无去处,只上郡西楼。"古代读书人的执著,对君国政治的单相思,"位卑未敢忘忧国","处江湖之远,则忧其君;居庙堂之高,则忧其民",通过"明主虽然弃,丹心亦未休"十个字活现出来,心理矛盾、感情冲突、无穷痛楚均由此而来。

但对大多数人来说,现实行不通,就滑向对精神一极的追求。唐代一些诗人甚至认为,现实努力只是手段,精神追求才是目的:

> 愿一佐明主,功成还旧林。(李白《留别王司马嵩》)
> 终于安社稷,功成去五湖。(李白《赠韦秘书子春》)
> 吾亦澹荡人,拂衣可同调。(李白《古风五十九首》其十)
> 济人然后拂衣去,肯作徒尔一男儿!(王维《不遇咏》)
> 永忆江湖归白发,欲回天地入扁舟。(李商隐《安定城楼》)

如果说,在孔孟那里,只是因为"道不行"、"不达",才不得不"浮于海"、"独善其身",那么在唐代一些文人的心目中,即便安社稷,功成名遂,也应该拂衣归五湖,潇洒巢云林。这既是全身保真思想的流露,同时也包含着对物欲的摆脱,对理想人格的仰慕追求,对自由境界的向往。

以孟浩然为例,旧史家多谓其为"高人",闻一多先生说:"唐代的士子都有登第狂,独浩然超然物外。"[1]陈子展先生也说:"浩然一生风流潇洒,不汲汲于仕进。"[2]实际上,孟浩然也未能免俗,也曾被仕与隐的情结所困扰。他在《书怀贻京邑故人》一诗中自述身世:

> 惟先自邹鲁,家世重儒风。诗礼袭遗训,趋庭绍末躬。昼夜常自强,词赋颇亦工。

---

[1] 郑临川《闻一多论古典文学》,重庆:重庆出版社,1984年,第131页。
[2] 《唐宋文学史》,上海:作家书屋,1947年,第27页。

谓其祖先出于文教昌盛之邹鲁,秉圣贤遗训,子承父教,诵诗学礼。《临洞庭》一诗的最后四句也说:

欲济无舟楫,端居耻圣明。坐观垂钓者,徒有羡鱼情。

表现自己想要出仕干一番事业,但因无人引荐,只好坐以待老。"端居"句表面上是说自己就此闲居有愧于圣明之世,有自责自惭之意。但草泽遗贤,盛世明时仍未见用,这个责任不应归咎于作者个人。朝廷对于"欲济"者不能广开言路,使之成为"端居"的隐沦之士,这应该是"圣明"之"耻"。表面上的自惭自责和对开元盛世的歌功颂德,被诗中潜在的情感逻辑所推翻,于是歌颂和溢美之词就变成了辛辣的讽刺和嘲弄。旧评多谓此诗妙在写景壮阔和干谒不露痕迹,倒是沈德潜看得透彻:"读此诗知襄阳非甘隐遁者。"(《唐诗别裁集》)最被人们传唱的还是他的《岁暮归南山》一诗:

北阙休上书,南山归敝庐。不才明主弃,多病故人疏。白发催年老,青阳逼岁除。永怀愁不寐,松月夜窗虚。

传说玄宗皇帝听了浩然的朗诵,颇不高兴,遂将其放归南山,这种传闻颇可怀疑。但说此篇是作者"一生失意之诗,千古得意之句"(顾嗣立《寒厅诗话》卷一一),却毫不夸张。

不能如鸿鹄高飞,又羞与鸡鹜争食,所以就只能如鹪鹩巢于深林。张九龄秉政期间,孟浩然在《送于大凤进士赴举呈张九龄》诗中就流露出这种思想。

所以,如果我们仅仅读李白的"红颜弃轩冕,白首卧松云。醉月频中圣,迷花不事君"(《赠孟浩然》),就极容易误会上当,只有结合着读孟浩然自己的作品,才能有一全面的认识。对这位风流天下闻的隐士的另一面,有所了解。"只应守寂寞,还掩故园扉"(《留别王维》),何等洒脱雅致!但在"松月夜窗虚"的清凉幽静背后,有一个"永怀愁不寐"的白发老翁,表面上

的旷达并不能完全遮掩他心事如波澜。安旗先生对李白性格的剖析对我们理解唐代诗人的心态,亦极富有启发性:

> 他几乎是一边说着出世的话,一边又在做着用世的打算。有时甚至不惜孤注一掷,玩他的老命,使人感到所谓出世云云,往往是作为暂时的自我缓解,说说而已,甚至是其言愈冷,其心愈热。
>
> 李白的出世思想当作如是观,李白的人生如梦,及时行乐的思想和行径,亦当作如是观。这都是他的政治抱负不能实现,政治热情无处寄托,特别是在遭受失败和打击之后,一种无可奈何的发泄。细心的读者不难在他的寻欢作乐、放浪形骸的诗篇背后发现他的充满痛苦和愤懑的心灵。
>
> 尽管出世的话说过千百次,李白终于没有出世。尽管花前月下寻欢作乐,一醉累月,李白终于没有堕落。尽管他的政治热情中有着个人虚荣,甚至有些饥不择食,李白终于没有去同流合污。这说明李白的思想无论多复杂,自有他的主心骨,李白性格再是多侧面,自有他光辉的正面;李白情绪尽管多反复,却是万变不离其宗。①

这是因为他们虽然能耿介超拔,超脱流俗,甚至超越当代,但并不能超越历史文化传统——中国文人永恒的梦,永久的情结。愈是伟大的作者,心灵愈是要在仕与隐、入世与出世、兼济与独善的两极之间被撕裂,被熬煎,发出悲天悯人、哀怨凄绝的呼喊。

三、抒 情 方 式

诗人们如此丰富的内心感受,如此复杂的情绪变化,是通过什么方法表现出来的呢?就唐诗而言,主要是以如下方式呈露出来。

---

① 安旗师主编《李白全集编年注释》,上册,成都:巴蜀书社,1990年,第13页。

1. 直抒胸臆

作者在现实生活中有所感受,内心中有所郁结,如骨鲠在喉,不吐不快,于是无所凭借,不加粉饰,直接倾诉出来。如刘皂《长门怨》:

> 宫殿沉沉月欲分,昭阳更漏不堪闻。珊瑚枕上千行泪,不是思君是恨君。

此篇描绘宫女孤卧听漏,泪湿玉枕,明其彻夜未眠;辗转反侧,思绪万千,已不再是哀婉凄怨,而是一种极端决绝的仇视情感——恨,虽仅一字,但直率痛快,锋利无比,从形式上一扫宫怨诸作的陈词滥调,从内容上揭示出被污辱与被损害者深层心理中的毁灭性情感[1]。

当然,直抒胸臆最有代表性的还要推李白的作品,我们看他的《行路难》:

> 金樽清酒斗十千,玉盘珍羞值万钱。停杯投箸不能食,拔剑四顾心茫然。欲渡黄河冰塞川,将登太行雪满山。闲来垂钓碧溪上,忽复乘舟梦日边。行路难,行路难,多歧路,今安在?长风破浪会有时,直挂云帆济沧海。
>
> 大道如青天,我独不得出!羞逐长安社中儿,赤鸡白狗赌梨栗。弹剑作歌奏苦声,曳裾王门不称情。淮阴市井笑韩信,汉朝公卿忌贾生。君不见昔时燕家重郭隗,拥篲折节无嫌猜;剧辛乐毅感恩分,输肝剖胆效英才。昭王白骨萦蔓草,谁人更扫黄金台!行路难,归去来!

两篇均写英雄失路、有志难逞、报国无门的郁勃不平之气。前一首描述自己

---

[1] 闺怨诗中"恨"与"怨"的感情色彩差异,参见〔日〕松浦友久《作为诗语的"怨"和"恨"——以闺怨诗为中心》一文,收入氏著《唐诗语汇意象论》(中文版),北京:中华书局,1992年,第78—96页。

内心从心绪茫然、抑郁愤激、希望乐观、苦闷彷徨到振作自信的变化过程,跌宕起伏,变化曲折,截江断流,波澜壮阔。后一首则一起劈头呼号,如波涛夜起,风雨骤至,然后由愤激而悲凉,一泻直下,横无际涯。虽然诗中也用了不少典故,但毫无板滞堆砌之嫌。作者将古今、物我打成一片,恣意驱使,为倾诉悲情服务。胡震亨说李白"以才情相胜,以宣泄见长"(《李诗通》)。"宣泄"二字,正道出他抒情方式上的突出特点。最能代表他创作个性的七言歌行都不是掩抑收敛,而是喷薄欲出,一泻千里。当平常的语言不足以表现其壮采奇情时,就用大胆的夸张;当现实生活中的事物不足以象征其情感愿望时,就借助非现实的幻想和神话传说,鞭挞海岳,驱走风霆,"囊括大块,浩然与溟涬同科"(《日出入行》),每次政治活动的失败,都在他的感情世界掀起一次钱塘怒潮,"乱石穿空,惊涛拍岸,卷起千堆雪"(苏轼《念奴娇·赤壁怀古》),蔚为壮观,他内心的感情就如"飞流直下三千尺"(《望庐山瀑布》)、"白波九道流雪山"(《庐山谣寄卢侍御虚舟》),无所阻滞,直接喷发出来。

2. 触物起情

宋代学者李仲蒙在解释赋比兴时说:"叙物以言情,谓之赋,情物尽者也;索物以托情,谓之比,情附物者也;触物以起情,谓之兴,物动情者也。"(据胡寅《斐然集》卷十八《致李叔易书》所引)指出赋比兴是表达情志与外物关系的三种方式。赋是直接抒写,即物即心;比是借物为喻,心在物先;兴则是因物起情,物在心先。换言之,兴有感发兴起之意,是因某一事物的触发而引起表情冲动的一种方法①。唐诗中表达感情、刻画心理,大多采取触物起情的方式。孟浩然《秋登万山寄张五》直接说:"愁因薄暮起,兴是清秋发。"《夏日南亭怀辛大》一首则说:

　　山光忽西落,池月渐东上。散发乘夜凉,开轩卧闲敞。荷风送香

---

① 对赋比兴的解释,采用叶嘉莹《中国古典诗歌中形象与情意之关系例说》一文中的观点,见叶嘉莹《迦陵论诗丛稿》,北京:中华书局,1984年。

气,竹露滴清响。欲取鸣琴弹,恨无知音赏。感此怀故人,中宵劳梦想。

作者主要从时间的角度写景物的运动变化,并调动视觉、触觉、嗅觉、听觉,分别写出日落、月出、夜凉、香气弥漫、露滴清响等感觉,已将夏夜宁静清凉的境界写足写满。但此时所缺者,唯独能赏琴知音的友人,故后四句直接抒写因景物兴发的心理活动,用"欲"、"恨"、"感"、"梦想"等词来勾画他内心思念友人的纤细而丰富的心理活动,状物写心,极优雅闲适之致。另如杜甫《登高》一首:

风急天高猿啸哀,渚清沙白鸟飞回。无边落木萧萧下,不尽长江滚滚来。万里悲秋常作客,百年多病独登台。艰难苦恨繁霜鬓,潦倒新停浊酒杯。

此篇前四句写登高所见秋景,后四句抒登高所动情怀,属于典型的触物起兴。首联两句是从微观角度,运用工笔细描,来表现三峡的具体景物;颔联两句则是从宏观角度,运用写意渲染的手法,表现秋季的整体景观。四句写景,时而山,时而水,时而微观,时而宏观,时而工笔,时而写意,如此多层次多角度的交织组合,就构成了一幅富有立体感的深秋三峡图,渲染了登高的环境气氛。五、六两句,一从空间方面横说,一从时间方面纵说。其中,"悲秋"两字又是由写景过渡到抒情的关键。"秋"字锁合前四句写景,"悲"字开启后四句抒情。这两句包含的心理内容极为丰富,前人甚至说十四字之间含八九层意思:

十四个字中便含有八九层可悲的意思;他乡作客,一可悲;经常作客,二可悲;万里作客,三可悲;又当萧瑟的秋天,四可悲;重九佳节,没有任何饮酒或赏菊等乐事,只是去登高,五可悲;亲朋凋谢,孤零零的独自去登,六可悲;身子健旺也还罢了,却又是扶病去登,七可悲;而这病又是多种多样的,八可悲;光阴可爱,而人生不过百年,如今年过半百,一事无成,只落得这般光景,九可悲。真是包含无限酸辛。真是再概括再经济没有。①

作者将漂泊之叹、思乡之情、多病之怨、家国之感等多种情思纠缠在一起,蕴含在诗中,这次第怎一个"悲"字了得,让一个孤老头子怎承受得起。但凡此种种又都是登高临远所触动引发出来的。

另如李白的《春夜洛城闻笛》:

> 谁家玉笛暗飞声,散入春风满洛城。此夜曲中闻折柳,何人不起故园情?

谓于春夜客居中听到一阵悠扬的笛声,勾引起对故国家乡的思念。妙处在全由一"玉笛飞声"引动一怀愁绪,"何人"句用反诘语气进一步由己及人,充类至尽。谓人同此心,心同此理,黯然销魂者,唯别离而已矣。况春风骀荡,万家灯火,如怨如慕、如泣如诉的笛声不绝如缕,令人心绪烦乱,归思难收。而晚唐郑谷的《淮上与友人别》:"扬子江头杨柳春,杨花愁杀渡江人。数声风笛离亭晚,君向潇湘我向秦。"除数声风笛外,更益以杨花柳絮,故谓"愁杀人",再加上客中送客,南北分携,倍觉销魂。作者的心理活动都是由外物触动感发出来的。

3. 借梦泄隐

梦是一种特殊的精神现象,它是指人类躯体处于休息时大脑所产生的部分兴奋状态,是人在睡眠时对自我心理世界的一种无意识展示和曝光。方以智《药地炮庄》卷三《大宗师》:"梦者,人智所现,醒时所制,如既络之

---

① 萧涤非、郑庆笃《杜甫》,见《中国历代著名文学家评传》第 2 卷(隋唐五代),济南:山东教育出版社,1984 年,第 261 页。又宋人罗大经说:"万里,地之远也。悲秋,时之凄惨也。作客,羁旅也。常作客,久旅也。百年,暮齿也。多病,衰疾也。台,高迥处也。独登台,无亲朋也。十四字之间含八意。"(《鹤林玉露》卷十一)钱锺书《管锥编》第 2 册(第 626—629 页),对诗赋中的悲秋传统有精辟解说,〔德〕顾彬《中国文人的自然观》(中文版),第 72—74 页,〔德〕莫芝宜佳《〈管锥编〉与杜甫新解》(中文版,第 181—185 页)对此诗之"悲秋"亦有深入阐发,可参读。

马,卧则逸去。然经络过,即脱亦驯,其神不昧,反来告形。"与弗洛伊德的理论类似。弗洛伊德认为,人在做梦时良知、道德约束等显意识的抑制放松,而被压抑的本能则从潜意识之中冲破桎梏,如洪水猛兽一般肆无忌惮地宣泄出来。他还进一步指出,人类的艺术创造活动,即幻想和想象,实即一种"白日梦":

> 我们晚上所做的梦也就是幻想,我们可以从解释梦境来加以证实。语言早就以它无比的智慧对梦的实质问题作了定论,它给幻想的虚无缥缈的创造起了个名字,叫"白日梦"。如果我们不顾这一指示,觉得我们所做的梦的意思对我们来说通常是模糊不清的,那是因为有这种情况:在夜晚,我们也产生了一些我们羞于表达的愿望;我们自己要隐瞒这些愿望,于是它们受到了抑制,被推进无意识之中。这种受抑制的愿望和它们的衍生物,只被允许以一种很歪曲的形式表现出来。当科学研究成功地阐明了歪曲的梦境的这种因素时,我们不难认清,夜间的梦正和白日梦——我们都已十分了解的那种幻想——一样,是愿望的实现。①

弗洛伊德对梦的本质的看法是否正确,尚待讨论,但他发现梦与艺术创造中的共同特点——幻想与想象,则无疑是正确的。当然,本书并不打算论述梦的丰富含义,只是认为,在唐诗中,诗人往往喜欢以梦境为框架,表现人类心理活动的微妙变化②。

直接以"梦"名题的,如岑参的《春梦》:

---

① 〔奥〕弗洛伊德《创作家与白日梦》,见伍蠡甫主编《现代西方文论选》,上海:上海译文出版社,1983年,第144页。中国古代对梦的看法可参见刘文英《梦的迷信与梦的探索》,北京:中国社会科学出版社,1989年。钱锺书《管锥编》第2册(第488—500页)对有关梦的文献亦有论列,并从梦的构成角度具体划分出"因梦"和"想梦"两类梦。可参读。

② 本书第八章第四节另有《李白作品中的"梦"》,以李白作品为例讨论唐诗和梦的错综复杂关系,可参读。

>洞房昨夜春风起,遥忆美人湘江水。枕上片时春梦中,行尽江南数千里。

前两句写梦前之思,后两句写梦中之思。由于白天一直怀念美人,所以晚上因忆成梦,梦中相逢了。在枕上虽只片刻,而在梦中却已走完了到江南的数千里路,到了美人所在的湘江之滨了。"片时"谓时间之短,"数千里"谓路程之辽远,时空相衬,在时间的瞬息与空间的广阔中,显示出深情密意。醒时多年无法实现的愿望,在梦中片刻就实现了。套弗洛伊德的理论说,这是积压郁积的欲望通过梦这种假想的方式得到了宣泄和满足,并通过艺术的手段得到升华,使之成为一篇脍炙人口的名作[1]。

陈陶的《陇西行四首》其二虽不是以梦名题,但三、四两句"可怜无定河边骨,犹是春闺梦里人",则是以梦来描绘思妇的心理活动。征夫奔赴国难,奋不顾身,早已命丧边塞,冷月空照枯骨,但思妇犹在悬想追念,在梦境中与征夫相见。作者异想天开,措语警辟,将累累"河边骨"置于香艳温存的"春闺梦"中,现实空间与梦幻空间相叠映,现实时间则与梦幻时间相交错,从画面上看,置丑恶恐怖的枯骨于美妙的幻境中,反差强烈,震撼人心,可谓化腐朽为神奇,故能传唱千年,历久不衰。

杜甫的《梦李白二首》系思念友人所作,李白因永王璘事件遭拘被贬,后遇赦放还,杜甫长时未获李白的消息,误以为他仍在贬所,于是忧念成梦,便写成了这两首作品:

>死别已吞声,生别常恻恻。江南瘴疠地,逐客无消息。故人入我梦,明我长相忆。恐非平生魂,路远不可测。魂来枫林青,魂返关塞黑。

---

[1] 贺裳《载酒园诗话》卷一:"诗有同出一意而工拙自分者。如戎昱《寄湖南张郎中》曰:'寒江近户漫流声,竹影当窗乱月明。归梦不知湖水阔,夜来还到洛阳城。'与武元衡'春风一夜吹归梦,又逐春风到洛城'。顾况'故园此去千余里,春梦犹能夜夜归'同意,而戎语为胜,以'不知湖水阔'五字,有搔头弄姿之态也。然皆本于岑参'枕上片时春梦中,行尽江南数千里'。至方干'昨日草枯今日青,羁人又动故乡情。夜来有梦登归路,不到桐庐已及明'。则又竿头进步,妙于夺胎。"见《清诗话续编》第1册,第219页。贺裳所论列唐诗皆有梦意象,其中尤推重岑诗。

君今在罗网,何以有羽翼?落月满屋梁,犹疑照颜色。水深波浪阔,无使蛟龙得。

　　浮云终日行,游子久不至。三夜频梦君,情亲见君意。告归常局促,苦道来不易:江湖多风波,舟楫恐失坠。出门搔白首,若负平生志。冠盖满京华,斯人独憔悴。孰云网恢恢,将老身反累。千秋万岁名,寂寞身后事!

这两首诗都从梦前写到梦中,又从梦中写到梦后。其中第一首为初梦之作,首四句叙述李白放逐事,是致梦之因,"故人"八句叙梦中相接之情,末四句写梦后心事。第二首从频梦叙起,接着代述梦中心事,末以深致代不平。均属于所谓的"一头两脚体"。陆时雍评曰:"是魂是人,是梦是睹,都觉恍惚无定,亲情苦意无不极矣。"(《唐诗镜》卷二一)仇兆鳌评论说:"前章说梦处,多涉疑词;此章说梦处,宛如目击。形愈疏而情愈笃,千古交情,唯此为至。然非公至性,不能有此至情。非公至文,亦不能写此至性。"(《杜诗详注》卷七)这种记梦模式对后世影响甚大①,苏东坡《江城子·乙卯正月二十日夜记梦》,辛弃疾《破阵子·为陈同甫赋壮词以寄之》均袭此格,以梦前、梦中、梦后为顺序,虚实相间,逐层递进,以情感逻辑的线索贯穿始终,心迹婉曲,唱叹有神。

李白的《梦游天姥吟留别》,又题作《别东鲁诸公》,题虽有别,但并不影响对其内容的理解。全篇首段夸张天姥山的雄伟,因而向往入梦。次段叙梦境,"我欲因之梦吴越,一夜飞度镜湖月",写现实中无法实现的愿望,在梦境中得到了充分的满足,作者首先写梦登天姥,次写梦游天姥,由显而晦,又由晦而显,迷离恍惚,零乱破碎,正是梦中印象。末段又以梦游推见世事虚幻,以高扬个性精神、追求理想人格作结。

唐诗中以梦境表现深层心理最著名的还要推李贺,李商隐曾记了这样

---

① 贺贻孙《诗筏》:"诗中说梦,如蔡伯喈'梦见在我傍,忽觉在他乡',拟似空幻,恰是梦境。然'凛凛岁云暮'一篇,皆梦境也。……段段空幻,不独为少陵《梦李白》二诗之祖,且开汤临川《牡丹亭》无限妙想。"(见《清诗话续编》第1册,第148页)则少陵此种写法亦受前人启发。

一个传闻：

> 长吉将死时，忽昼见一绯衣人，驾赤虬，持一板书若太古篆或霹雳石文者，云："当召长吉！"长吉了不能读，欻下榻叩头言，阿婆老且病，贺不愿去。绯衣人笑曰："帝成白玉楼，立召君为记，天上差乐不苦也！"长吉独泣。边人尽见之。少之，长吉气绝。常所居窗中，焞焞有烟气，闻行车嘒管之声。

《宣室志》还记载了他死后托梦给其母郑氏夫人的传说，虽荒诞不经，但若结合他的作品来看，就不难发现，李贺是一个耽于幻想的诗人，他的《梦天》、《天上谣》、《谣华乐》、《兰香神女庙》、《贝宫夫人》都是以白日梦的形式表现其潜意识中的某些欲望，内心本能冲突在扭曲状态下得到显现，意念和希望在梦境幻想中得到满足，前人曾指出他的这类作品的一个共同特点是"泄其隐情，偿其潜意"[①]，因此经常带有浓厚的悲剧情味和乖戾的病态色调。现代一些论者简单地认为是理想生活的追求与渴望，实属皮相之见[②]。

还有一类作品是写因思念之极希望梦中相见，以便在假想中实现虚幻的愿望，孟浩然的《除夜有怀》："守岁家家当未卧，相思那得梦魂来。"从对面落笔，写因家人为守岁而尚未睡眠，故假借梦来交流感情而不得。李商隐《过招国李家南园》："唯有梦中相近分，卧来无睡欲如何？"则写因思念而想托梦交神，但思念之极，因失眠而失去了梦中相逢的机会。有些作品感叹梦中相见之短促，反又平空增添醒后相思之剧烈。如元稹《梦昔时》：

> 闲窗结幽梦，此梦谁人知？夜半初得处，天明临去时。山川已久隔，云雨两无期。何事来相感，又成新别离。

[①] 洪为法语，引自朱自清《李贺年谱》，见《朱自清古典文学论文集》下册，上海：上海古籍出版社，1981年，第522页。

[②] 参见本书第8章第5节《李贺诗中的"辞"与"理"》有关论述。

别离已够痛苦,本想借梦来逃避现实,麻醉感情,可梦中非但没有达到这一可怜的目的,没有满足这一意愿,反在梦境中又出现新的离别,旧伤未愈,新痛又添。新旧勾连,虚实相衬,更烘托出苦情之沉重压人。后代诗词多用此法,如贺铸《菩萨蛮》:"良宵谁与共,赖有窗间梦,可奈梦回时,一番新别离。"陈见复《悼亡》其二:"何必他生订会期,相逢即在梦来时。乌啼月落人何处,又是一番新别离。"梦中景象既虚幻不真,且又匆匆而别,不能使人的愿望得以充分的满足和实现,所以,诗人的感情就反向发展,形成一种逆反心理。"梦见不真而又匆促,故怏怏有虚愿未酬之恨;真相见矣,而匆促板障,未得遂心所欲,则复怏怏起脱空如梦之嗟。"①如王嘉《拾遗记》中记载石崇爱婢回答石崇的话:"生爱死离,不如无爱。"李白《相逢行》中说:"相见不得亲,不如不相见。"李商隐《昨日》中说:"未容言语还分散,少得团圆足怨嗟。"《红楼梦》第三十一回黛玉说:"人有聚就有散,聚时欢喜,到散时岂不清冷?既清冷则生感伤,所以不如倒是不聚的好。"均可作为元稹诗的注脚。至于白居易《读禅经》"言下忘言一时了,梦中说梦两重虚",邵雍《闲行吟》"梦中说梦重重妄,床上安床叠叠非",皆是虚虚结合,以梦为喻,表现其哲学旨趣。

---

① 《管锥编》第 3 册,北京:中华书局,1979 年,第 1047 页。

第六章 一生好入名山游

——唐诗的自然表现

东西方艺术的一个很大差别表现在对自然的不同态度上。西方艺术受柏拉图精神与物质两分法的影响,人与自然在希腊罗马时代就处于一种不可调和的对立状态。随着基督教义的广泛传播,所有关于无限的概念必须皈依上帝,因此,对自然的赞美,对山水的沉醉几乎被当作一种罪恶。山水风景谈不到灵秀和壮美,而是被当作自然界的"羞耻和病态",甚至到了17世纪,一些诗人笔下的风景仍然被描述为:

> 那里自然只受着污辱
> 地土如此的畸形,行旅者
> 应该说这些是自然的羞耻:
> 像疣肿,像瘤,这些山……①

有人指出:"准确无误地证明自然对于人类精神有深刻影响的还是开始于

---

① 转引自《叶维廉比较文学论文选》,第112页。

但丁……他可能是自古以来为远眺景色而攀登高峰的第一人。"①在英语文学中,第一个直接描写大自然的作品可能是18世纪詹姆斯·汤姆森的《四季》诗,但却受到了莱辛的非难与抨击。浪漫主义思潮兴起后,西方人对自然的态度发生了变化,由厌恶变为热爱,但却又走到另一个极端,自然又成为他们发泄情感的代用品,像一头发情的公牛,恣意蹂躏践踏充满灵性的自然。自然在他们的笔下,永远是一个被动的、被恶作剧般随意处置的玩偶。

与此相反,中国文化对自然的观念虽然也有一个漫长的发展变化过程,但总的来说,受儒家"天人合一"与道家"天道自然"思想的影响,中国人一直与自然保持着一种亲和的关系,不拘行迹,不分主客,亲密无间。自然不光是人们的财用之源,而且是人们的精神食粮。"山林欤,皋壤欤,使我欣欣然而与欤!"(《庄子·知北游》)特别是当文人们仕途失意后,更能从自然的无私馈赠与神秘启示中,消解淤痛,超越现实,体合宇宙的合规律性与合目的性。

可以打这样一个不恰当的比方,西方人追求自由,膜拜女性,但却把自然当作奴仆。中国人在伦理生活中受儒家思想的影响,男女关系极为呆板专制,女人是附庸与奴仆;但在艺术领域,中国人与自然的关系却极其风流浪漫,丰富多彩。自然与诗人画家没有僵死的婚约,而是一种自由开放的情爱关系,更准确地说,是一种纯粹的精神企恋。自然在中国人面前,永远是可望而不可即的"所谓伊人"。这种虚灵而又亲密的关系,使西方现代派诗人艳羡不已。难怪有人说:"把自然当作一种语言使用是中国对庞德永久的赋予……中国向庞德打开眼界去面对被帕尔格瑞芙或但丁亵渎的自然,并且以新的方法使用这种语言,更微妙,更明快,而必然也更新鲜。"②但是,正如中国人不可能理解西方人为何不对君王下跪,而要对情人下跪一样,庞德也可能永远无法明白中国人为何对自然那样一往情深,中国古代诗歌特别是唐诗为何总离不开自然意象?

---

① 《意大利文艺复兴时期的文化》第四篇,见《诗探索》1984年第13期,第134页。
② 转引自《诗探索》1984年第13期,第149页。

一、极视听之娱

　　人与自然的关系式中均含有变量,一方面,人类通过自己的实践活动,影响、征服和改变着异己的原始蛮荒的自然界,使自然打上人的烙印,成为人化的自然。另一方面,人在改造自然的同时,也在不断地改变着自己对自然的态度。诚如普列汉诺夫所说:"(自然界)对我们的影响是随着我们自己对自然界的态度的改变而改变的,而我们自己对自然界的态度是由我们的(即社会的)文化的发展过程所决定的……在社会发展的各个不同的时代,人从自然界获得各种不同的印象,因为他是用各种不同的观点来观察自然界的。"①正是这种人与自然之间关系的不断变化,才使自然由巫术礼仪、宗教祭祀的对象,由伦理道德的比附和象征物,转变为独立的审美对象,而人对自然的态度也有一个从宗教态度到功利态度(实用功利和精神功利),再到审美态度的转变,先秦典籍中所记载的"望秩于山川"、"山川之望"、"望祭",实即人们在原始宗教观念作用下的自然崇拜仪式,在这时,高山大川还不是愉悦身心的审美对象,而是顶礼膜拜的神物。荀子从人与自然的物质功利关系出发,认为"天之所覆,地之所载,莫不尽其美,致其用"(《荀子·王制》),则是从实用的观点看自然,天地万物之所以美,是因为它提供给人们舟楫之利、财用之源,反映了自然从"神化"向"人化"的转变和过渡。同时,人们也感到了自然与人的精神生活的密切联系,自然对人的道德情操的象征和暗示意义,于是产生了"以物比德"的观点,《论语》中所说的"智者乐水,仁者乐山"、"岁寒然后知松柏之后凋也"等,都是从伦理道德的观点去看自然现象,把山水看作是人的某种精神品质的表现和象征,第一次揭示了人与自然在广泛的样态上可以互相感应交流的关系,在自然史和美学史上有着极其重要的意义。

　　自然景物的描写源远流长,在《诗经》中已有许多。或状桃花之鲜,或

---

①　《没有地址的信》,见《普列汉诺夫美学论文集》第1册,北京:人民出版社,1983年,第333页。

尽杨柳之貌,或拟雨雪之状,并以少总多,情貌无遗,古简浑成,对后世影响极大;但多为比兴发端之词,即情感的媒介与陪衬物;物色多而景色少,纵使涉笔所及,止乎一草一木、一水一石,比较简略原始。《楚辞》写景比《诗经》有很大进步,瑰怪之观,淡远之境,重沓舒状,曼长流利。如《橘颂》的通篇状物,《湘夫人》中的"袅袅兮秋风,洞庭波兮木叶下",活脱空灵,情韵悠悠。但总的说来,有如下特点:(1)景为情役,而非独立自在;(2)片断局部,而非通篇整幅;(3)多虚构想象,而非身历目见之真实景物。汉赋描写景物继承《楚辞》的特点,铺陈形势,夸张声貌,天上人间,东西南北,包括宇宙,总揽人物,其气魄与场面前所未有。然因夸以成状,沿饰而得奇,"考之果木,则产非其壤;校之神物,则出非其所"(左思《三都赋序》)。与之相反,则山川城邑咸稽之地图,鸟兽草木犹验之方志,殆同谱录,比似类书。第一首被公认全篇写景的诗是曹操的《步出夏门行·观沧海》。

魏晋以来,随着社会生活的发展,随着人的理性的觉醒,人与自然关系的丰富性、复杂性和层次性得以逐步展开,文学从经史中独立出来,自然山水也由人们赖以谋生的致用之所和取资之源,由个人品德和社会政教的比喻与象征物,一跃而为独立的审美观赏对象。在诗歌中,山水由原来仅作为人事的背景衬托、比兴发端的媒介,变为独立的描写对象。朱光潜说:"兴趣由人事而移到自然本身,是诗境的一大解放,不特题材因之丰富,歌咏自然的诗因之丰富,即人事诗也因之得到较深广的义蕴。""所以……是诗的发达史上的一件大事。"① 钱锺书说:"诗文之及山水者,始则陈其形势产品,如《京》、《都》之《赋》,或喻诸心性德行,如《山》、《川》之《颂》,未尝玩物审美。继乃山水依傍田园,若茑萝之施松柏,其趣明而未融……终则附庸蔚成大国,殆在东晋乎?"②

玄学和老庄泛神论体系关于"天道自然"理论的重新认识与阐发,冲破了两汉谶纬神学和烦琐经学的桎梏,廓清了长期蒙在山水上的神秘灵怪和

---

① 朱光潜《中西诗在情趣上的比较》,载《中国比较文学》第1期,杭州:浙江文艺出版社,1984年,第40页。

② 钱锺书《管锥编》第3册,第1037页。

政教比附的迷雾,成为促使人们领悟山水自然美的契机,被扭曲的自然形象得以拨正,合理的感性追求被充分肯定。这是思想的解放,同时也是自然的解放。

登临赏玩名山胜水,不仅开阔了人们的视野,而且用自己的感官领略到了山容水态、鸟语花香,获得了与井邑都市旨趣大异的快适和愉悦感,嵇康《与山巨源绝交书》中自述:"游山泽,观鱼鸟,心其乐之。"羊祜镇守襄阳时,"乐山水,每风景,必造岘山,置酒言咏"(《晋书·羊祜传》)。顾恺之从会稽还,人问山川之美,顾云:"千岩竞秀,万壑争流,草木蒙笼其上,若云兴霞蔚。"(《世说新语·言语》)此外,如曹操的碣石观海,七贤的竹林放性,石崇的金谷邀游,王羲之的兰亭聚会,陶渊明的采菊东篱,都是一时盛事,千古佳话。左思《招隐诗》其二说:"非必丝与竹,山水有清音。"山水胜过了丝竹,自然胜过人为,在诗歌史上,这确实是破天荒的新发现,它预示着诗歌的一个新时代的到来。

田庄环境的园林化,是晋宋以来庄园地主和贵族文士生活的一大追求,选择山水佳境营建别墅池馆,或在田庄内造园构景,这样就可以使远近胜概,历历在目。谢安"于土山营墅,楼馆林竹甚盛"(《晋书·谢安传》)。戴颙"出居吴下,吴下士人共为筑室,聚石引水,植林开涧,少时繁密,有若自然"(《宋书·戴颙传》)。茹法亮"宅后为鱼池钓台,土山楼馆长廊将一里,竹林花药之美,公家苑囿所不能及"(《南史·茹法亮传》)。西晋的石崇、潘岳,东晋的王羲之、许询,刘宋时的谢灵运也都有著名的别墅园林。就经济实质而言,这些当然都是庄园主侵占山林川泽,实行封闭的自然经济的结果,但从诗歌创作的生活积累角度来说,却对文士诗人熟悉、热爱园中的峰林泉石,进一步观察发现山水自然美,有着重要的作用。因为园林一方面可以实用居处,另一方面又可观照自然。不仅可以观赏园内的微型山川、袖珍林泉,而且可以通过"借景"的造园创作方式,观察礼赞园外大自然①。

关于自然山水对人的作用,在此时也有许多新的探讨,王羲之《兰亭诗

---

① 园林与文学的关系,参见拙著《唐代园林别业考论》(西安:西北大学出版社,1998年)一书的有关论述。

序》中说:"此地有崇山峻岭、茂林修竹,又有清流激湍,映带左右……天朗气清,惠风和畅……所以游目骋怀,足以极视听之娱,信可乐也。"张华《答何邵诗》:"属耳听莺鸣,流目玩鯈鱼。从容养余日,取乐于桑榆。"谢灵运也说:"山水含清晖,清晖能娱人。"(《石壁精舍还湖中作》)这种娱乐,既不同于获得某种物质享受时的满足,又不同于道德追求时的欣慰,更不同于宗教礼拜时的迷狂情感。这是物的感性形式作用于人们的视听感官所产生的愉悦身心的快感,即美感。晋宋以来,文士诗人雅集,喜欢游山玩水,当然隐含着许多复杂的时代、社会和历史原因,但是,属耳流目的感性追求,能产生生理快适与心理愉悦,也当是原因之一。

基于以上原因,学界一般认为把高山大川作为自然美来观赏完成于晋宋六朝时期,此时"人们对自然的观念趋向成熟"[1],山水文学"兴起于魏晋,成熟于南北朝"[2]。笔者不同意这种看法。魏晋以来,虽然玄学家从思辨的角度讨论言意、形神等问题,宗炳提出了山水"畅神"(《画山水序》)理论,但如果我们结合当时的审美实践,就会发现人们更注意和沉醉的是茂林修竹、清流激湍、莺鸣燕语等物的外在形式,属耳流目、游目骋怀,主要为的是"极视听之娱",为的是感官娱乐。《列子》一书,今已公认为魏晋时所作,其中《杨朱篇》宣扬的纵欲肆志,追求感官享乐,可视为贵族文士纵酒放诞、属耳流目的理论说明:

> 人之生也奚为哉?奚乐哉?为美厚尔,为声色尔。而美厚复不可常厌足,声色不可常玩闻。乃复为刑赏之所禁劝,名法之所进退;遑遑尔竞一时之虚誉,规死后之余荣;偶偶尔慎耳目之观听,惜身意之是非;徒失当年之至乐,不能自肆于一时。重囚累梏,何以异哉?……恣耳之所欲听,恣目之所欲视,恣鼻之所欲向,恣口之所欲言,恣体之所欲安,恣意之所欲行……为欲尽一生之欢,穷当年之乐。唯患腹溢而不得恣口之饮,力惫而不得肆情于色;不遑忧名声之丑,性命之危也。

---

[1] 石夷《从"望秩于山川"到"悦山乐水"》,《复旦学报》1985 年第 1 期。
[2] 崔承运《试论山水文学的兴起及原因》,《学术月刊》1985 年第 5 期。

张湛在该篇注中也公然声称：

> 故当生之所乐者，厚味、美服、好色、音声而已耳。而复不能肆性情之所安，耳目之所娱，以仁义为关键，用礼教为衿带，自枯槁于当年，求余名于后世者，是不达乎生生之趣也。

这种娱生恣体的享乐之风和纵欲思想，导致了对声色美的热烈追求。服药求仙，希冀生命绝对长度的延长，终究有些虚幻；"于是尽量地把握住这现存的一刻"①，最大限度地发挥享受，以求得生命相对密度的增加。《抱朴子·崇教篇》非难汉末晋初的风气"唯在于新声艳色，轻体妙手，评歌讴之清浊，理管弦之长短，相狗马之剿弩，议遨游之处所，比错途之好恶，方雕琢之精粗"。虽有些偏颇，但却切中时弊。新声艳色，饮酒纵欲为的是穷欢尽娱，自然山水也是为了玩赏取乐。《晋书·王羲之传》载："（羲之）又与道士许迈，共修服食，采药石，不远千里，遍游东中诸郡，泛沧海，叹曰：'我卒当以乐死！'"山水胜景竟然能使人"卒当乐死"，一方面说明自然对人的感性作用；另一方面，也透露出自然被降低到与药酒食散一般地位，仅供贵族文士作为满足欲求、尽情享受的代用品。再看《晋书·谢安传》的记载："（谢）安虽放情丘壑，然每游赏，必以妓女从。"这就更明显地说明山水丘壑在当时人们心目中与艳色新声具有同等的作用。换言之，晋宋以来，人们更多地满足于山水景观的形体、色彩、音响等外在形式所引起的娱乐和快适，其实质说穿了"是在声色狗马之外寻求感官的满足"②，"构成这种渴望的基础是属于生物学的一种对完美的形式的追求"③。主客体在这里并没有真正统一起来，自然山水并没有渗透到人们的心灵深处，并没有与人发生相互感应交流的关系。

---

① 王瑶《中古文学史论》，北京：北京大学出版社，1998年，第169页。
② 游国恩等主编《中国文学史》第1册，北京：人民文学出版社，1963年，第312页。
③ 《高尔基论文学续集》（中文版），北京：人民文学出版社，1979年，第336页。

这种现象不光在自然山水欣赏上,在文学创作中也存在,刘勰从理论上提出:"写气图貌,既随物以宛转;属采附声,亦与心而徘徊。"(《文心雕龙·物色》)要求写物抒情,互相结合,随物宛转中有情在,与心徘徊中有物在。但在创作实践中,却是:"自近代以来,文贵形似,窥情风景之上,钻貌草木之中。"(同上)极貌写物,穷力追新。山水画创作中,从理论上,自然美观念已萌芽,但山水画仍未从人物画科中独立出来,仅仅是人物活动的背景。宗炳《画山水序》中已提出"竖划三寸,当千仞之高;横墨数尺,体百里之迥"。但在作品中却往往"或水不容泛,或人大于山。率皆附以树石,映带其地。列植之状,则若伸臂布指"(《历代名画记》卷一)。甚至到了隋代展子虔、杨契丹,唐初阎立德、阎立本"尚犹状石则务于雕透,如冰澌斧刃。绘树则刷脉镂叶,多栖梧宛柳,功倍愈拙,不胜其色"(同上)。没有把握住客观对象的内在特征,所花工夫越多,反而愈显得笨拙和呆板,带有严重的匠气,并不能高于自然美本身,达到神化的境界。

二、是中有深趣矣

属耳流目,是感知自然的出发点,而不是终极目标;悦山乐水、极视听之娱是山水美感的基本形式,但不是唯一形式和最高层次。直到盛唐,由于理论思维的发展和艺术实践的丰富,人们对玩物审美有了更深层次的认识,山水自然美观念才最后形成,并对宋元以后的山水诗画创作产生了深远的影响。唐代诗人对自然山水的新认识主要表现在以下方面。

第一,由满足自然景物的外在形式,到探究山水的内在意蕴和意趣。在王孟山水田园诗中,不光铺陈描写大自然的美景,而且更注意探究自然山水的"趣",自然的奥秘。在孟浩然的诗中,经常用"探讨"一词:

探讨意未穷,回舻夕阳晚。(《登鹿门山怀古》)
扪萝亦践苔,辍棹恣探讨。(《宿天台桐柏观》)
轻舟恣往来,探玩无厌足。(《春初汉中漾舟》)

就是说不光耳目玩赏,还要探讨求索。"不仅要在表面上的感觉,而且要在内心攀登解释的高峰"①。那么,究竟要探求解释什么呢?是儒家经典的微言大义,还是空洞的玄理禅机?诗人明确告诉我们,是山水所蕴含的意趣,是自然景物焕发出的生机与灵气:

  结构意不浅,岩潭趣转深。(《和于判官登万山亭因赠洪府都督韩公》)
  如何石岩趣,自入户庭间。(《宿立公山房》)
  日耽田园趣,自谓羲皇人。(《仲夏归南园寄京邑旧游》)

王维《晓行巴峡》中也说:"赖谙山水趣,稍解别离情。"《山中与裴秀才迪书》进一步认为:"当待春中,草木蔓发,春山可望,轻儵出水,白鸥矫翼,露湿青皋,麦陇朝雊,斯之不远……然是中有深趣矣。"谈到他的山水画,前人也多以能"因性之自然,究物之微妙"(《山水纯全集·后序》),"发景外之趣"(王世贞《艺苑卮言》附录四)。

南朝宋时的宗炳就曾谈到"山水质有而趣灵",峰岫云林,"万趣融其神思"(《画山水序》),但从哲学高度立论,且神秘玄虚,谢赫说:"若拘以体物,则未见精粹;若取之象外,方厌膏腴,可谓微妙也。"(《古画品录》)虽非专谈山水,但确是准的之矢。到了唐代,除王孟的论述外,皎然明确主张描写山水景物要写它的"飞动之趣"(《诗评》),明代高濂论画"以天趣、人趣、物趣取之"(《燕闲清赏笺》)。袁宏道说:"世人所难得者唯趣。趣如山上之色,水中之味,花中之光,女中之态……夫趣得之自然者深,得之学问者浅。当其为童子也,不知有趣,然无往而非趣也。……孟子所谓不失赤子,老子所谓能婴儿,盖指此也。趣之正等正觉最上乘也。山林之人,无拘无缚,得自在度日,故虽不求趣而趣近之。"(《叙陈正甫会心集》)汤垕《画论》中说:"山水之为物,禀造化之秀,阴阳晦冥,晴雨寒暑,朝昏昼夜,随形改步,有无穷之趣。"可见,趣是自然界勃发出的盎然生机,是山川灵气回荡吐

---

① 〔日〕今道友信《关于美》(中文版),哈尔滨:黑龙江人民出版社,1983年,第165页。

纳、卷舒取舍所呈现的律动,同时也是作者诗心观照澄映自然而流露出的律化情调,在表现自然美时所努力追求的一种更深的艺术境界,在欣赏和表现自然时,如果"拘以体物",就不能得物之"精粹"深趣,山水景物如泥人土马,有生形而无生气;若能取之象外,"度物象取其真"(荆浩《笔法记》),即可华奕照耀,动人无际。这种思想在西方文学中也可以得到印证,华兹华斯《不朽的形象》中说:"我看最低微的鲜花都有思想,但深藏在眼泪达不到的地方。"他的素体诗《丁登寺旁》表现"自然界最平凡最卑微之物都有灵魂,而且它们是同整个宇宙的大灵魂合为一体的"[1]。凡·高说:"我在全部自然中,例如在树林中,见到表情,甚至见心灵。"[2]黑格尔则说:"外在的因素——对于我们之所以有价值,并非由于它所直接呈现的;我们假定它里面还有一种内在的东西,即一种意蕴,一种贯注生气于外的形状的意蕴,那外在形状的用处就在指引到这意蕴。"[3]

第二,在人与自然的关系上,由物我并峙对立,转变为物我交融、情景合一。晋宋诗人,除陶渊明外,大部分人未能在山水诗中解决物我与情景的关系问题。对于六朝的贵族文士来说,自然只是他们属耳流目的玩赏对象,或者只是他们追求玄远、神超理得的手段。用形象来谈玄论道,把山水作为体道悟玄的媒介,所谓"敷陈形而上者,必以形而下者拟示之",自然界实际并没能真正构成他们生活和抒发心情的一部分,主客体在这里仍然与观赏、思辨对峙着,于是出现情与景、心与物"截分两橛"(《姜斋诗话》卷二)的弊病。在唐代山水田园诗中,则多采用直寻兴会、缘物起情的方式:

愁因薄暮起,兴是清秋发。(孟浩然《秋登万山寄张五》)
昨夜吴中雪,子猷佳兴发。(李白《答王十二寒夜独酌有怀》)
兴来无远近,欲去惜芳菲。(于良史《春山夜月》)
竹屋临江岸,清宵兴自长。(姚合《夏夜宿江驿》)

---

[1] 王佐良《英国语言学论文集》,北京:外国文学出版社,1980年,第79页。
[2] 〔德〕瓦尔特·赫斯编《欧洲现代画派画论选》(中文版),北京:人民美术出版社,1980年,第28页。
[3] 〔德〕黑格尔《美学》第1卷,北京:商务印书馆,1979年,第24页。

心情意绪、兴寄内容往往因山水景物触动感发,从形象中自然而然地流露出来,即景造意,很少通篇说理而无具体形象,或整首形似之言,而无感兴之情,力求主客体的统一、心物的感应。并且,逐渐由相互外在的感兴交会,发展到相互内在融契渗透,体合妙有。"搜求于象,心入于境。神会于物,因心而得"(《唐音癸签》卷二引)。如孟浩然《宿建德江》这首绝句,融情入景,思与境偕。"移舟"两句,随着缓慢疲惫的桨声,我们仿佛被摇入一个微茫惨淡、凉气氤氲的渚头,小舟系缆泊定,结束了一整天的漂流。然而诗人的一颗愁心却似乎要化入那一片空旷寂寥的暮色中,飘荡不定,无处着落。"江清月近人",月影与人互相激射,彼此交流,在作者那落魄失意、索漠悲凉的心田上,洒进一缕慰藉的光,使人感到一丝的温暖、片刻的惬意。但是,当我们再仔细品味,就会感到,天野空旷,则显得诗人渺小孤独;与明月亲近,自是与人世疏远,在空间的大小远近对比中,潜含着诗人的隐痛和轻愁,表现出客居中的游人被弃置的心境。这样,清江明月非但没有冲淡拂散诗人的愁云,反而和诗人的客愁因依含吐,交融复合,涯际不分,笼罩在整个建德江头。简短的四句,犹如亭阁楼台的四根擎柱,一方面塑造了一个立体形象,凝固为一个空间景观,自成一个天地;另一方面却又涵濡着心灵,吞吐着宇宙,与天地精神相往来。这是物的泛我化与人的拟物化的统一,是个人情思与自然景物的媾联叠合。《夏日南亭怀辛大》一首遇景入咏,开篇两句:"山光忽西落,池月渐东上。""忽"、"渐"二字,不但传达出夕阳西下与素月东升给人的实际印象,而且"夏日"可畏而"忽"落,明月可爱而"渐"起,又表现出一种情绪判断。"荷风送香气,竹露滴清响"一联,则继续从嗅觉和听觉两方面描写这种快适愉悦的心理体验。表现出作者对景物感受灵敏,体贴入微,说明他的心境与自然的契合无间。李白的"相看两不厌,只有敬亭山"(《独坐敬亭山》),写人与自然的感应交流,传达出独坐之神,与"江清月近人"有异曲同工之妙。杜甫的"一重一掩吾肺腑,山鸟山花吾友与"(《岳麓山道林二寺行》),亦体现出人与自然的亲密关系。

第三,正因为诗人观于山水,而不滞于山水;寓意于物,而不留意于物;不是满足沉溺于山容水态的感性形式,而是试图进一步探究山水之中的

"灵气与生机",以直观的方式体合宇宙人生的合规律性与合目的性,因此,就美感层次而言,就不仅仅是晋宋时期的"极视听之娱"了,而是怡神悦志——通过感官,获得一种超感官的享受,"在道德的基础上达到的一种超道德的境界"①。从心理学的角度来看,它是主体的知觉分析与认知加工经过整合而呈现的一种心态。如孟浩然的《春晓》,首句破题,第二、第三句虚实相生,写出啁啾鸟鸣,潇潇风雨,此起彼落,远近应和,构成一个美妙而又缥缈的音乐世界。第四句则是诗人对大自然花开花落、变动不居的顿悟,传达出身心独喻之微。全首由听觉引发想象,通篇猜境,诗人将自己的心灵沉浸到大自然的律动里,领略户外缤纷万象活泼跳跃的机趣,在人世烦扰之余,获得无所关心的满足,"如此等语,非妙悟不能道"(《唐诗合选详解》)。庄子说:"天地有大美而不言,四时有明法而不议,万物有成理而不说。"(《庄子·知北游》)"无听之以耳,而听之以心;无听之以心,而听之以气。"(《庄子·人间世》)"视乎冥冥,听乎无声,冥冥之中,独见晓焉;无声之中,独闻和焉。"(《庄子·天地》)抛开其神秘虚幻的外壳,正是揭示了这种深层的审美境界。诗人可以在感性自身中求得永恒,在这时空中超越时空,身与物化,达到所谓"至乐"、"极乐"的境界。恩格斯谈到自然风景欣赏时曾意味深长地说:"当大自然向我们展示出它的全部壮丽,当大自然中睡眠着的思想虽然没有醒来但是好像沉入金黄色的幻梦中的时候,一个人如果在大自然面前什么也感觉不出来,而且仅仅会这样感叹道:'大自然啊!你是多么美丽呀!'——那么他便没有权利认为自己高于平凡和肤浅的人群。在比较深刻的人们那里,这时候就会产生个人的病痛和苦恼,但那只是为了溶化在周围的壮丽之中,获得非常愉快的解脱。"②既悠然意远而又怡然自足,虽超脱但又非出世,唐代山水田园诗中对自然的态度,区别于南朝诗人,这恐怕是原因之一。

---

① 《李泽厚哲学美学文选》,长沙:湖南人民出版社,1985年,第410页。李泽厚将美感分为"悦耳悦目"、"悦心悦意"、"悦志悦神"三个层次,本章即此观点立论。
② 《马克思恩格斯论艺术》第4册,北京:人民文学出版社,1966年,第399页。

三、取神于陶谢之间

山水诗的形成和发展丰富并完善了自然美观念,而观念的变革和深化又促进了山水诗的飞跃和成熟。山水诗由晋宋到盛唐,由谢灵运到王孟就一直处于这种变化中。

第一,从模山范水到神韵自然。关于发轫期的山水诗创作,刘勰《文心雕龙》曾作过精辟的论述:"宋初文咏,体有因革,庄老告退,而山水方滋,俪采百字之偶,争价一句之奇。极貌以写物,穷力而追新。""自近代以来,文贵形似,窥情风景之上,钻貌草木之中。"这两段话是对初期山水诗崇尚"形似"特点的总结。钟嵘在《诗品》中品评当时作者的创作,亦多次使用"形似"一词,如评张协"巧构形似之言",鲍照"贵尚形似","善制形状写物之词",谢灵运"尚巧似"。沈约《宋书·谢灵运传论》谈到汉至魏的文学变迁时指出:"相如巧为形似之言",也是从描写外物刻镂精细、比况状词丰赡华美着眼。《颜氏家训·文章》中评价陆逊:"实为精巧,多形似言。"宗炳谈到当时的山水画创作时也说:"身所盘桓,目所绸缪,以形写形,以色貌色……不以制小而累其似。"(《画山水序》)可见,模仿自然,达到"形似",是当时山水诗画创作的时尚,是作者共同追求的目标,也是诗歌批评的美学标准。这与我们前面讨论的属耳流目、极视听之娱的审美观有着密不可分的关系。形似,"谓貌其形而得似也"(《文镜秘府论》地卷)。诗歌描绘自然由状物而写景,由铺陈形势产品,或喻诸心性德行,进而模范山水的形貌音响,确实是"诗运一转关也"(沈德潜《说诗晬语》卷上)。

谢灵运在前人山水诗创作的基础上,穷力追新,把这一题材发扬光大,体现了尚形似这一时代风尚。他在《山居赋注》中提出描写自然要"观貌相音"的原则,基本解决了体物赋形、再现自然山水的方法问题,他在傍山带江之处,扩建别墅,"尽幽居之美"。他还率众伐木开径,寻山陟岭,"江南倦历览,江北旷周旋"(《登江中孤屿》),恣意遨游,盘桓观赏大自然,他的一生可谓"终始山川"。所以能"研精静虑,贞观厥美"(《山居赋注》),从不同角度,运用不同手法描绘千姿百态的山光水色、朝霞夕霏。

如荒漠的山林：

> 石浅水潺湲,日落山照耀。荒林纷沃若,哀禽相叫啸。(《七里濑》)

夕阳的晚照：

> 时竟夕澄霁,云归日西驰。密林含余清,远峰隐半规。(《游南亭》)

川中的奔流：

> 乱流趋正绝,孤屿媚中川。云日相辉映,空水共澄鲜。(《登江中孤屿》)。

寻幽探胜,搜山剔水,工笔细描,穷形尽相,给我们再现了大自然的外形美。他的诗"写物图貌,蔚似雕画"(《文心雕龙·诠赋》),"文章之美,江左莫逮"(《宋书·谢灵运传》),故能够远近钦慕,名动京师。

但是谢诗的不足和缺陷,也是很明显的。他的许多山水诗情景并没有交融一块,而是采取情景分咏的方式,按照"叙事(纪游)——写景——说理(抒情)"这样的章法结构布局,如《登江中孤屿》、《石壁精舍还湖中作》等都是前幅纪游叙事,中幅描绘江湖景色,后幅抒感说理,不是将感情渗透到每一句、每一个意象、每一片山水中,而是景物与情理的缀合组装。《南齐书·文学传论》:"今之文章,作者虽众,总而为论,略有三体。一则启心闲绎,托辞华旷,虽存巧绮,终致迂回。宜登公宴,本非准的。而疏慢阐缓,膏肓之病,典正可采,酷不入情。此体之源,出灵运而成也。"潘德舆亦评谢诗"芜累寡情处甚多"(《养一斋诗话》卷二)。有些诗以山水为理窟,借自然形象的刻画去表现或感悟玄理,还带着玄言诗的尾巴,反映出初期山水诗"庄老未退"的余风。钱锺书先生曾一针见血地指出:"余观谢诗取材于风物天然,而不风格自然;字句矫揉,多见斧凿痕,未灭针线迹,非至巧若不雕琢、能工若不用功者。"①以上批评敏锐地抓住了谢诗,同时也是南朝山水诗的致命弱点,尽管刻画得繁复细腻,但自然景物并未能活起来,"如丛彩为花,绝少生韵"(陆时雍《诗镜总论》);"只摹仿现象中的自然,丝毫没有注意体现在我们情感和心灵力量中的自然"②。

唐代诗人对谢诗采取"挹彼清音,谢其密藻"(宋育人《三唐诗品》)的态度,师其所长,弃其所短。孟浩然《夏日南亭怀辛大》一首,表现了由于自然景物的触动,强烈地诱发了作者对友人的怀念之情,层递自然,由境及意而达于浑然一体,与谢灵运的《石门岩上宿》一首结构相似,情致同调,可以看出孟诗学谢之处。孟浩然还借用或化用谢灵运、谢朓的一些清秀之句,如《宿终南翠微寺》中的"更忆临海峤",即出自谢灵运《登临海峤初发疆中作与从弟惠连见羊何共和之》诗题,孟浩然《早寒江上有怀》的后半首说:"乡泪客中尽,孤帆天际看。迷津欲有问,平海夕漫漫。"比较谢朓的名句"天际识归舟,云中辨江树",不难看出玄晖渐启唐风之处,只是孟诗更加深融完整,超以象外,"纯是思归之神"(《唐宋诗举要》卷四)。孟浩然的"缅寻沧洲趣,近爱赤城好"一句也是由谢朓的"既欢怀禄情,复协沧洲趣"化出。然旨趣大异,谢诗表达了对兼济与独善、出与入矛盾的变相调和,而孟句则表现出作者要远离烦扰人世、一心向往山水的高蹈之情。在盛唐山水田园诗中,大多"物色带情",如孟浩然《宿业师山房期丁大不至》:"夕阳度西岭,群壑倏已暝。松月生夜凉,风泉满清听。樵人归欲尽,烟鸟栖初定。之子期宿来,孤琴候萝径。"首联二句虽仅写日落西山,天色将晚,貌似客观叙述,但着一"倏"字,流露出作者汲汲顾景、唯恐不及的心绪。次联的松月风泉更衬托出作者的孤独凄凉,欲与人共此良宵的心情。虽是景语,而盼望之情更自浮动,尾联见怀人殷勤之意,但用"孤琴"、"萝径"托出,含蓄自然,又是情中含景之法,全诗直寻兴会,即物达情,景物满眼,而又感情深挚。

第二,从雕琢字句到妙于篇法。南朝诗多在语言文字上争奇斗艳,所谓

---

① 《管锥编》第4册,第1393页。
② 〔德〕莱辛《汉堡剧评》,见《西方文论选》上卷,上海:上海译文出版社,1979年,第433页。

"俪采百字之偶,争价一句之奇"。谢灵运山水诗中,也有一些名章秀句,例如"野旷沙岸净,天高秋月明"(《初去郡》),"池塘生春草,园柳变鸣禽"(《登池上楼》),"明月照积雪,朔风劲且哀"(《岁暮》),的确"如初发芙蓉,自然可爱"(《南史·颜延之传》)。至如"春晚绿野秀,岩高白云屯"(《入彭蠡湖口》),"白云抱幽石,绿筱媚清涟"(《过始宁墅》)等,则出于精心雕琢,表现了他极貌写物,穷力追新,"钩深索引,惨淡经营"的技巧,但像"俯濯石下潭,仰看条上猿"(《石门新营所住四面高山回溪石濑茂林修竹诗》)就不免有"字句滞累"(《古诗归》卷十一)了。

谢诗虽然"佳处有字句可见"(《诗镜总论》),但"披沙拣金,寥寥可数"(汪师韩《诗学纂闻》),一些诗多见斧凿痕,未灭针线迹,有句无篇。全诗往往气力不匀,不能一以贯之,显得结构疏慢。有时是清辞丽藻的堆砌,有时则是景物的迭累,密不透风,远近虚实不分,空间层次感不强。谢朓避免了谢灵运的繁复之累,他的山水诗清新隽秀,声韵悠扬,"已有全篇似唐人者"。但"微伤细密","善自发诗端,而篇末多踬"(《诗品》),神气不完。还有些作品"篇篇一旨,或病不鲜"。唐诗中清新隽秀的写景名句俯拾皆是,如王湾的"海日生残夜,江春入旧年"(《次北固山下》),杜审言的"云霞出海曙,梅柳渡江春"(《和晋陵陆丞早春游望》),孟浩然的"微云淡河汉,疏雨滴梧桐"(《残句》),王维的"江流天地外,山色有无中"(《汉江临眺》),李白的"飞流直下三千尺,疑是银河落九天"(《望庐山瀑布》),杜甫的"星垂平野阔,月涌大江流"(《旅夜书怀》),"无边落木萧萧下,不尽长江滚滚来"(《登高》),但这并不是唐诗的主要特点。唐诗之妙,还不止在字句,而在篇法。通首一气,浑成自然,无迹可求,才是唐诗的特色。如孟浩然的《晚泊浔阳望香炉峰》:

  挂席几千里,名山都未逢。泊舟浔阳郭,始见香炉峰。尝读远公传,永怀尘外踪。东林精舍近,日暮空闻钟。

此诗作于开元二十一年诗人自吴越还乡,途经九江时。上来四句,尺幅千里,一气贯下,直注庐山。五、六句为追念遐想,七、八句写东林精舍虽近,但高人不见,"空闻"而已,然用倒句法推出钟声,则又余音袅袅,不绝如缕。诗中写"望"而不即,造成审美心理的距离感和期待感,更令人悠然神远,向往不已。通体俱散,而气韵贯注,"所谓篇法之妙不见句法者"(《唐诗别裁集》卷九),"不可以炼字炼句求之"(施补华《岘佣说诗》)。读这样的作品,"我们能够在它的整体上看到神韵缥缈、灵气袭人的东西,可是要想从它的一物一景里找出所以然来,却是无论如何做不到的"①。这是由于诗人在创作时,不光注意单个意象的选择安排,而且着眼于意象群的集合所呈现的整体效果,"一字一句之奇,皆从全首元气中苞孕而出,全首浑老生动,故虽有奇句,不碍自然"(贺贻孙《诗筏》)。在"一字未构以前,胸中先有浑成一片,此时无论云山,乃至虫鱼,凡所应用,彼早已尽在浑成之中"(金圣叹《与许祈年来兄》)。故有时虽合用几物,却只是一义,闻一多说:"自六朝以来,作诗的多炼散句,整篇匀称的作品很少见,所以大家都重视一气呵成的作品,孟浩然的诗大多是这种风格,如《听郑五愔弹琴》、《过故人庄》等等,都属体格高古,一气呵成这一类。"②就此我们可以看出谢诗与唐诗的差别。

第三,从描写江左风景到歌颂大好河山。从东晋到宋齐梁陈的二百七十年中,迭次易代,如走马灯似的,但都偏安于江南,帝王阀阅,纵情享受,"加以南都佳丽,山水娱人,避世情深,则匡时意少","中原板荡,恢复难期"③。这不仅使漫游和山水诗创作境域狭小,局限于江左风光,而且给正直的诗人文士心灵上造成创伤,悒悒然有失落寄身之感。陶渊明所写的景物,大半限于江西庐山周围,栗里上京,柴桑彭泽,他所经常走动的范围,很少超过百里。南朝山水诗所歌咏的对象,不过是半壁河山,东南一隅。谢灵运的山水诗人以浙江的会稽、永嘉为主,谢朓现存作品的四分之一是在宣城任上所作。他们足未涉黄河,身未登岱岳,没有机会领略广袤的中原山水,大漠风光,所以胸襟、气象、境界都受到了很大的局限。到了唐代,特别是开元全盛日,社会经济的空前繁荣,为诗人旅游和写作山水诗提供了许多条

---

① 〔日〕西田几多郎《善的研究》(中文版),北京:商务印书馆,1980年,第75页。
② 郑临川《闻一多论古典文学》,第93—94页。
③ 刘永济《文心雕龙校释》,北京:中华书局,1962年,第18页。

件;大一统的版图,不仅能使文人们浪迹于漠北岭南、大河上下,更重要的是,使生活和诗都洋溢着一种自豪感,当时的诗人大都有过一段浪漫而惊险的旅游生涯。如孟浩然曾往来京洛,纵游吴越,西抵巴蜀,南下湘桂,可称得上是当时的大旅行家。另如李白的仗剑去国,辞亲远游,杜甫的"放荡齐赵间,裘马颇清狂"(《壮游》),岑参的两赴边塞,鞍马风尘,都有"一副强横乱闯甚至可以带点无赖气的豪迈风度"[1],远非六朝贵族文士所能比。他们的人生阅历来源于大千世界,他们的山水诗亦得之于"江山之助"。

如果说,唐代诗人向谢灵运所学的还仅仅是观照自然的方式和描写景物技巧,那么,他们继承陶渊明的则是生活态度和人格理想,以及对山水田园的全身心热爱,对自然景物的总体印象的把握。

唐代以来,品评陶渊明,或注重其诗文的清淡闲远,或看重其人格理想和生活态度。初唐王绩的创作与行迹都颇有陶渊明的风度。孟浩然是盛唐第一个仰慕和崇拜陶渊明的,他自述自己一生"我爱陶家趣"(《李氏园卧疾》),"最嘉陶徵君"(《仲夏归南园寄京邑旧游》)。说明他与陶渊明情志趣味相投。他诗中提到陶渊明有七处,都是从赞赏陶守志不阿、高尚峻洁的人格,安贫乐道、悠然自得的态度着眼。高适在做封丘尉时,对"拜迎官长心欲碎,鞭挞黎庶令人悲"(《封丘作》)的现实无法忍受,也"转忆陶潜归去来"(同上),要学陶渊明那样与污浊的现实一刀两断。李白不肯摧眉折腰事权贵的傲岸不屈性格,与陶渊明的"不为五斗米折腰"是一脉相承的。陶渊明"少无适俗韵,性本爱丘山……久在樊笼里,复得返自然"(《归园田居》其一)的思想,对唐代诗人影响极大。

陶渊明的田园诗,最大的特点是体合自然,以疏淡之笔、白描手法写静谧的田园风光,以农家口吻道农事,显得真率洒脱,不故作姿态,故造奇语,没有谢灵运的繁复之累,更没有颜延之的错彩镂金、铺锦列绣。孟浩然《过故人庄》中的"把酒话桑麻",与陶渊明的《归园田居》其二"相见无杂言,但道桑麻长"相比,不仅是用语的脱胎点化,而且有情调上的一致。此外,陶渊明的清淡风格对张九龄、孟浩然、王维、储光羲、韦应物、柳宗元影响亦极

---

[1] 李泽厚《美的历程》,北京:文物出版社,1981年,第127页。

大，几乎决定了这些诗人诗风的基调。胡应麟说："张子寿（九龄）首创清澹之派"（《诗薮》内编卷二），但上溯源头，应该说陶渊明是"清淡之宗"。

山水诗和田园诗虽然体近趣邻，但在晋宋时期却是二分水流，两峰并峙，直到王孟手里，才使他们结合起来。用陶家手段写山水，则山水雾断云连，意象高远；采谢家技巧入田园，则田园景物自呈，意象鲜明。韦应物、柳宗元、司空图诗中山水与田园交融恰如，实赖王孟之功。

陶诗注重诗人凝视自然时微妙的主观感受，谢诗则以观照景物、精细描摹见长。盛唐诗人既能像大谢那样模山范水，却活脱轻松，不似大谢那般纤巧匠气；又能像陶彭泽那般道出心中独喻之微，"取神于陶谢之间，而安顿在行墨之外"（《古欢堂集杂著》卷二）。熔陶谢于共冶，合山水田园于一体。孟浩然、储光羲、常建、裴迪各以其风格才性相近而同列，王维则以其天才之资、艺术功力将诗、画、音乐和山水、田园结合得天衣无缝，更臻完美，把盛唐山水田园诗推到顶峰。韦应物、柳宗元继其余绪，而又有所发展，使他们成为唐代山水诗中势力最强、影响最深远的一派。李白的山水诗则如庐山秀出，旭日东升，体格气度迥非常人所能比拟。杜甫的忧世嗟生、民胞物与，在山水景物中也打上强烈的个性烙印。白居易、杜牧、李商隐、温庭筠等，虽然各具姿态，但都喜欢在山水中兴感寄意、抒发议论，理趣盎然。韩愈、孟郊、李贺等，则在山水中亦惯用奇字僻句、险韵拗调，使诗的意境显得峭拔嶙峋，阴森幽深。晚唐诸家之作，高下深浅虽复有别，但大都在秋花晚香、落日残月中寄托了萧瑟冷落的式微之感，与盛唐气象的浑融自然而又豪情洋溢迥然不同。

第七章　笔落惊风雨,诗成泣鬼神

——唐诗的语言技巧

语言是人类一切创造物中的奇观。中国古代神话传说仓颉初创书契时,仰观天文,俯察地理,见鸟兽之迹,"指掌而创文字,天为雨粟,鬼为夜哭,龙乃潜藏"(《汉学堂丛书》辑《春秋纬·元命苞》),是一件惊天地动鬼神的创举。当代的科学研究已开始从不同的领域来证明语言并非人类的专利,动物和其他低等生命也有传递信息的符号,新一代的计算机甚至可以模拟人脑思维,进行对弈、写作、谱曲等高智能活动。这似乎从某种程度上动摇了人类长期以来形成的傲慢与偏见,但是,这种研究仍然是以人类为中心参照物,来寻找其他生命与人类的共同点。像上帝按照他的意志造人一样,我们人类也赋予自然以人的某些特点。但它们又毕竟不等于人,就像人与上帝相似,可并不能与上帝同一。而且这种研究的最终目的,还是为反过来更深刻地理解人的大脑结构中的语言能力。语言的产生是一件壮举,但对于语言的认识却存在许多歧见,正如20世纪初著名语言学家索绪尔所指出的,没有任何领域像语言学领域那样"曾经孕育出这么多的荒谬观念、偏见、迷梦和虚构。从心理学观点看,这些错误都是不能忽视的"[1]。

---

[1] 《普通语言学教程》(中文版),北京:商务印书馆,1980年,第27页。

在语言研究中，人们发现文学语言与逻辑语言有不同的表现形式和不同的心理机制。而在文学语言之中，诗的语言又是最为奇特古怪、难以捉摸的，就像操这类语言的诗人一样敏感、神经质，好做白日梦，甚至歇斯底里。难怪连印象派画家德加也不得不向诗人马拉美承认："你的行业是恶魔似的行业。我没有法子说出我要说的话，然而我有很丰富的思想。"马拉美回答说："我亲爱的德加，人们并不是用思想来写诗的，而是用词语来写的。"① 这倒应了柏拉图的一句话：诗人是魔鬼附身者。著名美学家苏珊·朗格也坦率地承认：

> 当人们称诗为艺术时，很明显是要把诗的语言同普通的会话语言区别开来。通过这种尝试，人们就会愈来愈深入到语义学、心理学和美学组成的网络之中。②

T·E·休姆则进一步将散文与诗的语言进行比较，找出它们之间的同中之异，他说：

> 如同代数学一样，在散文中，具体事物包含在按一定规律活动的符号和代码之中，没有任何形象化的可能性……人们只能在这个过程的终结把 Xs 和 Ys 还原成物质事物。而诗，无论从哪个方面都可以看作是在努力避免散文这种特征。它不是迥然不同的语言，而是一种具体可感的语言，它是一种完整地传达感觉的直观语言，它总是企图抓住你，使你不断地看到物质事物，阻止你滑向抽象的过程，它选择新鲜的名称和比喻，倒不是因为这些名称和比喻新鲜而人们又不喜欢旧的，而是因为旧的词语不能表现物质事物而且会成为抽象的代码。诗中的意象不是藻饰而是直观语言的精华。诗是一个领你散步的漫游者，而散

---

① 〔法〕瓦莱利《诗与抽象思维》，见《现代西方文论选》，上海：上海译文出版社，1983年，第32页。
② 〔美〕苏珊·朗格《艺术问题》（中文版），北京：中国社会科学出版社，1983年，第135页。

文则是把你送到目的地的火车。①

以上所述各种观点,笔者并不完全赞同,并且也只是就诗歌的一般特征进行论证。问题是,具体到中国古代诗歌,或者更进一步说,限定到唐诗这一范围内,其语言有什么特色呢?明代人比较唐诗与明诗说:"唐人之诗……其色泽妍,如旦晚脱笔砚者;今人之诗……才离笔砚已似旧诗矣。"(江盈科《雪涛阁集》卷八《敝箧集引》)这种新鲜活力与语言究竟有什么关系?晚近学者王国维倡一代有一代之文学,并举汉赋、唐诗、宋词、元曲为例证。钱锺书先生则从风格来区别唐音宋调,但这些区分最终也必须落实到语言上来,因为诗是语言的艺术,反过来说,"语言也就不仅是一种文字,而是与精神(灵魂)紧密地联系在一起了"②。

对唐诗语言魅力的全面研究是需要相关学科协力合作的长期项目,不是本文所能容纳的。因此,本章仅仅就唐诗语言技巧和手法作挂一漏万的钩稽和提示,以期引起同道的兴趣。

一、超越语法

唐诗是用文言即古代汉语写成的,这种语言的最大特点是超脱呆板的、分析性的语法,语序间的关系比较松散,没有时态或单复数,甚至可以没有动词谓语。著名语言学家袁晓园先生曾指出:

> 汉语的特点是什么?第一是没有语法形态,不像印欧语那样每个词都有变化。汉语有人称孤立语、分析语。它的特点是不因为人物、时间、性别、单数、多数而把词变来变去。另一种有语法变化的以印欧语系为代表,语言学家叫综合语,又叫结构语。它把人物和时间结构起

---

① 引自〔美〕高友工、梅祖麟《唐诗的魅力》(中文版),上海:上海古籍出版社,1989年,第33页。
② 〔德〕康德《判断力批判》(中文版),北京:商务印书馆,1964年,第49页。

来,很精细,一看字就知道它是第三位还是第二位,过去式还是未来式。中国的词是属于不变化的,什么时候用都是它。①

实际上,对汉语的特点特别是古典诗中的语言特质,早已引起了学者们的重视,闻一多曾说:"中国的文字尤其中国诗的文字,是一种紧凑非常——紧凑到了最高限度的文字,像'鸡声茅店月,人迹板桥霜',这种句子连个形容词动词都没有了,不用说那'尸位素餐'的前置词、连续词等等的。这种诗意的美,完全是靠'句法'表现出来的。"②余光中也说:"英文文法中不可或缺的主词与动词,在中国古典诗中,往往可以省去。缀系动词在诗和散文中往往是不必要的。"③这些论述均以印欧语为参照系,这里所说的没有语法形态,是指不具有印欧语的那些特点,而超越也具体指挣脱印欧语中那些被人们视为天经地义的语法规则。

当"五四"时期的青年学者傅斯年说中国象形字乃野蛮的古代的一种发明,有着根深蒂固的野蛮性,我们应该废止时④,大约与此同时,美国意象派诗人庞德却如发现新大陆似的惊喜地说:"用象形构成的中文永远是诗的,情不自禁地是诗的,相反的,一大行的英文字却不易成为诗。"⑤傅斯年与庞德各自都站在自己文化的立场上,有"出位之思",窥见他人的室家之好而欣赏仰慕,各有其独特的文化背景,这与本文的论旨无关。笔者所要讨论的是,唐诗的语言在继承前代语言成就的基础上,形成了哪些新特点?发生了哪些新变化?

首先,如果说汉语缺乏语法形态,语序间关系松散暧昧,用于论述事理,似乎欠于精确,但若用于诗歌创作,却为诗人冲破许多束缚,打开无穷方便法门。叶维廉先生对此现象曾有论述,他说:

---

① 中国文化书院讲演录编委会《论中国传统文化》,北京:三联书店,1988年,第388页。
② 闻一多《英译李太白诗》,见《闻一多全集》第3卷,第162页。
③ 《中西文学之比较》,见余著《望乡的牧神》,台北:纯文学出版社,1986年,第214页。
④ 《汉语改用拼音文字的初步谈》,见《中国新文学大系·建设理论集》,上海:良友图书印刷公司,1935年,第149页。
⑤ 转引自《叶维廉比较文学论文选》,第28页。

中国诗人能使具体事象的活动存真,能以"不决定、不细分"保持物象之多面暗示性及多元关系,乃系依赖文言之超脱语法及词性的自由,而此自由可以让诗人加强物象的独立性、视觉性及空间的玩味。

　　这些特色往往使读者与文字之间保持着一种灵活自由的关系,读者仿佛处于一种"若即若离"的中间地带。这种语法的灵活性促成了一种指义前的状态,那些字仿如实际生活中的事物一样,在未受预定的关系与意义的封闭的情况下,为我们提供了一个可以自由活动,可以从不同角度进出的开阔的空间,让我们获得同一美感瞬间的不同层次,让近乎电影般视觉性强的事物、事件在我们眼前演出,而我们则仿佛在许多意义的边缘前颤抖欲言。[1]

　　唐诗在继承六朝诗歌追求语言形式美的基础上,进一步从两个角度使语言诗化、纯化,一方面是将生活中的语言提炼加工为富有表现力的艺术语言,另一方面是将散文中的语言变形剪辑改造为一种新的语言,摆脱了散文与生俱来的逻辑性与连续性。

　　葛兆光认为,南北朝以后,诗歌语言与散文语言或日常语言分道扬镳了:意象的密集化、凝练化,使得虚字逐渐退出了诗歌;语序与意脉的分离,使得习惯语法破坏殆尽;声律模式的形成,使得诗歌有了一个华美整饰的图案化格式;典故的运用与诗眼的推敲,使得古典诗歌,尤其是近体诗有了精致而含蓄的象征意味。到了唐代,诗歌语言在叙述视角、描述过程、时空关系、语言形式诸方面都具有成熟的特征[2]。

　　具体地说,将散文中必不可少的虚字诸如"之"、"乎"、"者"、"也"、"矣"、"焉"、"哉"、"兮"等,一律省略掉,使诗的语言变得更加灵活,更加精炼,更富有伸缩性[3]。在唐代近体诗中,不出现虚字助词为正格,出现虚字则成了变体,是某些个人的偏好或偶尔出现的时髦。还有许多作品甚至连

---

[1] 《叶维廉比较文学论文选》,第42页。
[2] 葛兆光《汉字的魔方》,沈阳:辽宁教育出版社,1998年,第196页。
[3] 参见林庚《唐诗综论》,北京:人民文学出版社,1987年,第80—99页。

动词一并省略掉,纯以静态的空间景物排列在一起,造成意象并置叠加的画面效果。清人黄生称此为"实装句"。初唐卢照邻《长安古意》中"妖童宝马铁连钱,娼妇盘龙金屈膝","寂寂寥寥扬子居,年年岁岁一床书"等均无动词。另如王维《田园乐七首》其五:

  山下孤烟远村,天边独树高原。一瓢颜回陋巷,五柳先生对门。

四句无一动词,故没有情节和动作序列,纯是空间意象的并发映出。同时,因没有时态的变化,所以又使意象带有一种永恒的普遍的性质①。这种超语法、超分析的无主句,在一定程度上呈现了语言指义前的多层空间关系和兴象的复义效果,"非右丞精于画道,不能道此语"(董其昌《画禅室随笔》)。王维诗中的这类句子极多,另如:

  高鸟长淮水,平芜故郢城。(《送方城韦明府》)
  乡树扶桑外,主人孤岛中。(《送秘书晁监还日本国》)
  云里帝城双凤阙,雨中春树万人家。(《奉和圣制从蓬莱向兴庆阁》)

都强调超越时间、因果关系的静观体知和了悟。从绘画的观点来分析,具体特指,恍如画境;但从句法关系来说,纯以名词性词组并列,关系不确定,给读者的想象力留下去填充、去发挥、去再创造的广大空白。诚如薛雪所说:"作诗不用闲言助字,自然意象具足。"(《一瓢诗话》)这类句式在唐代许多诗人笔下还有,如:

  浮云游子意,落日故人情。(李白《送友人》)
  柳色黄金嫩,梨花白雪香。(李白《宫中行乐词》其二)

---

① 〔美〕刘若愚《中国诗歌中的时间、空间和自我》,见《古代文艺理论研究》第4辑,上海:上海古籍出版社,1981年,第157页。

渭北春天树，江东日暮云。（杜甫《春日忆李白》）
细草微风岸，危樯独夜舟。（杜甫《旅夜书怀》）
江汉思归客，乾坤一腐儒。（杜甫《江汉》）
极浦三春草，高楼万里心。（贾至《岳阳楼宴王员外贬长沙》）
青山数行泪，沧海一穷鳞。（刘长卿《负谴后登干越亭作》）
骊山风雪夜，长杨羽猎时。（韦应物《逢杨少府》）
雨中黄叶树，灯下白头人。（司空曙《喜卢纶见宿》）
凫雁野塘水，牛羊春草烟。（温庭筠《渚宫晚春》）
鱼盐桥上市，灯火雨中船。（温庭筠《送淮阴县令之官》）

叶维廉曾解释李白《送友人》诗中"浮云"两句说："李白的'浮云游子意'究竟应该解释为'浮云是游子意'和'浮云就像游子意'吗？我们的答案是：既可亦不可。我们都会感到游子漂游的生活（及由此而生的情绪状态）和浮云的相似之处；但语法上没有把这相似性指出，就产生一种不同的美感效果，一经插入'是'、'就像'便完全被破坏（国文课本中的解释，市面的语译、英译，都倾向于加插'是'与'就像'）。在这句诗中，我们同时看到'浮云'与'游子'（及他的情绪状态），是两个物象的同时呈现，用爱森斯坦的话来说：两个不同镜头的并置（蒙太奇）是整体的创造，而不是一个镜头和另一镜头的总和，它是一种创作行为……其结果在质上和个别镜头独立看是不同的。"①谢榛《四溟诗话》卷一比较说："韦苏州曰：'窗里人将老，门前树已秋。'白乐天曰：'树初黄叶日，人欲白头时。'司空曙曰：'雨中黄叶树，灯下白头人'。三诗同一机杼，司空为优：善状目前之景，无限凄感，见乎言表。"从语言的角度看，司空高于韦、白，也在于他巧妙地使用了"实装句"。

最为人们称道的还要推温庭筠的《商山早行》：

晨起动征铎，客行悲故乡。鸡声茅店月，人迹板桥霜。槲叶落山路，枳花明驿墙。因思杜陵梦，凫雁落回塘。

---

① 《叶维廉比较文学论文选》，第65页。

"鸡声"两句写旅况见闻。作者选择了十种景物,分别用十个名词来表示,虽然在诗句中,鸡声、茅店、人迹、板桥又组成了定语加中心词的偏正结构,但由于作修饰语的和作中心词的仍然是名词,所以仍可保留语言指义前的具体活动、活泼无碍的境界。故当梅尧臣对欧阳修说,最好的诗应该是"状难写之景如在目前,含不尽之意见于言外",欧阳修让他举例,他便举了温庭筠的这两句诗(见《六一诗话》)。李东阳《麓堂诗话》进一步分析说:"'鸡声茅店月,人迹板桥霜'。人但知其能道羁愁野况于言意之表,不知二句中不用一二闲字,止提掇出紧关物色字样,而音韵铿锵,意象具足,始为难得。若强排硬叠,不论其字面之清浊,音韵之谐舛,而云我能写景用事,岂可哉!"薛雪所说的"闲言助字",李东阳所说的"闲字",都是指名词以外的各种词,所谓的"提掇出紧关物色字样",就是说主要用名词组合来形成句子,此法在辞格中叫列锦,这样便可以状难写之景,便能意象俱足,说明唐代诗人不仅懂得追求诗歌绘画美的效果,而且认识达到这一效果的途径。元代马致远《天净沙·秋思》:"枯藤老树昏鸦,小桥流水人家,古道西风瘦马。夕阳西下,断肠人在天涯。"用九组景物并置叠加构成"鼎足对",造成纯粹画面映出的效果,也是受唐诗中这类省略"闲言助字""止提掇出紧关物色字样"的影响。

还有一类是以几组主谓词组或动宾词组并列叠加,词组之间缺乏关联词连缀,省却逻辑解说,同样能造成画面效果。如杜甫《登高》首联两句:

风急天高猿啸哀,渚清沙白鸟飞回。

这两句写眼前景物,上句从夔州之山措手,下句从三峡之水落笔,前人多赞此联妙在一起便对,且一句之中自相对偶,字字精当,无一虚设,用字遣词,尽谢斧凿,实际上只看出一半。此联的另一特点是以风急、天高、猿啸(哀)、渚清、沙白、鸟飞(回)等六组主谓式结构排列,不加以逻辑的标示和说明,而任画面自由呈示,故有浑融苍茫之感①。另如《旅夜书怀》中"星垂平野阔,月涌大江流"两句,"星"与"平野","月"与"大江",究竟是什么样的逻辑关系,是因果抑或是并列？没有明确的标示。只能靠读者见仁见智,自由发挥。张继《枫桥夜泊》"月落乌啼霜满天,江枫渔火对愁眠"两句也具有这样的特点。清人方东树通过对唐诗的分析,总结出"文法以断为贵"的主张,并提出了"蹊径绝而风云通","语不接而意接"的组词成句模式:"古人文法之妙,一言以蔽之,曰:语不接而意接。"(《昭昧詹言》卷一)其中的"断"、"语不接"都是指对闲言助字的省略。造成画面叠加、文意辐射的效果。

以上所举各例都是朝着淡化或彻底消解语法的方向发展,这类句子对以汉语为母语的人来说,由于成天泡在这一澡堂中,早已麻木迟钝了,反倒不容易发现这种淡化语法的企图,更没有意识到汉语的超分析性与传统息息相关,不可分离。

与此相对的是,受六朝骈体文和古体律化倾向的影响,唐诗中还出现一类破坏正常语序的奇句拗句,这类句子多用倒装、错综、歇后等手法形成。如杜甫《秋兴八首》其八:

香稻啄余鹦鹉粒,碧梧栖老凤凰枝。

前人多以为这是两个倒装句,原来的语序应该是:鹦鹉啄余香稻粒,凤凰栖老碧梧枝。也有人认为这是一种歧义句法。但都说明原诗句打破了正常的句法关系,破坏了语言的连续节奏,通过别解与歧义,产生奇化、活化的效果。在唐诗中,这种句法极常见,另如杜甫《阁夜》:"野哭千家闻战伐"。当为千家野哭。王维《过香积寺》:"泉声咽危石,日色冷青松。"当为危石咽泉声,青松冷日色,"咽"与"冷"两词为使动用法。或危石泉声咽,青松日色冷。王维《出塞作》"居延城外猎天骄",是指天骄在打猎。均将主谓结构颠

---

① 吴沆《环溪诗话》卷上:"凡人作诗,一句只说得一件事物,多说得两件。杜诗一句能说得三件、四件、五件事物。"

倒，以便强调所要侧重的内容。韩愈《春雪》："舞镜鸾窥沼,行天马渡桥。"是说鸾鸟在池上看到自己的影子,和马过高桥的感觉仿佛在天上行走。李洞《赠曹郎中崇贤所居》："药杵声中捣残梦,茶铛影里煮孤灯。"是说梦中听捣药杵的声音,灯影里看到茶铛煮茶。李颀《送魏万之京》："朝闻游子唱骊歌,昨夜微霜初渡河。"白居易《长安闲居》："无人不怪长安住,何独朝朝暮暮闲？"则属于倒戟句法。钱锺书先生对此类现象曾分析说：

  韵语既困羁绊而难纵放,苦绳检而乏回旋,命笔时每恨意溢于句,字出乎韵,既非同狱囚之银铛,亦类旅人收拾行滕,物多箧小,安纳孔艰。无已,"上字而抑下,中词而出外"（《文心雕龙·定势》）,譬诸置履加冠,削足适屦。曲尚容衬字,李元玉《人天乐》冠以《制曲枝语》,谓"曲有三易",以"可用衬字、衬语"为"第一易"；诗词无此方便,必于窘迫中矫揉料理。故歇后、倒装,科以"文字之本",不通欠顺,而在诗词中熟见习闻,安焉若素。此无他,笔、舌、韵、散之"语法程度",各自不同,韵文视散文得以宽限减等尔。①

  唐诗中还有一种违反正常语序的句子,就是把颜色字放在句子前头,或将用颜色构成的词组放在句首,给人以鲜明突出的视觉效果,然后再叙述动作。范晞文《对床夜语》卷三曾以杜诗为例,说明这一特点：

  老杜多欲以颜色字置第一字,却引实字来。如"红入桃花嫩,青归柳叶新"是也。不如此,则语既弱而气亦馁。他如"青惜峰峦过,黄知橘柚来","碧知湖外草,红见海东云","绿垂风折笋,红绽雨肥梅","红浸珊瑚短,青悬薜荔长","翠深开断壁,红远结飞楼","翠干危栈竹,红腻小湖莲","紫收岷岭芋,白种陆池莲",皆如前体。若"白摧朽骨龙虎死,黑入太阴雷雨垂",益壮而险矣。

---

① 《管锥编》第 1 册,第 150 页。

德国赫尔德曾用"视点"解释艺术的倒置:"越把更多的注意力,更多的感觉,更多的情绪凝聚在一个视点上,就越想把这一视点急切地指给他人看——这就是'倒置'的缘起。"[①]以颜色字置句首,能强化视觉的形象性和具体性,同时使句子健拔有力,具有一种新奇感[②]。

通过以上分析,我们发现,这种破坏正常语序、超越语法的句子,给唐诗带来如下美感效应[③]:

(1) 提高了诗歌意象的视觉性、独立性,强化了空间玩味;

(2) 增强了语言的伸缩性、灵活性,扩展了诗句内外的天地,使语言产生摆脱束缚的自由解放感;

(3) 增加了语气的曲折、顿挫与回旋;

(4) 多重意象的并存映发,构成了叠象和视觉和弦;

(5) 语意的不限指和语法关系的不确定构成了多重暗示,秘响旁通,旨意遥深;

(6) 超分析性和抗译性,使诗永远保持着原初本真状态,无言独化,无法仿效和伪作。

诗是语言的产物,但同时又肩负着提高语言的使命,而打破常规语法,则往往是张扬诗性潜能的一块跳水板。

有趣的是,在古代中国这样一个正统保守的文化氛围中,对诗人语言上的自由放纵却以极宽容的态度予以默许,加以认同。而在西方这个素以崇尚新奇著称的文化环境中,对现代派诗人模仿中国诗和日本俳句的做法,却大光其火,猛烈抨击:

现代诗把语言中的关系破坏了,而把推论的过程缩减为一些静物般的字。这刚巧是我们所了解的自然秩序的相反。新诗句所造成的断

---

① 转引自〔德〕莫芝宜佳《〈管锥编〉与杜甫新解》(中文版),石家庄:河北教育出版社,1997年,第226页。

② 参见萧驰《中国诗歌美学》,北京:北京大学出版社,1986年,第201—207页,亦有详细论述,可参读。

③ 以下解释参考叶维廉的论述,见《叶维廉比较文学论文选》,第80页。

续和不流动,带给我们一个片断地流露的不相连的自然。当语言这些串连的用途被抽象以后,存在在世界的关系便变得含糊,物体在论说活动里突然占了一个崇高的位置。现代诗是物体(物像)的诗。在这种诗里,自然变成一个支离破碎的空间,只有物体,孤寂地,骇人地……字被弃为一种垂直的物体,像一个独立柱石或一根支柱,浮沉在"意义""反射作用"和"记忆片断"的大合体中,它是一个站立的符号。诗的字在此是一个没有过去、没有环境的行为,只凝滞着和它有关的源头所折射出来的深浓的影子。①

对于这通指责,如果现代派诗人,自象征主义者马拉美以来的庞德、威廉斯、孔明思到抛射诗人奥逊、克尔里等人,对中国古代诗歌特别是唐诗有更深入细致的了解的话,便可以引经据典予以反击,谓他们无一字无来历,所作所为均受到东方文化特别是唐诗的启发。但实际上,这些中国文化的半吊子、二毛子捋扯唐诗的只言片语不过是偶尔借用,国粹论者如果再拉洋大旗做虎皮就更不妥当了,因为除了语言技巧上的某些类似外,在唐诗与欧美现代派诗歌之间还存在着极为深刻的文化心理差异。

二、词汇张力场

除了句法方面的特点外,唐诗在用词方面也极有特色。

正如前引康德所说,语言词汇往往是诗人精神的直接体现,与诗人的个性和内心世界有关。诗人喜欢或不喜欢用哪些诗体、句式、词汇,都与他的创作个性有联系。在唐诗中,我们发现诗人大都有自己所偏爱的字眼,如盛唐前期诗人孟浩然特别喜用"清"字,在他的作品中,"清"这个词的复现率特别高,例如:

荷风送香气,竹露滴清响。(《夏日南亭怀辛大》)

---

① 引自《叶维廉比较文学论文选》,第 147 页。

松月生夜凉,风泉满清听。(《宿来公山房期丁大不至》)
　　清晓因兴来,乘流越江岘。(《登鹿门山怀古》)
　　野旷天低树,江清月近人。(《宿建德江》)

　　据统计,《孟浩然集》中用"清"字共五十例。可见,诗人特别喜欢用"清"这个词构成意象,从而使诗呈现出清水潺潺、清风徐徐、"清"人心脾的清凉境界。这类清新空灵的词句弥散在作品中,自然极富弹性,形成了附吸其他景物的引力和一同向外发散的张力,不仅使具体一首诗,而且使整个孟浩然的集子都荡漾在一片清幽泓澄的空明流光之中。

　　王维诗中则多喜用空山、白云、悠悠、渺渺等语词,这些词一方面指向物像,形成了王诗中缥缈的神韵与情趣,另一方面又从现实世界飞出,指向彼岸世界,在青山绿水中,时时折射出禅光佛影,游荡着一个僧侣主义者的幽灵。王维还创作了一系列带有象征意味的超时间封闭式世界,它们往往都是以空山为空间中心,配以明月、清泉、翠竹、莲花……在佛教艺术中,空山象征佛性的自在,明月象征佛性的圆满,翠竹象征法身,莲花则象征处尘世而不染的清净自性。在现实主义的描绘之上又抛射出超现实主义的光影,使人在阅读欣赏过程中,总感到头顶上另有一层天时隐时现。这种真俗二相并存、明暗双线对应的结构方式①,形成了一种力的扩张、情感的交响,增大了诗歌意蕴的容量。

　　晚唐诗人李贺在用词上善于选取那些富有质感的、具有动态和感觉印象强烈的词汇。光、色、形、味、线交织成浓重的色彩、斑驳绚丽的画面,使他的诗除具有浓厚的色彩外,还有低沉与高昂的音响感,秋气与严霜的寒冷感,甚至有压、摧、满、凝、卷、重的沉重感,最典型的如《雁门太守行》:

　　黑云压城城欲摧,甲光向日金鳞开。角声满天秋色里,塞上燕脂凝夜紫。半卷红旗临易水,霜重鼓寒声不起。报君黄金台上意,提携玉龙

---

① 史双元《王维诗新探》(南京师范大学1985年硕士学位论文稿本),另参见本书第八章第二节《王维与孟浩然诗之比较》一篇有关论述。

为君死。

黑云、甲光、金鳞、燕脂、夜紫、红旗、玉龙,一系列光色组成了斑驳绚丽的战争画卷,又将视觉、听觉、触觉等多种感觉因素汇总沟通,逗发读者多方面的感觉反应。

王思任《昌谷诗解序》说李贺"喜用鬼字、泣字、死字、血字",实际上并不止于此。他还常用旧、妖、啼、愁、冷、惨、寒、湿、瘦、凝、摧等感觉色彩强烈、伤感意味浓重的字眼,来刺激读者的官能。写绿,有寒绿、颓绿、凝绿、丝绿、静绿;写红,有笑红、冷红、愁红、老红;写雨,有红雨、香雨;写风,有酸风;写光有冷光、团光;写泪有红泪;写春有古春。这些词对于烘托气氛、暗示情绪、引起联想,都有着极重要的作用。所以陆游说:"贺词如百家锦衲,五色眩耀,光夺眼目,使人不敢熟视。"(范晞文《对床夜语》卷二引)钱锺书先生则具体批评道:

> 余谓长吉文心,如短视人之目力,近则细察秋毫,远则大不能睹舆薪;故忽起忽结,忽转忽断;复出傍生,爽肌戛魄之境,酸心刺骨之字,如明珠错落。[1]

李贺诗有时还故意抽掉诗中标志逻辑关系的线索,违背寻常诗的章法,只留下红红绿绿的色彩和璀璨夺目的散珠,要读者自己串连。在这类作品中,诗人所要表现的不是明晰的思想,而是感觉或情感,我们能看到意象的跳跃晃动,感到诗人情绪的翻滚波动,捕捉到旋律的回环起伏,类似音乐的表现,但不能准确地理解说明,如杜牧所说的"求取情状,离绝远去笔墨畦径间"(《李长吉歌诗叙》)。

另据《苕溪渔隐丛话》前集卷二十四引《桐江诗话》说:

> 许浑集中佳句甚多,然多用"水"字,故国初士人云"许浑千首湿"

---

[1] 《谈艺录》,第46页。

是也。谓如《洛中怀古诗》云："水声东去市朝变，山势北来宫殿高。"若其他诗无水字，则此句当无愧于作者。罗隐诗，篇篇皆有喜怒哀乐心志去就之语，而卒不离乎一身。故"许浑千首湿"，人以"罗隐一生身"为对。又云"杜甫一生愁"似优于前矣。

说明每个作者都各有所喜用的字眼，这些字若使用得当，便能生色增辉，形成作者独特的语言风格和词汇储备，但若使用不当，便有重复单调之嫌。

有些词，在诗人笔下并不反复出现，但一旦出现，就如神奇的魔杖一样，可以点石成金，化腐为奇。如王维《使至塞上》：

大漠孤烟直，长河落日圆。

单摘出来，"直"与"圆"极通俗，但若嵌在句中，就仿佛接通的电路，强烈的磁电效应会产生一种张力，使读者内心中亦作出类似直线上升和顺时画圆的内模仿运动。恍如画境，又绝非画笔所能描绘。另如"日落江湖白，潮来天地青"（王维《送邢桂州》），以"白"与"青"两个色彩词作谓语，随意渲染，但涵盖力极强。王维的《送綦毋潜落第还乡》："远树带行客，孤城当落晖。"前人曾经评曰："'带'字、'当'字极佳，非得画中三昧者，不能下此二字。"（《青轩诗辑》）

三、远 程 交 易

比喻是诗歌创作中极重要的手段，它通过在事物的显隐、虚实、真幻、远近、古今之间建立联系，搭置桥梁，引起人们的联想，达到认识和体验的目的。正如瑞恰兹所说："比喻最能够在诗歌中把不相干的，彼此本来不联系的东西结合在一起。由于这种排比与组合，这些东西在读者脑中就建立起关系，因而影响他的态度和意向。如果仔细考虑，比喻的效果很少是产生自其中所包含的逻辑关系的。比喻是一种半明半偷的办法，通过这种办法，更多的不同的因素可以组织到经验的结构中去。"①因此,亚里士多德《诗学》中称"比喻是天才的标识"。

作为一种积极修辞手法,比喻在中国古代诗歌中的使用是相当久远的,《诗经》中广泛运用了赋比兴,其中的"比",就是人们对比喻的感性认识和理论概括。《文心雕龙·比兴》中释比为附,认为"附理者,切类以指事","附理故比例以生","夫比之为义,取类不常,或喻于声,或方于貌,或拟于心,或譬于事","物虽胡越,合则肝胆"。对比喻的认识是极为深刻的。

比喻要成立,须有两个条件。第一,表现的对象(本体)和作比的事物(喻体)之间必须在整体上、本质上各不相同。第二,表现的对象和作比的事物在形式上的各种因素(如形体和色彩)或在内容上的各种因素(如性能和用途)又须存在一定的相似点,所谓"心有灵犀一点通",必须至少有一点能相通。

从修辞学的角度来看,按照比喻客体的逐步升到主位,可以把比喻分为明喻、隐喻、借喻三类。所谓明喻是将被比的事物和比喻两部分都明白说出,中间用比喻词"如"、"若"、"犹"、"似"等来表示。如"天边树若荠,江畔洲如月"(孟浩然《秋登万山寄张五》),"芙蓉如面柳如眉,对此如何不泪垂"(白居易《长恨歌》),"花红易衰似郎意,水流无限似侬愁"(刘禹锡《竹枝词》)。所谓的隐喻则不出现比喻词,以比喻的事物(喻体)单指被表现的对象。明喻是"甲如乙",隐喻是"甲是乙",明喻在形式上是相类的关系,隐喻在形式上是相合的关系。借喻则是借喻体来代替本体,被比的事物干脆就不说出来。从明喻到借喻,喻体的地位逐渐上升,由客体升到主位,而比喻的本体则逐渐隐退,直至完全消失。

瑞恰兹《修辞哲学》中还说:"比喻是不同语境间的交易。"要使比喻有力,就必须使喻体与本体两极之间保持一定的距离,造成人们心理上的空白感和期待感,诱发人们的想象和思索。维姆萨特在解释瑞恰兹"远距"原则时提供了一个有趣的例子:"狗像野兽般嗥叫",两个语境距离太近,比喻无

---

① 〔美〕瑞恰兹《文学批评原理》,引自《欧美诗选》,西宁:青海人民出版社,1990年,第395页。

力量;"人像野兽般嗥叫",就生动得多;"大海像野兽般咆哮"就更有力量。约翰森曾指责玄学派诗歌"把异质的东西用暴力枷铐在一起",而新批评派对这种强行的野合却赞不绝口①。

人性中有一种先天的偏见,贵古贱今,贵远贱近。古董珍藏家对钟鼎彝器的陶醉迷恋、北方佬对粤菜的垂涎恐怕都是这种心理在作祟。将甲处的日用百货长途贩运到乙处就可能变成珍奇宝物,身价百倍。有时还不免要干些偷渡走私等不光彩的勾当,才能把远方的货带进口岸,这样就愈发增值了。民间谓恋人偷情常说"野花偏艳目,村酒却醉人"或"家花不如野花香"云云,则不仅包含着距离远近,同时还说明获得或占有时,愈艰难困苦,愈能吊胃口,愈有刺激性,愈易激发起人的征服欲。诗人的奇喻妙比,往往就是为了投其所好,满足人类心理上的这种嗜欲。

同样是喻乐声琴音,白居易《琵琶行》中的"大弦嘈嘈如急雨,小弦切切如私语",形象生动,但本体与喻体之间的距离太近,回味思考的余地太少,而李贺《李凭箜篌引》中的"昆山玉碎凤凰叫,芙蓉泣露香兰笑",则是长途贩运、远程交易式的比喻,本体与喻体之间距离较远,相似点很不明确,或只有一端相似,推而及他端不相似处,就显得曲折幽深,只有借助联想的桥梁,才能构成形象。

一个比喻,如果被频繁地使用,就会出现老化、钝化、凋萎的现象,不再会在读者心理上产生新鲜、奇异、逗引注意力的效果。仿佛白居易笔下的琵琶女,年少时,"曲罢曾教善才伏,妆成每被秋娘妒。五陵年少争缠头,一曲红绡不知数"。而年龄半老时,则"门前冷落鞍马稀"。人情冷热,岂止女色?李贺等奇崛诗人可谓深知此理,他们有愤于大历以来诗坛上出现的圆滚软熟的诗风,力图用自己矫健的笔锋改变这种积习,因此在造句设喻上独辟蹊径,发人所未发,字字句句欲传世,大有老杜"语不惊人死不休"的气概。在《金铜仙人辞汉歌》中铜人辞汉,赋物以人情,这已有新意;哀而有伤,潸然泪下,这就更奇特了;但诗人的才能似乎还未能充分表现出来,再补

---

① 引自赵毅衡《新批评——一种形式主义的文艺批评》,北京:中国社会科学出版社,1986年,第142页。

一笔："忆君清泪如铅水"——将铜人流的泪，比作铅水下注，写出它的沉重感，凝重的色彩感，而且还有更高的统一，因为是铜人，故落泪也只能是金属类的，堪称出奇制胜，这样势夺造化的句子亏他想得出。再如比喻松柏之苍老茂盛，常人只能用龙盘虎踞、曲折蜿蜒之类词，而李贺要写小松，显然有些落套，故避而不纳，却说："蛇子蛇孙鳞蜿蜿。"比物摹形，既贴切有趣，又使比喻活化、奇化，使形象与意义间产生距离，堪称绝句。

唐诗中的比喻主要可以分为如下几类：

第一，博喻。又叫联贯比，指用多个比喻说明一个事理，一意数喻。其作用是防止读者囿于一喻而生执著，"这种描写和衬托的方法，仿佛是采用了旧小说里讲的'车轮战法'，连一接二地搞得那件事物应接不暇，本相毕现，降伏在诗人的笔下"[①]。诗中采用这种"博依繁喻"的方法，如同四面围攻，八音交响，叠土为山，积渐而高，给人极深刻的印象。博喻又可细分为两种方式。一类是用多种作比事物的一个方面。洪迈《容斋三笔》卷六说："韩(愈)苏(轼)两公为文章，用譬喻处，重复联贯，至有七八转者，韩公《送石处士序》云：'论人高下，事后当成败，若河决下流而东注；若驷马驾轻车就熟路，而王良造父为之先后也；若烛照数计而龟卜也。'《盛山诗序》云：'儒者之于患难，苟非其自取之，其拒而不受于怀也，若筑河堤以障屋溜；其容而消之也，若水之于海，冰之于夏日；其玩而忘之以文辞也，若奏金石以破蟋蟀之鸣，虫飞之声。'"这是文的例子。在诗中，韩愈《送无本师归范阳》先用"蛟龙弄角牙"等八句四个比喻来说明诗胆的泼辣，又用"蜂蝉碎锦缬"等四句四个比喻讲诗才的秀拔。宋代苏轼《读孟郊诗》用四个比喻来说明孟郊诗好处不多，《石鼓歌》中则用六个比喻讲"时得一二遗八九"，《百步洪二首》其一诗中连用七个比喻来写轻舟在急流中飞速地冲下去："有如兔走鹰隼落，骏马下注千丈坡。断弦离柱箭脱手，飞电过隙珠翻荷。"贺铸《青玉案》词："试问闲愁都几许，一川烟草，满城风絮，梅子黄时雨。"以三组形象辐射交织来喻愁，浑然如画，极有特点，均受韩诗的启发。还有一类，是用多种比喻来说明同一事物的各个方面。如白居易《长恨歌》写杨贵妃："玉容

---

① 钱锺书《宋诗选注》，北京：人民文学出版社，1958年，第72页。

寂寞泪阑干,梨花一枝春带雨。"以梨花比玉容,以春雨比泪阑干,用两种事物比喻杨贵妃肖像的两方面,自然而又新奇。

第二,曲喻,又称连比。这种比喻"往往以一端相似,推而及之于初不相似之他端"①,钱锺书先生具体摘出李贺诗中的例子分析说:

> 如《天上谣》云:"银浦流云学水声。"云可比水,皆流动故,此外无似处;而一入长吉笔下,则云如水流,亦如水之流而有声矣。《秦王饮酒》云:"羲和敲日玻璃声"。日比瑠璃,皆光明故;而来长吉笔端,则日似玻璃光,亦必具玻璃声矣。同篇云:"劫灰飞尽古今平。"夫劫乃时间中事,平乃空间中事;然劫既有灰,则时间亦如空间之可扫平矣。②

此外,如《梦天》中"玉轮轧露湿团光,鸾佩相逢桂香陌",由露湿轮而及湿光,亦为奇想。《秦王饮酒》:"洞庭雨脚来吹笙,酒酣喝月使倒行。"以雨脚的形状写吹笙的动作。《咏怀二首》其一:"弹琴看文君,春风吹鬓影。"由春风吹拂鬓发而及影子。《自昌谷到洛后门》:"石涧冻波声,鸡叫清寒晨。"天寒可冰结涧波。另,波必有声,故连波声也被冰封了。《金铜仙人辞汉歌》:"空将汉月出宫门,忆君清泪如铅水。"因是铜人,故其流泪亦当为金属熔液。刘叉《姚秀才爱予小剑因赠》:"一条古时水,向我手心流。临行泻赠君,勿报细碎仇。"以水代剑,又由水生发出"流"、"泻"等动作。另如李商隐的《天涯》:"莺啼如有泪,为湿最高花。"把莺啼叫的啼转为啼哭,再由啼哭引出眼泪,推想可以沾湿最高枝的花。

第三,复喻。与博喻刚好相反,是指同一比喻中包含着两层或多层不同的含义。这是笔者自拟的一个概念,钱锺书先生所说的"喻之二柄"与"喻之多边"实际上都可包括在复喻之中。喻之二柄是指"同此事物,援为比喻,或以褒,或以贬,或示喜,或示恶,词气迥异"③。如"水中映月"之象,可

---

① 钱锺书《谈艺录》,第51页。
② 钱锺书《谈艺录》,第51页。
③ 《管锥编》第1册,第37页。

喻说"圣道如水月",指玄妙;也可喻说"浮世如水月",指虚妄。一誉一毁,两柄相区以别。韦应物《赠王侍御》:"心同野鹤与尘远,诗似冰壶彻底清。"用冰壶比诗境的清澄,是赞美。但在《杂言送黎六郎》中又说:"冰壶见底未为清,少年如玉有诗名。"贬冰壶是为抬高少年,用玉之晶莹透亮喻少年,冰壶就显得不清澄了,又转变成带贬义的比喻了。"喻之多边"是指"事物一而已,然非止一性一能,遂不限于一功一效。取譬者用心或别,著眼因殊,指同而旨则异;故一事物之象可以孑立应多,守常处变"①。如以月为喻,因月有形圆、体明、阴性等特征,李白诗"小时不识月,呼作白玉盘",以盘喻形圆,又兼取如玉之明澈意。"床前明月光,疑是地上霜",则是侧重取皎洁如银之意。陈子昂《感遇三十八首》其一:"微月生西海,幽阳始化升"。则以月喻女君武则天,取太阴当空之意。复喻大都不用在一篇作品中,分别见于多处。也有用在一篇作品里的,如韩愈《海水》:"海水非不广,邓林岂无枝,风波一荡薄,鱼鸟不可依。海水饶大波,邓林多惊风,岂无鱼与鸟,巨细各不同。海有吞舟鲸,邓有垂天鹏,苟非鳞羽大,荡薄不可能。我鳞不盈寸,我羽不盈尺,一木有余阴,一泉有余泽。我将辞海水,濯鳞清泠池;我将辞邓林,刷羽蒙茏枝。海水非爱广,邓林非爱枝,风波亦常事,鳞羽自不宜。我鳞日已大,我羽日已修,风波无所苦,还作鲸鹏游。"作者先以海水浪大,邓林风急,喻世道巨变,会使鱼鸟失所,这是第一层意思;然后说大风大浪却正是鹏鲸飞翔腾跃的好时机,这是第二层含义;接着又说同样的风波,对鱼鸟不利而对鲸鹏有利,这是由于"巨细各不同",这是第三层含义;我此时如寸鳞尺羽,故经受不住风浪,待我鳞羽丰满后,那么就可以凭虚御风,在惊涛骇浪中拼搏了,这是第四层含义②。一喻而蕴含数层意义,分层排列,虚实相生,辐集投射,秘响旁通,洵可叹为观止。

第四,谜喻。谜与比是一对孪生姊妹,有着非常密切的关系,谜在古代又叫廋辞,也称隐语。《文心雕龙·谐隐》解释隐是"遁辞以隐意,谲譬以指事",解释谜是"回互其辞,使昏迷也。或体目文字,或图象品物,纤巧以弄

---

① 《管锥编》第1册,第39页。
② 参见周振甫《诗词例话》,北京:中国青年出版社,1979年,第243—244页。

思,浅察以衍辞,义欲婉而正,辞欲隐而显"。就是以一具体形象的画面来使人们体会到潜藏的底蕴,破译屏幕背后的密码。诗中有一类谜诗,专门是以诗的形式表达谜的内容。如杜甫《初月》:"光细弦初上,影斜轮未安。微升古塞外,已隐暮云端。河汉不改色,关山空自寒。庭前有白露,暗满菊花团。"大量的咏物诗都类此。还有另一类是以谜的形式为比喻,用来烘托气氛表现情绪。古人有时也称为谜比。《文镜秘府论》地卷十一势说:"迷比势者,言今词人不悟有作者意,依古势有例。昌龄《送李邕之秦》诗云:'别怨秦楚深,江中秋云起。'——言别怨与秦楚之深远也。别怨起自楚地,既别之后,恐长不见,或偶然而会,以此不定,如云起上腾于青冥,从风飘荡,不可复归其起处,或偶然而归尔。'天长梦无隔,月映在寒水。'——虽天长,其梦不隔。夜中梦见,疑由相会。有如别,忽觉,乃各一方,互不相见。如月影在水,至曙,水月亦了不见矣。"李商隐《无题》:"飒飒东风细雨来,芙蓉塘外有轻雷。"用东风细雨喻心境,用隐隐轻雷喻车声。因东风细雨使人联想到"东风飘兮神灵雨,怨灵修兮憺忘归"(《楚辞·九歌·山鬼》),而轻雷又暗用司马相如《长门赋》"雷殷殷而响起兮,声像君之车音"的典故。所以纪昀说:"起二句妙有远神,不可理解而可以意喻。"(《诗说》)所谓的"远神",就是说诗中暗含有"象外之致",可以意会而难以言传。

四、声律谐美

诗是诗人心灵之壁上发出的隐秘回响,具有某种自然的节奏与旋律,类似音乐的表现。从本质上说,诗与音乐亦均属时间艺术。音乐是借助声音的传递来表达感情,诗歌也要通过声音来讽读吟诵,而声音的振荡需要在时间中延续传输。中国古代第一部诗歌总集《诗经》,同时也是第一部乐歌总集,在当时是可以合乐演唱的。《墨子·公孟篇》说:"弦诗三百,歌诗三百。"吴公子季札曾至鲁观赏鲁国乐工演唱《诗经》的空前盛况(见《左传·襄公二十九年》)。《尚书·舜典》:"诗言志,歌永言,声依永,律和声。"《毛诗大序》:"诗者,志之所之也,在心为志,发言为诗。情动于中,而形于言,言之不足,故嗟叹之;嗟叹之不足,故咏歌之;咏歌之不足,不知手之舞之足之蹈之也。情发于声,声成文谓之音。"均说明诗与乐密不可分。

但在魏晋以前,对诗歌声律的追求往往是一种自然的而非自觉的。南北朝以来,由于音韵学的进一步发展,人们比照梵文发现了汉语的声、韵、调亦有规律①,声韵调的往复变化可以产生一种奇妙的音乐效果,四声八病理论的提出,使诗歌自身声律美的追求由可能变为现实,由自然变为自觉。沈约《宋书·谢灵运传论》:"夫五音相宣,八音协畅,由乎玄黄律吕,各适物宜。欲使宫羽相变,低昂互节,若前有浮声,则后须切响。一简之内,音韵尽殊;两句之中,轻重悉异,妙达此旨,始可言文。"为来日近体诗的形成草拟了纲领。刘勰《文心雕龙·声律》中也说:"异音相从谓之和,同声相应谓之韵。"都指出通过字音声、韵、调的回旋变化,来创造一种特殊的音乐效果。

唐诗在继承北朝文学重气骨特点的同时,吸取了南朝文学中追求诗歌形式美的长处,使近体诗得以最后定型,把谢灵运、谢朓、沈约、刘勰等人模糊的理想付诸实践,形成了一种全新的诗体,为后世树立了尽善尽美的范式。唐人在永明体的基础上做了两方面工作:一是把四声二元化,一是解决了粘式律的问题。从律句律联到律篇,摆脱永明诗人种种病犯说的束缚,创造了一种既有程式约束又留有广阔创造空间的新体诗——律诗②。

如果说,北朝文学是一个天真而略带野性的草原女子的话,那么到了唐代,经过南朝形式美的修饰打扮,这位原本杂有羌胡气的西部姑娘已出挑得楚腰纤细,美目流盼,倾城倾国了。魏徵在《隋书·文学传论》中就曾说过这个意思:"江左宫商发越,贵于清绮;河朔词义贞刚,重乎气质。气质则理胜其词,清绮则文过其意,理深者便于时用,文华者宜于咏歌。此其南北词人得失之大较也。若能掇彼清音,简兹累句,各去所短,合其两长,则文质彬彬,尽善尽美矣。"而新型的唐诗正是沿着这位具有远见卓识的政治家所期望的道路走了过来。"文质半取,风骚两挟。言气骨则建安为传,论宫商则太康不逮"(殷璠《河岳英灵集·集论》),广泛地学习前人,而又全面地超越

---

① 参见陈寅恪《金明馆丛稿初编·四声三问》(上海古籍出版社,1980年)、蒋述卓《佛经传译与中古文学思潮》第4章《四声与佛经的转读》(江西人民出版社,1990年)、跃进《别求新声于异邦——介绍近年永明声病理论研究的重要进展》(《文学遗产》1999年第4期)等。

② 袁行霈主编《中国文学史》第2卷,北京:高等教育出版社,1999年,第210页。

时代,风骨凛然,兴象玲珑,意境幽远,声律谐美,既前无古人,又后无来者。

唐诗在当时是可以曼声长吟的,所以作者在写成后,都要通过吟唱来改定。杜甫《解闷》:"陶冶性灵存底物,新诗改罢自长吟。"姚合《武功县中》:"山宜冲雪上,诗好带风吟。"杜甫的《夜听许十一诵诗爱而有作》,将许十一吟诵诗的声音表现得非常细致,并说明其音节声情之感人:

  诵诗浑游衍,四座俱辟易。应手作接钩,清心听鸣镝。精微穿溟涬,飞动摧霹雳……君意人莫知,人间夜寥阒。

另外,据唐人薛用弱《集异记》所载"旗亭酬唱"的故事以及王维《送元二使安西》被谱入乐府,至"阳关"句被反复歌唱,谓之"阳关三叠",可知,当时诗与乐的关系是极为密切的,有许多诗在当时都曾被配乐演唱。

唐诗的音乐性特点还不仅仅表现在它可以入乐配唱,以歌词的形式为乐曲服务,而在于它自身就蕴含着音乐的质素,有着跳动震荡的节奏和回环往复的旋律,具体体现在如下两个方面。

第一,抑扬。音乐的核心是节奏,叶芝曾说:"节奏的作用是延长沉思的时间,这是睡与醒交融的时间,一边用变化来保持我们的清醒,一边用单调的感觉诱导我们到出神状态,使我们的心智在其中从意志的压力下获得解放,以种种象征的姿态显露出来。"[1]"节奏的构成是平均距离所标志着的时间的重新回转"[2],而事先的逆料则是人们对节奏产生的一种愉快的心理准备。在音乐中,节奏是通过强音和弱音的周期性交替变化而产生。而唐诗的节奏则是依靠平仄格式的变化而形成。

王力先生倾向于承认平仄格式是一种长短律,他曾指出:"汉语的声调和语音的高低、长短都有关系,而古人把四声分为平仄两类,区别平仄的标准似乎是长短,而不是高低。但也可能既是长短的关系,又是高低的关

---

[1] 转引自谢冕《诗人的创造》,第228页。
[2] 〔瑞士〕沃尔夫冈·凯塞尔《语言的艺术作品》(中文版),上海:上海译文出版社,1984年,第321页。

系。"①平仄递换也就是长短交替、平调与升调或促调的交替。平声曼长,所以是扬;仄声短促不平,所以是抑。前后上下平仄相对,抑扬相反,单纯与变化、同与异的关系不断建立,又不断被打破,这样就造成了曲尽其妙的音乐效果。

袁行霈先生认为形成古典诗歌节奏的因素既不是长短格,也不是轻重格,而是由音节之间的组合与押韵两种因素决定的,汉语一个字是一个音节,一般是两个音节组合在一起,形成顿(又叫音组或音步),四言二顿,每顿两个音节,五言三顿,每顿的音节是二二一或二一二,七言四顿,每顿的音节是二二二一或二二一二,顿不一定是声音停顿的地方,通常吟诵时倒需要拖长。顿的划分既要考虑音节的整齐,又要兼顾意义的完整,音节之间的组合不仅形成了顿,而且还形成了逗。所谓逗也就是一句中最显著的那个顿,古近体诗建立诗句的基本规则,就是一句诗必须有一个逗,这个逗把诗句分成前后两半,其音节分配是,四言二二,五言二三,七言四三,林庚先生指出,这是古典诗歌形式上的一条规律,称为"半逗律"②。

实际上,平仄的分布与顿或者逗的划分基本上是统一的。如果离开平仄递变的特点来另外建立顿与逗的规律,恐怕有些脱离汉语声律的特点。前引沈约的论述说明,正是由于"宫羽相变,低昂互节","一简之内,音韵尽殊;两句之中,轻重悉异",才构成了诗歌的音乐节奏美,而其中的宫羽、低昂、浮切、轻重都是指平仄而言。唐诗(尤其是近体诗)的节奏感主要是与平仄递变有关。

第二,回环。是指类似或相同的声音的重复和再现。在诗中主要是靠双声、叠韵、叠音以及韵脚来形成。

双声指的是两个字的声母相同;叠韵指的是两个字的韵母相同;叠音又叫重言,是指两个字的读音完全相同,重叠出现。王国维《人间词话》中说:"双声叠韵之论,盛于六朝,唐人尤多用之。至宋以后,则渐不讲,并不知二者为何物。"实际上,在六朝以前的《诗经》、楚辞和汉魏古诗中,双声、叠韵

---

① 《龙虫并雕斋文集》第1册,北京:中华书局,1980年,第495页。
② 参见袁行霈《中国诗歌艺术研究》,北京:北京大学出版社,1987年,第118—119页。

和叠音就大量存在，如参差、栗烈、蒹葭、踟蹰、饥馑、亲戚、妻妾（以上双声）；窈窕、须臾、崔嵬、薜荔、涕泗、经营、贪婪、刚强（以上叠韵）；关关、夭夭、采采、依依、霏霏、迟迟、菲菲（以上叠音）。唐代刘驾写过一组五首叠字诗，其中每首第四句都重叠三字，但近乎文字游戏。宋以来讲叠音的亦不少，如李清照《声声慢》开篇连用"寻寻觅觅，冷冷清清，凄凄惨惨戚戚"七组叠字，渲染百无聊赖的举动、冷清的环境与绝望的心情。至于元代乔吉《天净沙》一首："莺莺燕燕春春，花花柳柳真真，事事风风韵韵，娇娇嫩嫩，停停当当人人。"专意于叠字，走到极端，成了字词的堆砌，宋人所修《广韵》还专列"双声叠韵法"。但如果说，唐诗中双声叠韵与叠字用得多，用得高妙，这倒是事实。

双声、叠韵与叠音可以增强语言的音乐美。李重华《贞一斋诗说》："叠韵如两玉相叩，取其铿锵；双声如贯珠相联，取其宛转。"王国维《人间词话》："余谓苟于词之荡漾处多用叠韵，促节处多用双声，则其铿锵可诵，必有过于前人者。"其实不仅是词，诗亦如此。以杜甫的《登高》为例：

风急天高猿啸哀，渚清沙白鸟飞回。无边落木萧萧下，不尽长江滚滚来。万里悲秋常作客，百年多病独登台。艰难苦恨繁霜鬓，潦倒新停浊酒杯。

其中"艰难"、"潦倒"、"新停"属叠韵词，"萧萧"、"滚滚"属叠音词，巧妙使用，使诗的声律产生了回环往复的效果。杜甫《咏怀古迹五首》其三："一去紫台连朔漠，独留青冢向黄昏。"其中的"朔漠"是叠韵，"黄昏"是双声。《咏怀古迹五首》其一："支离东北风尘际，漂泊西南天地间。"以叠韵词"支离"对双声词"漂泊"。白居易《自河南经乱关内阻饥兄弟离散各在一处因望月有感聊书所怀》："田园寥落干戈后，骨肉流离道路中。"以"寥落"与"流离"两个双声词相对。李商隐《过陈琳墓》："石麟埋没藏春草，铜雀荒凉对暮云。"以双声词"埋没"对叠韵词"荒凉"。晚唐温庭筠、陆龟蒙、皮日休均写有双声诗、叠韵诗、四声诗等，但只是游戏的雅兴，艺术的成就并不高。

韵是指同一个音（一般是元音，或者是元音后面再带辅音）在同一位置上(一般是句尾)的重复,犹如乐曲中反复出现的一个主音。押韵就是把读音相同的字安排在固定位置上,造成一种有节律的重复出现。韵的最大功能是把涣散的声音联系贯串起来,成为一个完整的曲调,它好似贯珠的串子,把零乱与松散的珠子串连到了一块,使诗产生回环往复、起伏跌宕的旋律,摇荡感发人心[①]。

[①] 关于唐诗声律,可参见王力《汉语诗律学》(上海教育出版社,1979年)、王力《诗词格律》(中华书局,1977年)、启功《诗文声律论稿》(中华书局,1977年)、徐青《古典诗律史》(青海人民出版社,1980年)等,本节并非专论唐诗格律,故从略。

第八章 笔补造化天无功

——唐诗艺术美分论

一、孟浩然山水田园诗的自然特征

贯穿孟浩然山水田园诗的最大特征是自然。在他的作品中，自然不仅作为观赏对象和描写题材（风物天然），也是其艺术技巧饱和成熟、创作个性鲜明稳定的结晶（风格自然），最终又成为追求理想人格、高扬个体精神的归宿与极境（返归自然），下面分别进行讨论。

（一）

初盛唐之交，诗歌创作在表现上有一个从应制奉和扩大到感兴而发的过程，在题材上也有一个从宫掖台阁移向市井里巷、山林塞漠的过程。孟浩然文不按古，"伫兴而作"（王士源《孟浩然集序》，以下简称"王序"），继王杨卢骆之后，以大自然的新鲜空气来洗刷宫体诗的软媚和应制诗的谀颂，是

"盛唐初期诗坛的清道者"①,在山水田园中傲然翘出一段春枝,最早透露出盛唐气象郁然勃发的消息。

高适、岑参把诗歌引向遥远的边塞绝漠,金戈铁马、胡语驼铃,全是一派异域风光,歌颂原始蛮荒的自然力,表现出人对自然的开发,充满进取者的豪情;同时也表现了唐帝国对四夷的征服,流露出血腥和狰狞。

孟浩然则遥承晋宋时代的陶谢,在山林江海上行吟歌唱。他曾"久废南山田"(《题长安主人壁》),冒雪行进于"迢递秦京道"(《赴京途中逢雪》),献赋无成,求仕不达,"驱车还向东"(《京还留别新丰诸友》),"山水寻吴越"(《自洛之越》),"扁舟泛湖海"(同上),"天台访石桥"(《舟中晚望》),"泊舟浔阳郭"(《晚泊浔阳望庐山》),然后溯江而上,"返棹归山阿"(《归至郢中作》),堪称是当时的大旅行家了。他的许多山水之作,确切地说,应叫作纪游诗,是旅游纪闻(但依惯例,本文仍统称为山水诗)。按地域的不同,孟浩然的山水诗可分为描写京洛山水、吴越山水、荆楚山水和巴蜀山水,此外还有几首描写湘桂景物的作品。按写作时间分,京洛山水诗,写在他赴两京求仕时期。孟浩然来游京师的时间及次数说法不一,大体上可肯定在三十到四十岁之间。在这些诗里,表现出作者对北方气候的不适,对求仕无成的郁闷愤然。吴越山水诗,则是他入京求仕失利之后所作。据陈贻焮先生考订,吴越之行大约是在开元十八年夏、秋之季至开元二十一年一月,在越前后共四年②。沿途见闻,开阔了诗人的视野;佳丽山川,使诗人陶醉于自然美之中。"我行适诸越,梦寐怀所欢。久负独往愿,今来恣游盘"(《游云门寺寄越府包户曹徐起居》),山川映发,美不胜收,淡化了诗人心中的愁苦。所以,这一时期的作品不仅数量多,质量也较高,他的山水名作如《扬子津望京口》、《济江问同舟人》、《与颜钱塘登樟亭望潮作》、《早发渔浦

---

① 郑临川《闻一多论古典文学》,第127页。
② 陈贻焮《孟浩然事迹考辨》,见陈著《唐诗论丛》,长沙:湖南人民出版社,1980年,第40页。

潭》等,都是此期所作。至于湘桂诸作,当写于开元二十二三年后①。又据陶翰《送孟大人蜀序》和孟的《入峡寄弟》诗知,他还有巴蜀之行。此行"当在开元二十一年到二十五年之间"②,《途中遇晴》、《行出东山望汉川》等诗作于是时。当然,最使诗人登临不倦、观赏不厌的还是他的故乡——襄阳,他赴京之前和远游归里之后,基本上都在汉水两岸盘桓,"北涧流恒满,浮舟触处通"(《北涧泛舟》),或者"漾舟乘水便,因访故人居"(《西山寻辛谔》),或者"结揽事攀践"(《登鹿门山怀古》),登鹿门,攀岘首,践万山,访古探幽,流连骀荡,高歌酣饮。

且看孟浩然笔下的襄阳:

山水观形胜,襄阳美会稽。最高惟望楚,曾未一攀跻。石壁疑削成,众山比全低。晴明试登陟,目极无端倪。云梦掌中小,武陵花处迷。暝还归骑下,萝月映深溪。(《登望楚山最高顶》)

岘山江岸曲,郢水郭门前。自古登临处,非今独黯然。亭楼明落日,井邑秀通川。涧竹生幽兴,林风入管弦。(《岘山送萧员外之荆州》)

特别是襄阳山水又与许多神话传说和高人逸士的事迹联系着,更给景物蒙上了一层神奇朦胧的面纱,使山水含有难以言说的意蕴。汉皋山下的解佩渚,流传着一则美丽的传说:"(神女)游于江滨,逢郑交甫。交甫不知何人也,目而挑之,女遂解佩与之。交甫行数步,空怀无佩,女亦不见。"(《洛神赋》李善注引《神仙传》,《文选》卷一九)美丽而神奇,余韵悠悠。此外,如汉阴丈人、庞德公、诸葛亮都曾在这里隐居过,王粲井、跃马池、习家池、堕泪碑这些古迹"使风景增添了历史舞台的色彩","具有了时间的立体性,那里

---

① 孟集中有《湖中旅泊寄阎九司户防》和《洞庭湖寄阎九》两首诗。据《唐才子传》卷二知:"防,阿中人,开元二十二年李琚榜及第。"又《文苑英华》卷七〇一李华《杨骑曹集序》亦载阎防、李琚、李华于开元二十二年及第。则防任司户当在此后。孟与阎交游及湖中旅泊事亦当在二十二年之后。

② 《唐诗论丛》,第57页。

的一草一木都会表现出自然的、悠久的生命来"①。自然景物的勃勃野趣与人文景观的盎然古意互相加强,映发生辉,更使山水具有了迷人的魅力。诚可谓"风流满今古,烟岛思微茫"(李颀《送皇甫曾游襄阳山水兼谒韦太守》)。诗人忘情地投入大自然的怀抱,不倦地探讨宇宙人生的奥秘,瞬刻中看到了永恒,刹那间即成终古,在一花一鸟、一丘一壑中发现了无限,于观赏自然中获得一种审美解悟。

当然,孟浩然并非天生的隐士,他的热爱山水也并不是一种天性,更不是如闻一多先生所说是"为着一个浪漫的理想,为着对古人的一个神圣的默契"②。近年来,学人们从当时的社会现实和孟浩然的生平经历入手,指出他的隐居、喜欢山水,是因为仕途失意,颇中要害。但我觉得,也不能忽视自然山水对诗人的诱发和感召。山水可以属耳流目,江畔、旷野、山林中的新鲜空气与花瓣里所含的挥发性芳香油,能使人产生一种极舒适愉快的兴奋感觉,有益于人的身体与情绪健康;同时也可以悦人神志,使人从琐屑的功利追求中解脱,对人生充满健举达观的豪情,特别是当仕途失意、功名无成之际,就更容易以空虚之心灵涵括万有,沟通自然,泯灭物我界限,主客观混为一体。由仕进功名追求,转为道德追求,并进而达到审美追求的境界。

(二)

孟浩然山水田园诗的风格,最基本的特征是自然本色,"自然者,不雕琢,不假借,不著色相,不落言诠也"(沈祥龙《论词随笔》)。孟诗往往字不雕琢,句不锻炼,格不整饬,始读之,给人漫不经意、质朴疏淡的感觉,但细心寻绎把玩,又感到朴中含华,淡中有味。"若公输氏当巧而不巧"(《皮日休文集》卷七《郢州孟亭记》),"讽咏久之,有金石宫商之声"(严羽《沧浪诗话·诗评》)。诗人强调如自然现象本身呈露、运化的方式来表现、结构自然,尽量缩小、缓和自然(物象不费力、不刻意的呈现)与艺术(人为的刻意

---

① 〔日〕今道友信《关于美》,第12页。
② 《唐诗杂论·孟浩然》,《闻一多全集》第3卷,北京:三联书店,1982年,第32页。

的努力)二者之间的张力,使意境与风格"近似"活泼无碍的自然。下面从几个方面谈孟诗风格的自然本色及其丰富表现。

1. 平淡率直

何谓平淡?平者取势不杂,淡者遗意不烦;率直则是指"遇景入咏,不拘奇抉异"(《皮日休文集》卷七《郢州孟亭记》)。在叙述上只是淡淡说来,自然情与景合,意与法合。如:"挂席几千里,名山都未逢。泊舟浔阳郭,始见香炉峰。"一口气道出,像对老朋友说旅途见闻,不必虚张声势。《游精思观回王白云在后》:"出谷未亭午,至家已夕曛。回瞻下山路,但见牛羊群。樵子暗相失,草虫寒不闻。衡门犹未掩,伫立待夫君。"写与友人出游,日暮归途情景。虽平铺直叙,但兴会天成,情韵悠悠。《春晓》一首,语淡意也淡,末句设问,看似关切,实是无所关心的满足,说明诗人与自然的默契相合,澄心空映万物,表里俱澄澈。在句法上,将六朝诗人推到极端的语言关系恢复到常态,使诗歌语言贴近自然,平直如口语。如:"我来如昨日,庭树忽鸣蝉。"(《题长安主人壁》)"予亦忘机者,田园在汉阴。因君故乡去,遥寄式微吟。"(《都下送辛大之鄂》)都是极似口语的散文化句式,"有似粗而非粗处,有似拙而非拙处"(严羽《沧浪诗话·诗评》),在格律上,不拘对属,以古变律,杨慎说:"五言律八句不对,太白、浩然集有之,乃是平仄稳贴古诗也。"(《升庵诗话》卷二)如前举《晚泊浔阳望香炉峰》,开端两句说乘舟访山,三、四句承着说访到名山,这四个句子不但文意简单连贯,而且由于三、四没有对仗,使得韵律也进行得极快,一气贯下,自然吐属,便成佳篇。钟惺评《游精思观回王白云在后》:"一首陶诗却入律中。"(《唐诗归》卷一〇)也是指孟浩然将陶渊明的真率闲适化入律诗,使作品古趣盎然,情真意切。《舟中晚望》亦是此格,通体俱散,中两联不作骈偶,既有音乐美,又洒脱自然。"自是六朝短古,加以声律,便觉神韵超然"(《诗薮》内编卷二),这些当然与近体诗刚刚完成,去古未远,声律尚宽有关,但同时也未尝不是因性分所近,出于内容的需要。

袁宏道说:"凡物酿之得甘,炙得苦,唯淡也不可造;不可造,是文之真性灵也。浓者不复薄,甘者不复辛,唯淡也无不可造;无不可造,是文之真变态也。"(《袁中郎全集》卷三《叙吕氏家绳集》)如果说率直中见性格,平淡中寓深意是孟诗的"真性灵",那么,朴中含华,平中求奇,"冲淡中有壮逸之气",则是孟诗的"真变态"。如《过故人庄》一首,场圃桑麻,田家景色;杀鸡为黍,田家之味;把酒闲话,田家之情。全诗充满了田园风味,泥土气息。黄生评曰:"全首俱以信口道出,笔尖儿不着点墨。浅之至而深,淡之至而浓,老之至而媚。火候至此,并烹炼之亦俱化矣。"(《唐诗摘抄》卷一)信口道出,谓坦率直爽,就其"性灵"而言;不着点墨,谓平淡,就其"本色"而言;浅深、浓淡、老媚则就其"变态"而言。平与奇,淡与浓,朴与华,表面上似乎是矛盾的,但实际上却体现了艺术辩证法思想。贺贻孙《诗筏》中说:"古今必传之诗,虽极平常,必有一段精光闪铄,使人不敢以平常目之,及其奇怪,则亦了不异人意耳。乃知'奇'、'平'二字,分析不得。"分析不得,正道出了其中的奥秘,因为本色与变态互相蕴含,如盐入水,交融于其间。

2. 清幽泓澄

在孟浩然山水田园诗中,我们发现,"清"这个词的复现率特别高:

荷风送香气,竹露滴清响。(《夏日南亭怀辛大》)
试览镜湖物,中流见底清。(《与崔二十一游镜湖寄包贺二公》)
松月生夜凉,风泉满清听。(《宿来公山房期丁大不至》)
清晓因兴来,乘流越江岘。(《登鹿门山怀古》)
野旷天低树,江清月近人。(《宿建德江》)
落日清川里,谁言独羡鱼。(《西山寻辛谔》)

除《临洞庭》一首中"八月湖水平,涵虚混太清"之"太清"属专有名词外,孟浩然集中用"清"共五十例①。当然,这种统计学的数字不一定能完全说明问题,但它至少告诉我们,诗人特别喜欢用"清"这个词构成意象,从而使诗呈现出清水潺潺、清风徐徐,"清"人心脾的清凉境界。难怪李白称赞他"高

---

① 据〔日〕中国学术考究会《孟浩然诗索引》(汲古书院,1981年)统计。

山安可仰,徒此揖清芬"(《赠孟浩然》),杜甫说他"清诗句句尽堪传"(《解闷十二首》之六)。据王士源《序》知,浩然来京师,"间游秘省,秋月新霁,诸英华赋诗作会。浩然句曰:'微云淡河汉,疏雨滴梧桐'。举座嗟其清绝。"说明当时人已肯定了孟诗"清"的特点。白居易过襄阳,凭吊孟浩然故里,感叹道:"清风无人继,日暮空襄阳。"王士禛也赞赏孟浩然的"五字清词"(王士禛《吊孟浩然诗》)。

孟浩然文字上喜用"清",并由此形成风格意境"如过雨石泉,清见鱼影"(《小澥草堂杂论诗》)的特色,做到"实景清而空景现,真境逼而神境生,虚实相生,无画处皆成妙境"(王夫之《古诗评选》卷四)。这一方面是作者仔细观察大自然的声响、色彩、线条、形体的结果;另一方面,也是他潜心学习借鉴前人成就的结果。以《文选》为例,就见:"非必丝与竹,山水有清音"(左思《招隐诗》其二),"崖谷共清,风泉相涣"(王中《头陀寺碑文》),嵇康的"激清响以赴会"(《琴赋》),王粲的"流波激清响"(《七哀诗》其二),陆机的"和风飞清响"(《悲哉行》),谢朓的"鸣佩多清响"(《直中书省》)……秘响旁通,交相引发,缘此可溯孟诗"清"源。

孟诗不仅"清",而且"净",黄庭坚说孟浩然诗"爽气洗尽尘埃昏"(《题浩然画像诗》,《苕溪渔隐丛话》后集卷九引),刘辰翁评《永嘉上浦馆逢张子容》曰:"众山孤屿,且不犯时景,句句淘洗欲尽。"(《王孟诗评》卷下)再如《耶溪泛舟》一首:"落景余清辉,轻桡弄溪渚。澄明爱水物,临泛何容与!白首垂钓翁,新妆浣纱女。相看似相识,脉脉不得语。"落日余晖,清溪丽景,老翁与浣女相对,落落大方,语言清新,神似乐府;且思想内容也纯净闲淡,全无脏气。

平淡率直、清幽泓澄是孟浩然山水诗的基本风格,但是,"随着不同对象,写法就应该不大相同。""一个大作家决不能只有一颗印章,在不同作品中都盖同一的印章,这就暴露出天才的缺乏"①,真正的大诗人应该如杜甫一样,"正而能变,变而能化,化而不失本调,不失本调而兼得众调"(《诗薮》内编卷四)。孟诗比起杜诗的"变态"来,固有差别,但也并非只有一颗印

---

① 《布封文选》(中文版),北京:人民文学出版社,1958年,第14页。

章。如《南阳北阻雪》:"我行滞宛许,日夕望京豫。旷野莽茫茫,乡山在何处?孤烟村际起,归雁天边去。积雪覆平皋,饥鹰捉寒兔。少年弄文墨,属意在章句。十上耻还家,徘徊守归路。"久别将归,内心思切,也是自然的,但旷野积雪,半随阻滞,故难免焦虑,更重要的是此行献赋求仕,失意而归,愧对家乡父老,所以又徘徊不前,耻于还家,全诗因季节、气候和作者怅然失意的情绪,显得苍凉悲怆,曲折凄楚,是所谓的"苦调、悲调"。《送从弟邕下第后寻会稽》一首,亦写举子下第相送之情,"读之所谓酸风苦雨一时来,正使英雄泪成碧"(《唐诗选脉会通》卷三)。他如《彭蠡湖中望庐山》、《早发渔浦潭》等诗"精力浑健,俯视一切,正不可徒以清言目之"(《养一斋诗话》),《临洞庭》诗中的"气蒸云梦泽,波撼岳阳城"一联,以如椽巨笔写出洞庭湖衔远山、吞长江、浩浩汤汤、横无际涯的壮观,"气象雄张,旷然如在目前"(《西清诗话》),"雄浑而兼潇洒"(纪昀《瀛奎律髓刊误》卷一),确可谓冲淡中有壮逸之气,闲远中振健举之势。

在孟浩然山水田园诗研究中,困难的还不是描述和分析他的自然风格及其变态,而是如何理解形成这种风格的原因。

诚然,孟诗的平淡闲远是继承了陶诗特点,并且还能从多方面吸收营养。汉魏古诗"气象混沌,难以句摘"的朴实特点,《古诗十九首》"清和平远,不必奇辟之思,惊险之句"的风格,都可以在孟诗中见出痕迹。如"空床难独守"用《青青河畔草》成句,"轻举翻六翮"化用《明月皎夜光》中的"高举振六翮",甚至诗题《赋得盈盈楼上女》也是移植古诗而来,"照水空自爱,折花将遗谁?"则是化用《十五从军征》中的"羹饭一时熟,不知贻阿谁"和《涉江采芙蓉》中的"兰泽多芳草,采之欲遗谁"的句式。"世途皆自媚,流欲寡相知",是从《饮马长城窟行》中的"入门各自媚,谁肯相为言"脱胎而来,"归来一以眺,陵谷尚依然"本于谢朓《宣城郡内登望诗》的"寒城一以眺,平楚正苍然"。"木落雁南度,北风江上寒"则出于鲍照《登黄鹤矶》中"木落江渡寒,雁还风送秋"两句。胡应麟说:"孟五言不甚拘偶者,自是六朝短古加以声律,便觉神韵超然。"(《诗薮》内编卷二)黄培芳评《耶溪泛舟》一首"神似乐府"(《唐贤三昧集笺注》卷中),都指出孟诗继承前贤、胎息古诗的特点。

但是,孟浩然作为"五言独造"(《诗薮》内编卷四),毕竟不是汉魏古诗和陶渊明在唐代的翻版,过分偏重探源用事,往往给人感觉诗的风格主要靠继承和摹仿,而"摹仿别人的风格犹如戴上一只假面具,不管它多么精美,用不了多久就会引起人们的厌恶和憎恨,因为它毫无生气"①。"心灵人所自有,而不相贷,无从开方便法门,任陋人支借也"(《姜斋诗话》卷二)。可见,风格的形成,不单是靠继承和摹仿,还有其他诸种因素在起作用。

首先,风格是诗人创作个性饱和度的标志。"风格即人",说明人的气质、体性、经历对风格形成起着制约作用。曹丕《典论·论文》中已涉及风格与个性问题,陆机《文赋》中亦说:"故夫夸目者尚奢,惬心者贵当,言穷者无隘,论达者唯旷。"指出文章风格因人而异,刘勰进一步从才、气、学、习四方面阐明作者性情与作品体貌(风格)的关系,认为"才性异区,文辞繁诡"(《文心雕龙·体性》)。"言之格调,则往往流露本相"②。说明创作个性和个人气质影响着作品的风格。孟浩然之状"颀而长,峭而瘦,衣白袍"(张洎语),"骨貌淑清,风神散朗"(王士源语),并且"精明奇素"(陶翰语),"行不为饰,动以求真";"游不为利,期以放性"(王士源语)。加之,他虽有仕与隐、作伊皋还是当巢由的内心矛盾,一生名位不振,未禄于代,但总的来说,他的经历还是比较简单的,他的心境也是比较恬淡宁静的,所以能对大自然产生深厚的兴趣,平淡率真的情感渗透到山水景物中,恐怕就是形成他自然风格的主观原因。

其二,时代审美趣味的影响。老庄推崇朴素自然之美,认为自然无为是最高境界的美:"素朴而天下莫能与之争美。"(《庄子·天道》)"澹然无极而众美从之。"(《庄子·刻意》)"故圣人法天贵真。"(《庄子·渔夫》)并进一步从巧与拙、琢与朴、人工与天然的关系中把握这种自然之美:"大巧若拙……大朴不雕。"(《庄子·胠箧》)"既雕既琢,复归于朴。"(《庄子·山木》)这种玄思哲理式的论述,对后世的文学创作和批评产生了深远的影响,逐渐形成了一种美学理想和艺术追求的极境。陶渊明《孟府君传》中说:"又问听妓,丝不如竹,竹不如肉,答曰:渐近自然。"唐代诗人在反击六

---

① 〔德〕叔本华《论风格》,引自《文学研究》丛刊第1辑。
② 钱锺书《谈艺录》,第163页。

朝尚形似、贵人工、浮艳绮靡诗风的同时，以复古为革新，在创作思想上强调风雅兴寄，在艺术风格上则提倡自然天真，逮及盛唐，已成为一种美学思潮。李白明确表示"雕虫丧天真"（《古风五十九首》其三十五），提倡"清水出芙蓉，天然去雕饰"（《经乱离后……赠江夏韦太守良宰》）。王维在其十五岁时所作的《题友人云母障子》诗中说："君家云母障，持向野庭开。自有山泉入，非因彩画来。"认为云母屏风上呈现出来的山水景致，妙在自然，高于画家笔下的彩画。岑参称赞友人的诗："爱君词句皆清新，澄湖万顷深见底，清水一片光照人。"（《送张献心充副使归河西杂句》）李颀说："天骨自然多叹美"（《送刘四赴夏县》），裴迪则提出"自然成高致"（《青龙寺昙壁上人院集》），殷璠在《河岳英灵集》中总结"声律风骨"兼备的盛唐诗形成的原因，"实由主上恶华好朴，去伪存真"，说明当时朝野上下的艺术趣味之所在。他评阎防"语多真素"，评高适"多胸臆语"。芮挺章《国秀集》选诗标准是"取太冲之清词"，日人遍照金刚则说："假物不如真象，假色不如天然。"（《文镜秘府论》南卷《论文意》）就此我们可以看出盛唐诗歌的美学氛围，孟浩然的创作风格不仅与时代的审美趣味与艺术风尚合拍同步，同时，由于他生活在盛唐前期，还是最早弹奏出山水清音第一组主旋律的琴师。

其三，江山之助。白居易总结孟诗风格形成的原因时说："楚山碧岩岩，汉水碧汤汤。秀气结成象，孟氏之文章。"（《游襄阳怀孟浩然》）说明荆楚山水的毓秀灵气，对他诗风的浸润渗透。关于自然山水题材对作家风格的影响，刘勰曾指出："若乃山林皋壤，实文思之奥府。"并认为屈原"所以能洞鉴风骚之情者，抑亦江山之助乎！"（《文心雕龙·物色》）郭沫若更具体地分析道："屈原是产在巫峡附近的人，他的气魄的宏伟、端直而又娓婉，他的文辞的雄浑、奇特而又清丽，恐怕也是受了些山水的影响。"[①]五代水墨山水画家董源，在题材上多取江南景色，因此，在风格上亦表现出"不装巧趣"、"平淡天真"（米芾《画史》）的特色；而范宽多写关陕中原风物，所以呈现出"峰峦浑厚，势状雄强，抢笔俱均，人屋皆质"（郭若虚《图画见闻志》卷一）的作风。著名山水画家关山月集唐句"参同大块理"，"来濡拙笔端"，说明

---

① 《历史人物·屈原研究》，见《沫若文集》第12卷，北京：人民文学出版社，1959年，第345页。

自然中有成法,"江山教我画"的思想①。风雨松涛,都是诗的韵律;花草精神,水月颜色,都是诗意的范本。"在自然中的活动是养成诗人人格的前提","与自然的神秘互相接触映射时造成的直觉灵感……是一切真诗、好诗的(天才的)条件"②。

孟浩然的山水诗,凡咏南方景物(特别是吴会、荆襄风景),多清丽可人,风格也空灵闲适;但写北国风光(主要是京、洛景物),则多苍凉雄壮,曲折凄楚,时令节候亦多为秋淫苦雨,寒冬积雪,这当然与他的经历和思想情绪有关。赴京洛是客居异地,已感孤独;而且每次都献赋不达,求仕无成,则更感凄凉悲怆。但是,也可以看出自然景物对他诗风的规定和制约作用。这种规定和制约,在美学上有着深刻的根据,诗歌的不同风格,无非是艺术美的种种不同形态,而艺术美,归根结底,只是现实自然美的反映,客观事物的千姿百态,决定了艺术美和艺术风格的纷纭变化。

其四,体裁的制约。孟浩然山水田园诗风的形成,还与他长于或独专于五言诗这种体裁有关。王士源《序》谓浩然"五言诗天下称其尽美",胡应麟说他是"五言独造"。现以《四部丛刊》本和《四部备要》本孟集所收诗列表如下,即可以说明五言在他的集中所占的位置:

诗体	数量(单位:首)	占总数的百分率
五言古诗	63	24%
五言排律	37	14.1%
五言律诗	129	49%
五言绝句	19	7.2%
合计	248	94.3%
其他	15	5.7%
共计	263	100%

从简表可知,他的五言诗占总数的94%,在这248首五言诗中,山水田园诗又占大半。他享有盛誉的代表作,也都是五言。说明五言诗与他的创作关系极为密切,因此很有必要探讨一下诗体与他的风格的关系。

---

① 关山月《法度随我变,江山教我画》,《文艺研究》1985年第5期。
② 宗白华《美学散步》,第245页。

关于文体对作品风格的影响,曹丕《典论·论文》中已涉及(分为四科,并指出每种文体的特点),陆机进一步把文体分为十种,《文心雕龙》的文体论部分不仅对各类文体都进行了分析,而且就诗这种体裁因字句多少不同,所显示的不同特色,亦作了区别:"若夫四言正体,则雅润为本,五言流调,则清丽居宗。"(《文心雕龙·明诗》)钟嵘《诗品序》:"夫四言文约意广,取效风骚,便可多得,每苦文繁意少,故世罕习焉。五言居文词之要,是众作之有滋味者也,故云会于流俗,岂不以指事造形,穷情写物,最为详切者耶!"刘、钟都指出四言诗和五言诗的区别及五言诗的特点:文词以清丽居宗;以指事造形、穷情写物为特征。

再看《唐音癸签》的论述:

> 自五言古、律以至五、七言绝,概以温雅和平为尚。(卷三)
> 五言古……神动机流,一旦吮毫,天真自露。……五言绝尚真切,质多胜文。(卷三)

胡应麟亦指出:

> 古诗轨辙殊多,大要不过二格。以和平、浑厚、悲怆、婉丽为宗旨……有以高闲、旷逸、清远、玄妙为宗者,六朝则陶,唐则王、孟、常、储、韦、柳。(《诗薮》内编卷二)
> 五言律体,极盛于唐,要其大端,亦有二格……王、孟、储、韦,清空闲远。(同上书内编卷四)

刘熙载《艺概·诗概》:

> 五言尚安恬,七言尚挥霍,五言与七言因乎情境……平淡天真,于五言宜……豪荡感激,于七言宜。

五言比四言曼长流利,但比七言节奏短促,音节更安闲和平,句法舒缓,居文词之要,所以宜于指事造形,表现幽静的山水和自己恬适的心情。孟浩然之前的山水田园诗名作亦多是五言。虽然真正的大家在实际中并不死守旧轨,但大致上我们还可以看出五言这种体裁对孟诗风格的制约作用。

由此可见,孟诗风格的形成并非某一方面的单独作用,也不是诸因素之和,而是构成风格的各方面因素相互作用所呈现出的成熟稳定的标志。

(三)

要深入理解孟浩然的山水田园诗,不可避免地要涉及他的思想。孟浩然的思想发展轨迹,有一个从"冲天羡鸿鹄"(《田家作》)到"吾慕颍阳真"、"最嘉陶徵君"(《仲夏归南园寄京邑旧游》)的过程,即由社会政治思想的追求转为道德和人格理想的追求,在这个过程中,儒家政治功利思想逐渐递减,道家意识逐渐递增。

唐代前期,政治较开明,开元之治标志着封建社会进入物质文明和精神文明的黄金时代。就经济和社会财富而言,"鱼盐满市井,布帛如云烟"(李白《赠宣城宇文太守兼呈崔侍御》),"稻米流脂粟米白,公私仓廪俱丰实"(杜甫《忆昔》其二);就当时的精神面貌而言,"东风动百物,草木尽欲言"(李白《长歌行》),广大知识分子都要求积极用世,建功立业,"忘身辞凤阙,报国取龙庭。岂学书生辈,窗间老一经"(王维《送赵都督赴代州得青字》)。唐初期贞观重臣"虞、李、岑、许之俦以文章进,王、魏、来、褚之辈以才术显,咸能起自布衣,蔚为卿相"(卢照邻《南阳公集序》)。武则天阐明其用人原则:"无隔士庶,俱以名闻,若举得其人,必当擢以不次"(武则天《求贤制》)。布衣卿相,不仅有理论根据,而且有现实事例。武后至玄宗时的名臣姚崇、宋璟、郭元振、张说、张九龄,或以德行,或以勋劳,或以文学,致位贵显。明乎此,对唐人诗文中所言"拾青紫于俯仰,取公卿于朝夕"(王勃《上绛州上官司马书》),"申管晏之谈,谋帝王之术。奋其智能,愿为辅弼。使寰区大定,海县清一"(李白《代寿山答孟少府移文书》),"许身一何愚,窃比稷与契"(杜甫《自京赴奉先县咏怀五百字》)等,就不会认为是迂阔大话了。他们都不甘心憔悴于圣明之代,要求有所作为。

玄宗即位之时,孟浩然二十三岁,恰值青春之年,沐浴着蒸腾而出的盛唐阳光成长起来。他在《书怀贻京邑故人》一诗中自叙身世:"惟先自邹鲁,家世重儒风。诗礼袭遗训,趋庭绍末躬。昼夜常自强,词赋颇亦工。"谓其祖先出于文教昌盛之邹鲁,暗示己为孟轲之后,虽没有史料佐证,不得而知,但言其秉圣贤遗训,子承父教,诵诗学礼,还是可信的。"昼夜常自强"句,用《易·乾·象》"天行健,君子以自强不息"之意,反映出他的系心立身之源,是传统的儒家思想。《南阳北阻雪》中亦说:"少年弄文墨,属意在章句。"并希望能像扬雄一样,"一荐《甘泉赋》"——用自己的词赋才智见赏于皇帝,然后一展宏图,建不世之功,他"冲天羡鸿鹄",幻想自己能如"鹏激水"、"鹤冲天",抟扶摇,振健羽,奋起六翮而凌清风,飘摇乎高翔。在这一点上,我们发现孟浩然与李白一样,都通过大鹏、鸿鹄这些超凡凌众、无拘无束地翱翔于天地之间的巨鸟的原型性意象,来表达和抒发胸中的远大抱负①。旧史家多谓浩然是"高人",天生的隐士,闻一多说:"唐代的士子都有登第狂,独浩然超然物外。"②陈子展说:"浩然一生风流潇洒,不汲汲于仕进。"③显然是没根据的,其实孟浩然也未能免俗,也曾狂热过一阵,不仅有功名欲,有时甚至是很强烈的,以至于想不择官而仕:"执鞭慕夫子,捧檄怀毛公。"(《书怀贻京邑故人》)"执鞭",用孔子事,《论语·述而》:"子曰:'富而可求也,虽执鞭之士,吾亦为之。'"朱熹《集注》:"执鞭,贱者之事,设言富贵若可求,则身为贱役以求之,亦所不辞。"细读《书怀贻京邑故人》、《岁暮归南山》、《题长安主人壁》、《秦中苦雨思归赠袁左丞贺侍郎》等作品,就不难体会他用世心情的迫切和对失意的悲愤。

　　开元前期的政治安定和经济繁荣,使举子们产生一种幻想,认为可以不受阻碍地施展自己的抱负,垂手取功名,立登要路津。但是,封建统治的种种不合理现象,它的各种矛盾,在开元时期也是到处存在的,日人儿岛献吉郎说:"顾开元底天下,玄宗之治已极,阳虽有四海欢虞之风,而阴则已萌崇

---

① 李白诗用鸟类意象抒情,参见本章第4节《李白诗文中的鸟类意象》一篇。
② 《闻一多论古典文学》,第131页。
③ 《唐宋文学史》,上海:作家书屋,1947年,第27页。

极而屺的动机。日中则倾,月盈则亏,历史于此中藏一大转变的气运,天下将现出一大活动的舞台。"①安旗先生进一步论述:"开元之治其盈亏之转折点,不在林甫为相,而在玄宗封禅。"②玄宗于开元十三年东封之后,启其侈心,移其初志,励精图治之心自与日俱减,而其后宠王毛仲、高力士,疏远张九龄,擢用李林甫,乃至最后专任李林甫就不难理解了。

盛世的两面性,光明与黑暗混成的复合光,投射到文士诗人心中,于是普遍产生一种极端矛盾的心理,流露出迷惘和苦闷:

奈何偶昌运,独见遗草泽。(孟浩然《山中逢道士云公》)
明时久不达,弃置与君同。(王维《送綦毋校书弃官还江东》)
秀色空绝世,馨香谁为传。(李白《古风五十九首》其二十六)
明时未得用,白首徒攻文。(岑参《送王昌龄赴江宁》)

又据《旧唐书·崔颢传》记载:"开元、天宝间,文士知名者,汴州崔颢,京兆王昌龄、高适,襄阳孟浩然,皆名位不振。"一方面是盛世时明,另一方面却草泽遗贤;一方面是秀色绝世,文士知名,另一方面却久无见爱,名位不振,这对统治者的所谓盛世无疑是辛辣的讽刺和嘲弄,但同时也是一个惨痛的现实。孟浩然认为自己与友人席大皆"命不偶","同病亦同忧"(《送席大》),所以"常恐填沟壑,无由振羽仪"(《晚春卧疾寄张八子容》),"弃置乡园老,翻飞羽翼摧"(《送丁大凤进士赴举呈张九龄》)。诗人把这种情况归结为"惜无金张援"(同前)、"朝端乏亲故"(《田家作》),学人们亦多持此论诗,然究其本质,则是封建制度本身的痼疾。孟浩然等盛唐诗人的心理矛盾、内心痛苦,也只能在时代、社会中寻找原因。

不能如鸿鹄高飞,又羞与鸡鹜争食,所以就只能如鹪鹩巢于深林。开元二十二年五月至二十四年十一月张九龄在位秉政期间,浩然在《送丁大凤进士赴举呈张九龄》诗中就流露出这种思想,开篇"吾观《鹪鹩赋》"一句,未

---

① 《中国文学通论》下册,上海:商务印书馆,1936年,第172页。
② 安旗师主编《李白全集编年注释》(稿本)。

有人重视,按《庄子·逍遥游》有"鹪鹩巢于深林,不过一枝"。晋张华作《鹪鹩赋》,其序说道:"鹪鹩,小鸟也,生于蒿莱之间,长于藩篱之下,翔集寻常之内,而生之理足矣。色浅体陋,不为人用;形微处卑,物莫之害;繁滋族类,乘居翩翩然,有以自乐也。"做鸿鹄大鹏与做鹪鹩表面上是截然相反,各偏一端,但又都是顺物之性,各得其自然,这不正是孟浩然晚期的思想写照吗?献赋无成,求仕不达,务实济世的政治思想不能实现。于是由秦京道返回渔梁洲,由功名追求转为道德追求,通过对宇宙人生的哲学反思和对物欲的摆脱,来获得心理平衡,在这个过程中,与儒家思想构成互补关系的道家思想就如一剂舒络散,舒散着诗人内心的淤痛。

今人论及孟浩然,多以为其追求功名仕进是积极的,其理想人格的追求则是消极的,或者是虚假的,是故作姿态,其根据是抓住隐逸这一点。关于隐逸的虚假性和消极性,早为学人们揭露无遗,笔者对此并无异议①。但我觉得,孟浩然在功名无成、壮志未酬的情况下,既没能如杜甫那样以"江流石不转"的不拔精神,不论穷达都不放弃现实追求;又"争食羞鸡鹜"(《田家作》)、"羞逐府僚趋"(《和宋太史北楼新亭》)、"欲殉五斗禄,其如七不堪"(《京还赠张维》),不能忍受揖拜上官、动受拘束、酬答交际等俗务琐事。与李白的"焉能与群鸡,刺蹙争一餐"(《古风五十九首》其四十),不摧眉折腰事权贵所表现的精神是一致的,转为道德追求、理想人格的追求,向往特立独行、自由无羁的生活,在隐者的标格下袒露出布衣贫士的本色,这本身就是对时政的无声抵抗。其次,这种追求并不是否定生命,泯灭人性,皈依宗教,不是追求彼岸世界的天国,而是要在田园丘壑中寻找返朴归真的乐土。虽然他也曾写过一些拜佛礼禅的诗,甚至说:"四禅合真如,一切是虚假"(《云门寺西六七里闻符公兰若最幽与薛八同往》),但这并不是他的思想主线。第三,这种追求是符合儒家思想规范的,《左传·襄公二四年》:"太上有立德,其次有立功,其次有立言,虽久不废,此之谓不朽。"德行与功业同属不朽,并且德行属"太上"层次,比立功、立言高出一阶,可见精神追求在

---

① 拙著《唐代园林别业考论》(西北大学出版社,1998年修订版)一书第5章对唐代士人隐逸亦有详细论述,可参读。

中国传统价值模式中的地位。孔子说："道不行，乘桴浮于海。"(《论语·公冶长》)孟子说："穷则独善其身，达则兼善天下。"(《孟子·尽心上》)这些思想对中国知识分子影响极其深远，已成为后代文人系心立身的行为规范和心理模式。现实行不通，就滑向对精神一极的追求，唐代一些诗人甚至认为，现实努力只是手段，而精神追求才是目的："愿一佐明主，功成还旧林"(李白《留别王司马嵩》)，"终与安社稷，功成去五湖"(李白《赠韦秘书子春》)，"永忆江湖归白发，欲回天地入扁舟"(李商隐《安定城楼》)。有些话并非由衷，但这种思想却不是偶然的，有现实依据和理论根源。如果说，在孔孟那里，只是因为"道不行"、"不达"，才不得不"浮于海"、"独善其身"，在唐代一些诗人心目中，即便安社稷、功成名遂，也应该归五湖、入扁舟，这种认识，除了学人们所论，是全身保真思想的流露，难道不也包含着对物欲的摆脱、对理想人格的羡慕追求、对自由境界的向往吗？

孟浩然本想如飞鸿振羽激水，但"翻飞折羽翼"，所以只得如鹪鹩巢于深林，这既是一次逃遁，又是一次挣扎；是现实追求的退却，但又是精神领域的扩张。孟浩然的归隐田园，是将儒家的"独善"思想和道家的"自然"理论结合起来，追求自由无羁、潇洒闲适的生活态度。"曾是歌三乐，仍闻咏五篇"(《冬至后过吴张二子檀溪别业》)，"三乐"即孔子所谓"益者三乐"、"乐节礼乐，乐道人善，乐多贤人"(《论语·季氏》)。或如孟子以"父母俱存，兄弟无故"、"仰不愧于天，俯不怍于人"、"得天下英才而教育之"的人生乐趣(《孟子·尽心上》)。在人格上表示"吾慕颍阳真"，"最嘉陶徵君"，希望能如陶渊明一样"清节映西关"(陶渊明《咏贫士七首》其五)、"澄清一洗心"(《和于判官登万山亭因赠洪府都督韩公》)，冀求完成不媚世的独立人格[①]。孟浩然山水田园诗的思想价值，并不表现为对社会生活的广泛了解，对时政的大胆揭露和鞭辟入里的批判，但在他的诗中，将田园丘壑作为返朴归真的乐土，追求人的自然化。"红颜弃轩冕，白首卧松云"(李白《赠孟浩然》)，对于后世那些苦难而又懦弱的人们，这无疑是一种心理补偿，对于那些为物欲所熬煎的人则是可望而不可即的理想人格。

---

① 参见陈贻焮《孟浩然诗选·后记》。

王士源《序》中说孟浩然"行不为饰,动以求真";"游不为利,期以放性"。放性即是自然,放性同时也是自由,是"物物而不物于物",把人生意义的追求,通过外在行为指向内在的完善和超越,"儒道虽异门,云林颇同调"(《题终南翠微寺空上人房》)。山水云林既然可以成为沟通儒释(按:这里"道"指佛教)二教的桥梁,也就可成为诗人淡化仕宦心理、触发精神修养的媒介与契机。开元十七年秋,孟浩然在仕进无望、将要离京远游前说道:"寄言当路者,去矣北山岑。"(《秦中苦雨思归赠袁左丞贺侍郎》)与陶渊明的"久在樊笼里,复得返自然"(《归园田居五首》其一)相比较,旨趣相同。只不过一是归前的誓言,一是归后的慰语。马克思在《神圣家族》中分析《巴黎的秘密》里的玛丽花,对我们研究自然美和山水诗很有启发:玛丽花热爱太阳和花,"在大自然的怀抱中,资产阶级生活的锁链脱去了,玛丽花可以自由地表露自己固有的天性,因此她流露出如此蓬勃的生趣、如此丰富的感受以及对大自然美的如此合乎人性的欣喜若狂"①。在这种情况下,自然山水对人的影响已不仅仅是生理快适和心理愉悦,同时表现为对人情和人性的浸润渗透,对人的精神感召和人格塑造。主体凭借客体获得了解放,心凝形释,"达到自己消融在一切高尚优美事物之中的福慧境地"②。

孟浩然的"去北山"、"泛湖海"不也正是脱去名缰利锁,回归到大自然的怀抱里吗?"澄明爱水物,临泛何容与"(《耶溪泛舟》),在落日余晖的清溪中,"自由地表露自己固有的天性"。而"余意在山水,闻之谐夙心"(《听郑五愔弹琴》),则表现出美妙的琴音激活了诗人潜藏着的热爱山水的灵心,全身心地消融在自然和艺术美之中。"欲知清与洁,明月在澄湾"(《赠萧少府》)。这是诗格,也是人格;是自然的人化,也是人的自然化。

---

① 《马克思恩格斯全集》第 2 卷,北京:人民出版社,1957 年,第 217 页。
② 〔德〕黑格尔《美学》第 2 卷,北京:商务印书馆,1979 年,第 90 页。

二、王维与孟浩然山水田园诗之比较

（一）

在中国文学史的长河中,双峰并峙、二水分流者有之;松风和鸣、水月齐晖者亦有之。楚有屈宋,汉有班马,晋宋有陶谢,唐有沈宋、高岑、李杜、元白、韩柳、温李、皮陆……或以成就相侔,或因风格相近,或为情趣相投,皆如异翮同飞,双声合响,相映生辉,垂范后世。王孟并称,同样有着极其丰富的含义。

王孟并称首先是指他们交谊笃厚,志趣契合。王孟初交的确切时间不可考,一般认为是在开元十六、七年孟浩然赴京应举时,孟浩然闲游秘省,与诸英华赋诗作会,王维、张九龄等"率与浩然为忘形之交"(王士源《孟浩然集序》)。开元十七年冬,孟浩然求仕无成,离京还乡时,作诗《留别王维》说:

寂寂竟何待？朝朝空自归。欲寻芳草去,惜与故人违。
当路谁相假,知音世所稀！只应守寂寞,还掩故园扉。

表现对友人依依惜别的深情,并把王维视为旷世知音。钟惺评曰:"读此二语(指'欲寻'二句),可见浩然朋友之念重于君臣矣。"王维曾浣笔为图,画绢本《襄阳孟公马上吟诗图》,此像虽已失传,但见过摹本的张泊题识曰:"观右丞笔迹,穷极神妙。襄阳之状,颀而长,峭而瘦,衣白袍,靴帽重戴,乘款段马,一童总角,提书笈,负琴而从,风仪落落,凛然如生。"(《韵语阳秋》卷一四)一位风度潇洒、举止儒雅的寒士形象,神态毕现,呼之欲出。开元二十八年,王维为殿中侍御史,知南选至襄阳,过郢州,画孟浩然像于刺史亭(《新唐书》卷二〇三《孟浩然传》),孟浩然卒后,王维作《哭孟浩然》一诗:

故人不可见,汉水日东流。借问襄阳老,江山空蔡州。

痛失友人,无限悲伤。虽寥寥数句,却写得情谊深挚,千载之下,犹难为怀。宋人葛立方曲解孟诗"当路谁相假,知音世所稀"两句,"谓维见其胜己,不肯荐于天子"(《韵语阳秋》卷一八)。无中生有,妄为臆度,"此等论言,真以小人之心,度君子之腹"(何文焕《历代诗话考索》)。

其次,王孟的政治思想一致,他们都是张九龄开明政治主张的拥护者和支持者,并先后受到张九龄的引荐。王维曾写《上张令公》诗,向张九龄干谒,因擢右拾遗。又作《献始兴公》一首,赞颂张九龄"不卖公器"、"为苍生谋"的政治品质,剖白自己"曲私非所求"的衷心,表明政治见解和立场的一致。孟浩然在张九龄贬荆州长史时,被招入幕府,辟为从事。对张九龄的政治遭遇,都寄予深切的同情。王维在《寄荆州张丞相》一诗中说:"举世无相识,终身思旧恩。"孟浩然在荆州时认为自己"客中遇知己"(《陪张丞相登当阳楼》),感激张九龄"沉沦拔草莱"(《荆门上张丞相》),赞颂张具有"燮理才",希望他能重新回朝执政,"丞相阁还开","星象复中台"(《荆门上张丞相》),如盐梅和羹,辅君济世。这不仅是对友人的安慰和祝愿,而且是对进步力量的期待和呼唤。

当然,王孟并称最主要还是因为他们的创作成就,王维虽然题材多样,但亦以描写自然景物著称于世。盛唐山水田园诗派始于孟成于王,他们都具有领袖群伦的地位。在渊源上,又都"追逼陶谢",在风格上均有自然冲和、清淡闲远的特色,在体裁上又都是五言名家。因此,人们论及盛唐诗歌时多将王孟相提并论,或者以王代孟。然而,"一棵树的叶子,看上去是大体相同的,但仔细一看,每片叶子都有不同。有共性,也有个性,有相同的方面,也有相异的方面"①。为了使我们对盛唐山水田园诗的研究不仅仅停留在相似的表层上,而能够潜入反映个性特点的深层中,"我们所要求的,是要能看出异中之同和同中之异"②。本文即试图同中辨异,异中求同,比较王孟在山水田园诗表现上的特色。

---

① 毛泽东《同音乐工作者的谈话》,见《毛泽东论文艺》,北京:人民文学出版社,1992年,第90页。
② 〔德〕黑格尔《小逻辑》(中文版)北京:商务印书馆,1986年,第253页。

前人对王孟山水田园诗的评价大致有三种观点:扬王抑孟,扬孟抑王,王孟齐名。下面略述之。

(1) 扬王抑孟。明人王世贞说:"摩诘才胜襄阳,由工入微,不犯痕迹,所以为佳。"(《艺苑卮言》卷四)钟惺在《唐诗归》卷八中说:"王孟并称,毕竟王妙于孟,王能兼孟,孟不能兼王也。"谭元春补充道:"杜妙于李,王妙于孟,刘妙于钱,白妙于元,勿以齐名遂忘责实也。"钟惺甚至认为孟诗"为不读书不深思人便门"(《唐诗归》卷十),王夫之也说"浩然山人之雄长,时有秀句,而有轻飘短味,不得与高岑王储齿"(《姜斋诗话》卷二)。神韵说倡导者王士禛谈及王孟两家互异说:"譬之释氏,王是佛语,孟是菩萨语。孟诗有寒俭之态,不及王诗天然而工。"(《带经堂诗话》卷二九)以禅喻诗,失之抽象含混,说孟诗有寒俭态,若以具体篇章言,或似之,如就整体而论,则未必然。又:"汪钝翁(琬)尝问予:'王孟齐名,何以孟不及王?'予曰:'正以襄阳未能脱俗耳。'"(同上书卷一)纪昀亦袭此说,认为"王能厚,而孟则未免浅俗,所以不及王也"(朱庭珍《筱园诗话》卷一)。今人郭伯恭把孟浩然看成"王的羽翼","只是这一派摇鼓呐喊的小卒,他们(指孟、储、韦、柳)都是出于陶潜或王维"①。若说储光羲、韦应物、柳宗元出于王,从时间上讲,尚有可能,但说孟浩然出于王,则纯属空论。孟年长于王,他的诗格也不是受王维的影响而形成的。陆侃如、冯沅君说:"他与王维有不同的地方吗?……具体的说,他重视格律,妨害了自然的美。"②此说亦不无商榷之处,由前面的分析可知,孟诗恰恰是极不注重格律的,他以古变律,矫出于各家;对仗多用十字格,加强了诗句的散文化,单行散句,古意盎然,不避俚词口语,质朴率直,才是孟诗的特点③。

(2) 扬孟抑王。李东阳《麓堂诗话》中说:"唐诗李杜之外,孟浩然、王摩诘足称大家。王诗丰缛而华靡,孟却专心古澹,而悠远深厚,自无寒俭枯瘠之病。由此言之,则孟为尤胜。"此论与王士禛刚相反,然亦感未中鹄的。

---

① 郭伯恭《歌咏自然之两大诗豪》,上海:商务印书馆,1936年,第107页。
② 《中国诗史》中册,北京:作家出版社,1956年,第431页。
③ 参见本章第1节《孟浩然山水田园诗的自然特征》。

田雯说:"襄阳佳处亦整亦暇,结构别有生趣。辋川、太白殆能兼之。"(《古欢堂集杂著》卷二)说孟诗"亦整亦暇",良有以也,但说能兼王维、李白,恐言过其实。近人闻一多谈孟诗说:"论纯任自然而不事雕琢这一点,那只有在他以前的陶渊明到此境界了。跟孟诗相比,摩诘文字似乎较弱,太白、香山显得较滑、较俗,孟诗全无这些缺点。"[1]王达津也认为,孟浩然的诗"作用影响都比王维要大得多"[2]。立论虽新,然皆有故作抑扬之嫌,亦不能服人。

以上批评,或属印象点评,流于抽象神秘;或拘于门户,借古人宣传自己的宗派主张;或执于一端,故作抑扬。都不算平心论诗。

(3)王孟齐名。定陶孙器之评诗道:"王右丞如秋水芙蓉,倚风自笑……孟浩然如洞庭始波,木叶微落。"(《升庵诗话》卷八引)从风格品评入手,未作抑扬褒贬。管世铭说:"襄阳名篇较广,遂与摩诘齐名。"(《读雪山房唐诗序例》)田雯说:"王维、孟浩然清淑散朗、窈窕悠闲,取神于陶谢之间,而安顿于行墨之外,资制相侔,神理各足。"(《古欢堂集杂著》卷二)乔亿说:"王孟齐名,李西涯谓王不及孟,竟陵及新城先生谓孟不及王。愚谓以疏古论孟为胜,以澄汰论王为胜,二家未易轩轾。"(《剑溪说诗》卷上)此就风格论两家之别。王世懋说:"诗有必不能废者,虽众体未备,而独擅一家之长。如孟浩然洮洮易尽,止以五言隽永,千载并称王孟。"(《艺圃撷馀》)此从体裁言孟与王并称的原因。论王孟齐名,虽较公允,但亦失之简略。

(二)

纪昀说:"王孟诗大段相近,而体格又自微别。"(《瀛奎律髓刊误》卷二三)所谓"大段相近",学人论述颇多,而"体格微别",区别何在?辨者鲜矣。何况王孟之别,还不止于"体格",笔者试从以下几方面作些比较。

从思想上说,兼济与独善,作伊皋还是作巢由这组思想矛盾贯穿交织在王孟的一生中,困扰着两颗心灵的平静安宁。但仔细区分,尚有差别。王维

---

[1] 郑临川《闻一多论古典文学》,第126页。
[2] 王达津《孟浩然的生平和他的诗》,载《南开大学学报》1984年第2期。

少年及第,虽一直抑郁不得志,却未曾真正挂冠归山,所以他诗中所说的"隐",实质上是仕而不得志、苦闷情绪的变相发泄,是一种企求和心愿,更确切地说,是所谓"身心相离,理事俱如"(《与魏居士书》)、形见神藏的"朝隐"——边仕边隐,名利双收。王维对隐居的要求是"不失大伦"。开元五年,唐玄宗下征隐士诏曰:"礼有大伦,君臣之义,不可废。"(《旧唐书》卷一九二《隐逸列传》)王维在《与魏居士书》中也曾警告隐者不要"欲洁其身,而乱大伦"。在《逍遥谷燕集序》中又以"不废大伦,存乎小隐"概括自己的思想。郭象《庄子注》中就曾说过,"虽在庙堂之上,然其心无异于山林中","所谓尘垢之外,非伏山林而已"。王维则认为:"长林丰草,岂与官署门阑有异乎?故离身而返屈其身,知名空而返不避其名也。"(《与魏居士书》)所以,"迹崆峒而身拖朱绂,朝承明而暮宿青霭,故可尚也"(《逍遥谷燕集序》)。可见,王维对自然和隐逸的看法,正是继承了郭象、向秀的"庙堂"即"山林"、"名教"即"自然"的合一论,以"市朝为岩穴",过着吏非吏、隐非隐的生活,"居官无官官之事,处事无事事之心",这是一种滑头圆通的思想。特别是在他的后半生,正如他所描写的息夫人与饼师妻一样,因为"反抗无力而被迫受辱,隐忍苟活"①。

孟浩然则不同,他青少年时也曾汲汲于功名进取,常以布衣终身为憾。如《南阳北阻雪》一诗中说自己"少年弄文墨,属意在章句",希望能像扬雄一样,"一荐《甘泉赋》"——用自己的词赋才智见赏于皇帝,然后一展宏图,建不世之功。他"冲天羡鸿鹄",幻想自己能如"鹏击水"、"鹤冲天",抟扶摇,振健羽,奋起六翮而凌清风,飘摇乎高翔。通过大鹏、鸿鹄这些超凡凌众、无拘无束地翱翔于天地间的巨鸟的原型性意象,来表达和抒发胸中的远大抱负。他还曾几次往来于长安、洛阳之间,滞留京华,干谒求仕。然功名事业,却只能是他的追求和愿望,归返山林才是完完整整的事实。没有紫绶朱绂,所以就不存在"身心相离"的人格分裂。故他的隐居倒有几分合乎情理,任其自然。他的一生亦如他笔下汉水中的浣纱女,质朴土气,天真浪漫,坦露性情,纯任志气。献赋无成,求仕不达,务实济世的政治理想不能实现,

---

① 郑临川《闻一多论古典文学》,重庆:重庆出版社,1984年,第136页。

于是由长安返回渔梁洲,由功名追求转为道德追求,在最狭小最低的层次上寄寓最高的个体人格和情操,通过对宇宙人生的哲学反思和对物欲的超脱,来获取心理平衡,走向精神与心灵的自由和高蹈。

  王孟思想上的差别,还可以从他们对陶渊明的不同态度中见出。孟浩然对陶渊明的生活态度和人格极其推崇,他诗中提到陶渊明的有七处,都是从赞赏陶守志不阿、高尚峻洁的人格,安贫乐道、悠然自得的态度着眼:"我爱陶家趣,林园无俗情。"(《李氏园卧疾》)"尝读《高士传》,最嘉陶徵君。"(《仲夏归南园寄京邑旧游》)王维虽也肯定"陶潜任天真",却专论其耽酒兀傲,不满其"生事不曾问"(《偶然作六首》其四),对陶挂冠归田的行动则大加责难:"近有陶潜,不肯把板屈腰见督邮,解印绶弃官去。后贫。《乞食》诗云'叩门拙言辞',是屡乞而多惭也。尝一见督邮,安食公田数顷。一惭之不忍,而终身惭乎。此亦人我攻中,忘大守小。"(《与魏居士书》)故不取其为人。这里,王维不是站在救世拯民的立场上批评陶渊明的辞官退隐,而是站在庸俗的士大夫立场上,对陶渊明不肯折腰权贵而抛禄弃官、贫贱饥寒在所不计的傲骨予以冷嘲热讽,恰好暴露了他自己的忍辱苟安、委曲求全的人生哲学。

  从创作时间来说,孟浩然生于武后永昌元年(689),而王维生于武后长安元年(701),则孟年长于王十二岁,其创作年代亦早于王维。日人泽田总清说:"他的诗大体似王维,王维学佛,他也受了影响。"[①]似不详王孟先后。近人郭伯恭把孟浩然看成"王的羽翼","只是这一派摇鼓呐喊的小卒,他们(指孟、储、韦、柳)都是出于陶潜或王维"[②]。若说储光羲、韦应物、柳宗元出于王,从时间上讲,尚有可能,但说孟浩然出于王,则纯属空论。坊间习见的某些文学史教本,在论述盛唐山水田园诗时,首先重点叙述王,然后捎带提一笔孟,从史著编排体例来讲,似欠妥当。以时而论,只能是孟影响王。闻一多引《艺概·诗概》"王维诗一种似李东川,一种似孟浩然",评述道:"似东川的作品当是早年所作,也是兴之所至而写成的,不是本色的,如《陇头

---

① 《中国韵文史》上册(中文版),上海:商务印书馆,1937年,第250页。
② 《歌咏自然之两大诗豪》,第107页。

吟》、《送李颀》之类。似孟浩然的作品则是中晚年所作,尤其是晚年的《辋川集》,它达到了浩然那种生活即诗,淡极无诗的境界。所以说,王孟究竟是谁影响谁,就无须词费了。"①

就山水诗创作而言,王维的作品,除《汉江临眺》、《观猎》、《使至塞上》、《晓行巴峡》、《送邢桂州》等篇外,其余大抵是诗人后期半官半隐时所作。他的山水组诗《辋川集》,也是天宝以来隐居蓝田辋川时的作品。孟浩然的山水诗,虽因系年不易,有些很难确定写作年代,但据今知,并非皆后期失意时所作。有些是他青少年时所作,如《万山潭作》、《登鹿门山怀古》等;有些是他吴越旅途中的纪游,如《彭蠡湖中望庐山》、《早发渔浦潭》、《宿建德江》等。另如《途中遇晴》、《行出东山望汉川》等篇当系开元二十一到二十五年由蜀返楚时所作。所以,孟浩然的山水诗作品,分布于他生平的各个时期,而王维则主要集中在后期。

初盛唐之交,诗歌创作在表现上有一个从应制奉和扩大到感兴而发的过程,在题材上也有一个从宫掖台阁移向市井里巷、山林江海的过程。孟浩然文不按古,伫兴而作,继王杨卢骆之后,以大自然的新鲜空气来洗刷宫体诗的软媚和应制诗的谀颂,是"盛唐初期诗坛的清道者",在山水田园中傲然翘出一段春枝,弹奏出山水清音的第一组旋律,最早透露出盛唐气象郁然勃发的消息,具有开风气之先的伟绩。但他的诗同时也带着初盛唐过渡时期的一些痕迹,如游记体式的作品结构、单行散句的格式、以古入律的特征等。而山水诗至王维则完全成熟了,抒情的含蓄蕴藉,表现力的浑融高妙,对自然美的多角度刻画,都达到了前所未有的高度。

在观照自然的角度上,孟浩然的山水诗许多是在行旅途中写成的,这些作品确切地说应称作纪游诗。作者以旅人的眼光看山水,意境以动态物象为中心而构成,更多地具有飞跃感和流动感,仿佛是在疾行的舟船车马上看景物,造成景物与人"互动"的心理效果。如《宿桐庐江寄广陵旧游》:"山暝听猿愁,沧江急夜流。风鸣两岸叶,月照一孤舟。建德非吾土,维扬忆旧游。还将两行泪,遥寄海西头。"诗中的"听猿愁"、"江急流"、"风鸣"、"月照"等

---

① 郑临川《闻一多论古典文学》,第138页。

都是动态意象,在时间上表现出持续性和节奏性,在空间上表现出因位移造成的变迁性。这样,不仅使诗中景物具有流走飞动之势,而且使得诗人的感情也逐一得到启发指引。月涌江流,泊定的小舟也会给人动荡不安之感;风鸣猿啼,舟中诗人的心自然也被触动不已。沧江急流是向前、向未来,而诗人的感情指向则是在后、在往昔。江愈前流,距维扬愈远,诗人对彼时彼地的"维扬旧游"愈心驰神往,景物与感情是逆向互动。《舟中晚望》和《晚泊浔阳望香炉峰》两首,前四句都写旅途景物,一气贯下,不但文意简单连贯,而且由于三、四句都没有对仗,使得韵律也进行得极快。感情的指向与船的去处是同向的,且互相引发促动,既加快了船速,又强化了诗人的游兴,在对速度的审美中见出对胜迹的向往之情。

  王维却多以艺术家的态度和灵心悠然地静观默察,他的诗融会了绘画的技法精神,所以诗中渗透着画法、画意和画风,运用多种手段表现山水景物的线条美、构图美和色彩美。在时间的片断和瞬间表现空间的并存性与广延性。现以孟浩然的《夏日南亭怀辛大》和王维的《辋川闲居赠裴秀才迪》作一比较,就更容易见出他们之间的不同处。先看孟诗:"山光忽西落,池月渐东上。散发乘夜凉,开轩卧闲敞。荷风送香气,竹露滴清响。欲取鸣琴弹,恨无知音赏。感此怀故人,中宵劳梦想。"主要是叙述那些持续于时间中的动作,诗中景物存在着时间上的运动变化,从"山光西落"、"池月东上"的薄暮一直延续到"中宵"夜半,后四句则直接描写因景物兴发的心理活动,用"欲"、"恨"、"感"、"怀"等语词概念来抒情述志。另如"夕阳度西岭,群壑倏已暝"(《宿业师山房期丁大不至》),也是通过描写白日的急速消逝,表达对友人的急切期待,流露出人生短暂、生命倏忽、有待不至的感叹。还有《送从弟邕下第后归会稽》一诗,语句流动而下,情绪先后有序,表现了好景无常、欢娱难再、世界变动不居的情绪。诗人在这里着重的不是事物本身的形状和空间位置,而是视像的运动变化,特别是"忽"、"渐"、"倏尔"的运动过程,这些都是绘画所难以表达的。我们可以说,孟诗所追求的是类似音乐的律化情调。再看王诗:"寒山转苍翠,秋水日潺湲。倚杖柴门外,临风听暮蝉。渡头余落日,墟里上孤烟。复值接舆醉,狂歌五柳前。"全诗具有时间的特指("落日"时分)和空间位置的具体固定,通过"(柴门)外"、

"(渡)头"、"(墟)里"、"(五柳)前"等方位名词,勾勒出景物的相互空间位置关系,景物具有空间并发性,既活泼无碍,又彼此依存,是构成整个画面谐调的一个部分。读这样的诗,应该在一个时间的片刻里从空间上去理解作品,把握诗人用最高的艺术手腕所凝定下来的富有包孕性的瞬间印象。

王维还有些诗略去动词,纯以静态的空间景物排列在一起,造成意象并置叠加的画面效果。如《田园乐七首》其五:"山下孤烟远村,天边独树高原。一瓢颜回陋巷,五柳先生对门。"四句无一动词,故没有情节和动作序列,纯是空间意象的并发映出;同时没有时态的变化,所以又使意象带有一种永恒的、普遍的性质。这种超语法、超分析的无主句,在一定程度上呈现了语言指义前的多层空间关系和兴象的复义效果[①]。"非右丞工于画道,不能得此语"(《画禅室随笔》)。另外:"高鸟长淮水,平芜故郢城"(《送方城韦明府》),"杏树坛边渔父,桃花源里人家"(《田园乐七首》其三),"云里帝城双凤阙,雨中春树万人家"(《奉和圣制从蓬莱向兴庆阁》),都强调超越时间、因果关系的静观体知和了悟。从绘画的观点分析,具体特指,恍如画境;但从句法来说,景物之间是暧昧的,关系不确定,留待读者以想象力去填充、去发挥、去再创造。诚如薛雪所说:"作诗不用闲言助字,自然意象具足。"(《一瓢诗话》)孟浩然则不光善于用动词,造成动态意象,且多用转折性的连词和助词,造成情感的落差和关锁、诗脉的起伏变化。如《早发渔浦潭》,从"已"、"始"、"常"、"时"、"况值"等不同的时态,反复抒写江上行舟的所闻所见及其舒畅胸襟,跌宕有致。

可见,孟诗多叙述景物的动态姿势,强调在时间的线性延续中展现诗人情感的律动;王诗则多捕捉对象的静态形貌,强调意象在空间中并置映出,表达诗人瞬间的感悟印象。

从抒情方式来说,孟浩然诗多为明线情感结构,而王维诗多为暗线情感结构,间或采用双线情感结构方式。在孟诗中,作者常常出现,"景中有

[①] 这一观点得之于叶维廉,参见《语言与真实世界》、《中西诗山水美感意识的演变》等文章,收入《叶维廉比较文学论文选》一书。

人"①,有时作者的情绪浸染渗透着景物,自然山水是"人中之景"。如《舟中晚望》、《宿桐庐江寄广陵旧游》、《东陂遇雨率尔贻谢南池》等,差不多都是将有情的动作,系属到无情的自然物上去的。就是在其著名的《晚泊浔阳望香炉峰》中也有作者出现。再如《扬子津望京口》、《济江问同舟人》,前者明显地表现了江边眺望所引起的旅愁,后者则通过"时时引领望天末"这个动作,以及对越中方位的急切询问,隐然一含情凝眺人立于舟头,见出作者渴望游历的心情。许多的情感呈透明状态附着于意象群组中,从诗行的表层我们就能看出诗人情绪脉络的波动起伏状态。在王维诗中,因作者往往采取"于宾见主"或"暗主宾中"的角度,读者和诗歌意象间不再站着作者,"诗人已变成现象本身,并且允许现象中的事物按照本相出现,而无智识的污染。诗人并不介入,他之视物如物之视物"②。以物观物,物各自然,本样自存。有时作者巧妙地藏在景物背后,不动声色,任景物自由兴发映出;有时连作者自己也变成了(诗中)景物之一,而被写入画幅中去了。如《辛夷坞》一诗:"木末芙蓉花,山中发红萼。涧户寂无人,纷纷开且落。"《鸟鸣涧》:"人闲桂花落,夜静春山空。月出惊山鸟,时鸣春涧中。"都是写无我之境,景物天机毕露,自由活动。作者把自我隐藏起来,巧妙地偷拍下了这两幅山水小品。因此,展现在读者视觉中的表现上似乎是一些外在力量支配下的山水景物具象的自发运动,实际上是诗人内在情感支配下的意象组合。我们只有透过诗的表层意象,才能探查到诗人深层的情感潜流。当然,这并不是"无我",而是一种泛我,一种全方位的观照——拟物主义的抒情方式。套用老子的话说,这是一种"后其身而身先,外其身而身存"(《老子》第七章)的方式,保持距离的存在。《齐州送祖三》中"天寒远山静,日暮长河急"两句,"用写景之笔宕开,而情在其中"(《岘佣说诗》)。《使至塞上》一首,用景写意,景显意微。而《山居即事》一首则八句景语,自然含情。这都说明王维山水田园诗"意微"——抒情含蓄潜在的特点。王夫之说:"右

---

① 按"景中有人"与"人中之景"及后面谈到的"暗主宾中"、"于宾见主",本为王夫之诗歌批评术语,见《古诗评选》、《唐诗评选》及《明诗评选》,今借以说明孟诗与王诗之别。
② 叶维廉《王维诗选序》,转引自《唐代文学研究年鉴》1984 年辑,西安:陕西人民出版社,1985 年,第 382 页。

丞工于用意,尤工于达意,景亦意,事亦意。"(《唐诗评选》卷三)反映了山水诗的技法在王维手里已完全成熟,由直接抒情说理转变为"假象见意"、"用景写意"、"景显意微"——通过山水景物间接抒情,保持诗中景物的独立自足。这不仅极大地提高了山水田园诗的艺术表现力,而且为古典抒情诗奠定了地道的中国传统。

在孟浩然的山水田园诗中,主要表现自然界的真实(或艺术加工)的景物,因此,"乡土气味很重",是所谓的"俗见";在王维的诗中,情感不仅隐伏在山水之中,作者有时还选择一些既能实指又有象征意味的自然意象,所以,从抒情方式说来,可以称作双线情感结构。史双元认为王维某些山水诗具有俗真二相[1],颇有见地。如《鹿柴》、《过香积寺》等诗,从世俗的角度去欣赏,只是一幅幅清新隽秀、生机活泼的山水小品,可以给人愉悦身心的审美感受;那些高人逸士、禅客释子又可以从"胜义谛"的角度对此拈花微笑,缘此而感悟生慧,"读之身世两忘,万念皆寂"(《诗薮》内编卷六),可以说,在王维的某些诗中,佛教是地层深处的潜流。其中像"悠悠"、"渺渺"、"空山"等语词,一方面指向物象,形成王诗那种缥缈的神韵与情趣;另一方面又从现实的世界飞出,指向彼岸世界[2]。在青山绿水中,时时折射出禅光佛影;在澄淡杳远的画面中,往往游荡着一个僧侣主义的幽灵[3]。他创作了一种系列性、带有象征意味的超时间封闭式世界,以空山为空间中心,配以明月、清泉、翠竹、莲花……在佛教艺术中,明月象征圆满的佛性,翠竹象征法身,而莲花则象征处尘世而不染的清净自性,所以"以法眼观之,知其神情寓意于物",读之"使人客气尘心都尽"(吴乔《围炉诗话》卷二)。产生这种抒情方式的原因,主要与王维具有浓厚的佛教思想、精通禅理有关,这是人所共知的。但从艺术表现来看,一方面是由于"兴"的复义性和多功能性,陈启源说:"比兴虽皆托喻,但兴隐而比显,兴婉而比直,兴广而比狭。"(《毛诗稽古编》卷二)另一方面,是因诗中景物间关系不确定而得多重空间、多

---

[1] 史双元《王维诗新探》(南京师范大学1985年硕士学位论文稿本)。
[2] 参见《唐代文学研究年鉴》1984年辑,第380、382页。
[3] 陈允吉《王维与华严宗诗僧道光》,《复旦学报》1981年第3期。

重暗示的同时呈现。从思想上说,真俗二相并存,不无消极意义;但从诗歌抒情结构来说,明暗双线对应,形成一种情感的交响,增大了诗歌意蕴的容量,同时也避免了孟诗抒情的直露,使诗的情感从平面走向立体,秘响旁通,旨意遥深,这或许是王维山水田园诗千百年来雅俗共赏的一个原因吧。

就体裁而言,孟浩然的山水田园诗基本上是五古和五言近体。王士源《孟浩然集序》谓浩然"五言诗天下称其尽美",胡应麟说他是五言独造。他享有盛誉的代表作,也都是五言。他的七言长篇,却多语平气缓,成功之作不多,王世贞甚至说:"其句不能出五字外,篇不能出四十字外。"(《艺苑卮言》卷四)不是长篇手段。虽有些偏颇,但也道出浩然的短处。而王维不仅长于五言,他的七律也值得一提,就律诗发展来看,初唐开始盛行五律,写作七律的人却不多,在沈宋、杜审言时,还是英华乍启,门户未开。至盛唐前期,人们仍没有高度重视这一体裁。据统计,孟浩然仅四首七律,而王维的作品虽"十不存一",却仍留下二十首七律,这对于推动七律的发展起了很大作用。施补华说:"摩诘七律,有高华一体,有清远一体,皆可效法。"(施补华《岘佣说诗》)高华一体,多指应制唱和而言;而清远一体,则指《早秋山中作》、《辋川别业》等山水田园之作。此外,还有《出塞作》一首,描绘塞外风物,写得兴高采烈,如火如锦,开雄阔一路。王维的六言绝句也很出色,如《田园乐七首》,格调既高,而寄兴复远,宋代唯王安石得其三昧,所以后人以为二王"最为警绝,后难继者"(《玉林诗话》)。孟浩然的七律数量少,专写自然景物的更少,除《登安阳城楼》一首外,其余都平平无奇,至于六绝,没有一首流传下来。

以上,笔者从思想、创作时间、观照自然角度、抒情方式和体裁等方面对王孟山水田园诗作了一些比较,着重于同中辨异,分析每个诗人的特点及产生这些特点的原因。从诗歌发展过程来说,孟浩然是由晋宋山水田园诗过渡到王维山水田园诗的桥梁和重要转折点,他"取神于陶谢之间,而安顿在行墨之外",熔陶谢于共冶,合山水田园于一体,基本上为盛唐山水田园诗定下了基调;王维则以其天才之资将诗、画、音乐和山水、田园结合得天衣无缝,更臻完美,把盛唐山水田园诗推到了顶峰。从艺术风格和创作个性来说,王孟又各具特色,不可替代。正是由于他们作品的鲜明独特,才构成了盛唐山水田园诗的丰富多彩。

三、李白诗文中的鸟类意象

　　李白天性天然,喜好鸟类,尤其酷爱自由翱翔、不受拘羁的飞禽,他曾自述与逸人东岩子隐于岷山,"养奇禽千计,呼皆就掌取食,了无惊猜"(《上安州裴长史书》)。"奇禽千计"虽或有所夸张,但至少可以看出他爱鸟的癖好。其《赠黄山胡公求白鹇并序》亦谓:"闻黄山胡公有双白鹇,盖是家鸡所伏,自小驯狎,了无惊猜,以其名呼之,皆就掌取食。然此鸟耿介,尤难畜之,予平生酷好,竟莫能致。而胡公辍赠于我,唯求一诗,闻之欣然,适会宿意,因援笔三叫,文不加点,以赠之。"诗曰:"请以双白璧,买君双白鹇。白鹇白如锦,白雪耻容颜。照影玉潭里,刷毛琪树间。夜栖寒月静,朝步落花闲。我愿得此鸟,玩之坐碧山。胡公能辍赠,笼寄野人还。"赏爱之情,酷好之趣,跃然纸上。李白集中咏禽鸟类的作品很多,以王琦注本的编排为例,开卷第一篇《大鹏赋》即以"蹶厚地,揭太清。亘层霄,突重溟。激三千以崛起,向九万而迅征"的大鹏自况,以"绿赤煌煌"的希有鸟比道士司马承祯,虽取自《庄子》寓言,而又能"以豪气雄文发之,事与辞称,俊迈飘逸,去骚颇近"(《古赋辨体》,引自《李太白全集》卷一),象征了青年李白慷慨纵横、不可一世的宏大抱负,给人以极深刻的印象。《古风五十九首》其三十三亦云:"北溟有巨鱼,身长数千里。吾观摩天飞,九万方未已。"当与《大鹏赋》作于同时,亦假庄子鲲化为鹏的寓言比兴托旨,抒干云凌霄的壮志。李白诗中写到大鹏的还有不少,他的绝笔《临终歌》亦写曾奋飞八裔的大鹏,因"中天摧兮力不济","游扶桑兮挂左袂",复借巨鸟以寓言,挥斥幽愤,发抒绝望,与《大鹏赋》中的超逸豪迈恰成对照。故论者多谓大鹏是李白精神的象征,亦不无道理。

　　但实际上,李白诗中所写鸟类极多,并不止于大鹏。《古风五十九首》其四十用凤鸟自比:"凤饥不啄粟,所食唯琅玕。焉能与群鸡,刺蹙争一餐。朝鸣昆丘树,夕饮砥柱湍。归飞海路远,独宿天霜寒。幸遇王子晋,结交青云端。怀恩未得报,感别空长叹。"虽自清华名贵,但寂寞孤寒,"徒怀知遇之感,愧无国士之报"(陈沆《诗比兴笺》卷三)。《古风五十九首》其四十二则以海鸥寄寓放浪江海之志:"摇裔双白鸥,鸣飞沧江流。宜与海人狎,岂伊云鹤俦?寄影宿沙月,沿芳戏春洲。吾亦洗心者,忘机从尔游。"皆通篇咏禽鸟。此外还有《古风五十九首》其四《凤飞九千仞》、其五十六《羽族禀万化》、《空城雀》、《双燕离》、《鸣雁行》、《野田黄雀行》、《白鹭鸶》、《山鹧鸪词》、《观放白鹰二首》其一、《临终歌》、《初出金门寻王侍御不遇咏鹦鹉》、《侍从宜春苑奉诏赋龙池柳色初青听新莺百啭歌》、《夷则格上白鸠拂舞辞》、《赠任城卢主簿潜》、《壁画苍鹰赞》、《金乡薛少府厅画鹤赞》等几十首之多。翻检李白诗文,不时可以听到啾啾鸣啭的百鸟,看到翩然腾跃的飞禽,宛如步入一个鸟类王国。

本文试图以上列咏禽鸟诗为考察对象,并扩展到李白全部诗文中的鸟类意象,探讨李白诗文中究竟选用了哪些禽鸟,这些鸟类意象的出现有何特点,对形成李白的诗风有何作用。

（一）

笔者以王琦注《李太白全集》为统计对象,通过翻检,发现李白诗文中出现的禽鸟类动物名称如下:

鹏	凤凰	黄鹄
精卫	鹧鸪	踆乌
斥鷃	鸿	燕
鹠鸠	雁	鸤鹒
鸳鹭	鹤	鸳鸯
鸾	阳乌	鸡
鹔鹴	翡翠	拨谷(布谷)
青鸟	翟	雉
孔雀	鸠	鸒斯
鹭鸶	子规	杜鹃
鸢	凫	鸥

黄鸟	鸧	黄雀
鸱鸮	鹰	鹂
雁	鹦	九乌
鹦鹉	鹅	鹳
鸳鸯	鸦（鹀）	鸭
鹑	鹃鸡	黄鹂
鹞	白鹇	鹫
鹚	鹰鹯	鹳鸰
鹊	鸰	乌
鸰鹄		

　　这里的统计略去了鸟类名词前的各种修饰词，如鸿类，即舍去轻（鸿）、飞（鸿）、寒（鸿）、塞（鸿）、悲（鸿），凤类亦舍去高（凤）、孤（凤）、群（凤）、彩（凤）、玄（凤），将作修饰词用的鸟类名词亦略掉，如凤歌、凤声、凤毛、凤池、凤曲、凤鸣、凤阙、凤笙、凤驾、凤管、凤凰台、凤凰诏。但保留同一鸟类的不同称谓，如杜鹃鸟，又叫子规，雁与鸿亦同类，这样从李白集中得到鸟类名称约六十种左右。这虽不够李白所说的"奇禽千计"，但也是一个族类繁多、喧啾鸣啭的动物世界。

　　在这一鸟类王国中，出现频率最高的并非大鹏，而是凤鸟。根据统计，李白诗文中仅以凤字单独构成的句子就有：

凤飞九千仞	凤饥不啄粟
凤孤飞而无邻	长与凤为群
凤来何若饥	楚人不识凤
结交凤与麟	凤苦道路难
凤无琅玕实	鸾乃凤之族
凤与鸾俱啼	凤去台空江自流
凤凰鸣西海	凤鸟不至河无图
不随凤凰族	凤凰为谁来

凤凰去已久　　凤凰宿谁家

另有孤凤、高凤、彩凤等：

意欲托孤凤　　孤凤向西海
鸷鹗啄孤凤　　中有孤凤雏
高凤起遐旷　　鸣凤托高梧
鸣凤栖青梧　　鸣凤始相待
学得昆仑彩凤鸣　仙人借彩凤
仙人骑彩凤　　遥裔双彩凤

凤乃百鸟之王、羽族之尊美者，又具多种品德。《说文解字》卷四上谓："凤，神鸟也。天老曰：凤之象也，麟前鹿后，蛇颈鱼尾，鹳颡鸳思，龙文龟背，燕颔鸡喙，五色备举，出于东方君子之国，翱翔四海之外，过昆仑，饮砥柱，濯羽弱水，莫宿风穴，见则天下大安宁。"从形象构成来说，属于以鸟为主兼具有鸟兽特点的综合性虚拟动物，是初民用瑰丽的想象力编织成的神性意象，寄寓着善良美好的社会理想。凤鸟至、河图出被视为祥瑞之兆，所以诗文中出现凤鸟多征验应兆着国家安危、天下兴亡的神异之事，灵动着人们对社会政治的神秘体验。又《初学记》卷三十引《论语摘衰圣》曰："凤有六像九苞，六像者，一曰头像天，二曰目像日，三曰背像月，四曰翼像风，五曰足像地，六曰尾像纬。九苞者，一曰口包命，二曰心合度，三曰耳听达，四曰知诎伸，五曰彩色光，六曰冠矩州，七曰距锐钩，八曰音激荡，九曰腹文户。"李白诗中多以凤喻己，如《古风五十九首》其四（凤飞九千仞）、其四十（凤饥不啄粟）。亦有喻人的，如《献从叔当涂宰阳冰》中"群凤怜客鸟，差池相哀鸣。各拔五色毛，意重太山轻。"《留别贾舍人至二首》其一："意欲托孤凤，从之摩天游。凤苦道路难，翱翔还昆丘。不肯衔我去，哀鸣惭不留。"

李白诗中的禽鸟可以大体分为两组：一组是实际存在的鸟类（即鸟类的普通意象），如鸡、燕、雁、布谷、鹅、鹤等；另一组则是神话或传说中虚构出来的鸟类（即鸟类的虚拟意象），如大鹏、凤凰、青鸟、精卫、天鸡、希有鸟、踆乌、阳乌、鸳鸯、朱鸟(雀)、鹓鸾等,这一类意象多带有典故本身所具有的原型性特点,同时又积淀着丰富而复杂的历史文化内涵,使李白诗充满神奇瑰丽的色彩。其中尤以大鹏和凤凰两个意象最为突出。如果说大鹏主要表现李白放旷的情怀,不羁的个性,高蹈的志趣,具有反主流文化、反人性异化、皈依自然的冲击力量,那么也可以说凤凰暗示出李白崇高的使命感和责任心,济苍生,安社稷,使寰区大定,海县清一,圣君贤臣,和衷共济,实现理想的社会图式,具有积极用世而又遵矩合度的向心力,反映出孔孟儒家思想对他的约束与规范。前者象征了李白自由解放的个性精神,后者则寄托了李白呼唤圣贤治世的社会理想。李白诗并庄屈于一心、合儒道而共冶的特点,通过鸟类这两个意象亦可略见一斑。

(二)

李白诗中出现的这些鸟类有一个突出的特点,就是多比兴象征寓意。如《寓言三首》其二:"遥裔双彩凤,婉娈三青禽。往还瑶台里,鸣舞玉山岑。以欢秦娥意,复得王母心。区区精卫鸟,衔木空哀吟。"萧士赟云:"此篇比兴之诗。彩凤、青禽以比佞幸之人……精卫衔木石,以比小臣怀区区报国之心,尽忠竭力而不见知者。其意微而显矣。"[1]《上崔相百忧章》则用"苍鹰搏攫"来比喻酷吏之凶残。《送族弟溧阳尉济充泛舟赴华阴》中用"鸾乃凤之族"、"凤与鸾俱啼"分别喻己与李济。萧士赟谓《空城雀》一首"假雀以兴孤介之士安于命义,幸得禄仕与自养,苟避谗妒之患足矣,不肯依附权势,逾分贪求也"[2]。

以禽鸟寓比兴寄托之意,在中国文学史上由来已久。据清人陈奂《诗毛诗传疏》统计,《诗经》中出现的鸟名有三十五种(近人胡朴安《诗经学·诗经之博物学》统计为三十九种),闻一多具体指出:"三百篇中以鸟起兴

---

[1] 引自詹锳主编《李白全集校注汇释集评》第7册,天津:百花文艺出版社,1996年,第3455页。

[2] 引自詹锳主编《李白全集校注汇释集评》第2册,第818页。

者,不可胜计,其其基本观点,疑亦导源于图腾。歌谣中称鸟者,在歌者之心理,最初本只自视为鸟,非假鸟以为喻也。假鸟为喻,但为一种修辞术;自视为鸟,则图腾意识之残余。历时愈久,图腾意识愈淡,而修辞意味愈浓,乃以各种鸟类不同的属性分别代表人类的各种属性。"①赵沛霖进一步引申闻说,认为诗歌中鸟类兴象的产生与初民的鸟图腾崇拜和怀念祖先有关②,从艺术发生学的角度看,不无道理,但诗歌史的实际现象远非如此整齐划一,后世诗歌的禽鸟意象中所积淀的图腾文化非常模糊稀薄,不易察觉和分辨,而所注入的比兴象征内容却是极其丰厚的,所以刘勰《文心雕龙·比兴篇》总结概括说:"观夫兴之托喻,婉而成章,称名也小,取类也大。关雎有别,故后妃方德,尸鸠贞一,故夫人象义。义取其贞,无疑于夷禽;德贵其别,不嫌于鸷鸟。"屈原创造性地发展了《诗经》的比兴手法,将原来零散细碎的物象,编织成宏大的景观,建构为绚丽璀璨的象征体系,《离骚》中令凤凰飞腾,嘱鸩鸟为媒,美鸷鸟之不群,恶雄鸠之佻巧。《涉江》中感叹"鸾鸟凤皇,日以远兮,燕雀乌鹊,巢堂坛兮",传为其绝命词的《怀沙》亦愤慨"凤皇在笯兮,鸡鹜翔舞",故王逸评屈赋"善鸟香草以配忠贞,恶禽臭物以比谗佞,灵修美人以媲于君,宓妃佚女以譬贤臣,虬龙鸾凤以托君子,飘风云霓以喻小人"(《离骚经序》)。东晋时的陶渊明,亦多以禽鸟表现其人生哲学,陶集中共出现鸟类十四处。《杂诗》其五中用"猛志逸四海,骞翮思远翥",象征其少壮时超越四海的远大志向。陶诗中还多咏归鸟、高鸟,表现其希冀隐居、躬耕自资的生活情趣,如《归鸟》中"翼翼归鸟,相林徘徊。岂思天路,欣及旧栖",《归去来兮辞》中"云无心以出岫,鸟倦飞而知还",《饮酒》其五中"山气日夕佳,飞鸟相与还",《始作镇军参军经曲阿作》中"望云惭高鸟,临水愧游鱼",《归园田居》其一中"羁鸟恋旧林,池鱼思故渊",既反映出他对世俗社会和名教礼法的厌恶与鄙弃,又表现出他的抱朴含真,大自然的神秘呼唤,使诗人欣然响应,毅然挂冠归田,全身心地扑到自然的怀抱中,抚慰和

---

① 闻一多《古典新义》,北京:古籍出版社,1956 年,第 107 页。
② 赵沛霖《兴的源起——历史积淀与诗歌艺术》,北京:中国社会科学出版社,1987 年,第 23 页。

疗治他受创的心灵。

　　李白生活于中国传统文化的氛围中,所以诗中禽鸟意象亦不能不深受这种重比兴寄托的文化模式的制约,如大鹏、鹓鸾取自《庄子》,凤鸟来源于诸经屈赋。但作为一位卓异超群的作家,他又能冲出传统的阴影,凭心而言,不守陈规,独辟蹊径,自出新意,极大地拓展了鸟类兴寄的领域,呈示出苍茫寥廓的新境界。李诗中禽鸟的象征托喻可分为如下几类:

　　一类是以禽鸟象征崇高的理想与峻洁的人格,如大鹏、凤凰、白鸥、黄鹄等多被作者用来正面象征理想人格。其中最引人注目的是,他多以大鹏作为自由精神的象征。大鹏"簸鸿蒙,扇雷霆。斗转而天动,山摇而海倾。怒无所搏,雄无所争"(《大鹏赋》),背负青天,超凡凌众,"扶摇直上九万里,假令风歇时下来,犹能簸却沧溟水"(《上李邕》),这一形象最能象征李白伟岸不屈的性格,亦能看出李白深受庄子思想的影响。李白除了用大鹏寄托其理想,亦用凤鸟拟喻其襟抱,《古风五十九首》其四:"凤飞九千仞,五章备彩珍。衔书且虚归,空入周与秦。横绝历四海,所居未得邻。"借凤鸟抒其空赴帝京、壮志未酬的忧思。《古风五十九首》其十五则用黄鹄喻己:"方知黄鹄举,千里独徘徊。"《设辟邪伎鼓吹雉子斑曲辞》则用雉鸟自况:"乍向草中耿介死,不求黄金笼下生。天地至广大,何惜遂物情!"《礼记·曲礼下》疏曰:"士雉者,雉取性耿介,唯敌是赴,士始升朝,宜为赴敌,故用雉也。羔雁生执,雉则死持,亦表见危致命……故郑注《宗伯》云:雉取其守介而死,不失其节也。然《白虎通》云:雉取其不可诱之,以食挠之,则威死不可畜也。士行威介,守节死义不当移。"李白用其意,表达自己独立不羁、耿介不屈的个性。也有用善禽喻贤人的,如《夷则格上白鸠拂舞辞》:"白鸠之白谁与邻,霜衣雪襟诚可珍,含哺七子能平均,食不噎,性安驯。首农政,鸣阳春。"陈沆笺曰:"鸤鸠洁白均平,如姚、宋、曲江贤相,则为苍生之福。"(《诗比兴笺》卷三)

　　另一类则用禽鸟影射黑暗势力,比拟奸佞之徒、庸碌无能之辈。如群鸡、燕雀、斥鷃、鹰鸷等。《夷则格上白鸠拂舞辞》有"鹰鹯雕鹗,贪而好杀"之句,此四鸟形状相似,曲喙,金睛,剑翮,利爪,为禽中凶残者,常盘旋天空,伺机捕食弱小者。所以作者用来讽刺李林甫、罗希奭等残暴凶恶之徒。

《上崔相百忧章》中的"苍鹰搏攫",《望鹦鹉洲怀祢衡》中"鸷鹗啄孤凤,千春伤我情",亦用恶禽喻奸佞邪恶之人。《古风五十九首》其三十:"扰扰季叶人,鸡鸣趋四关。但识金马门,谁知蓬莱山?"《古风五十九首》其四十:"焉能与群鸡,刺蹙争一餐?"均用群鸡喻争名逐利的庸碌之徒。《古风五十九首》其五十四:"鸒斯得所居,蒿下盈万族。"鸒斯,王琦引《尔雅》卷十郭璞注:"鸦乌也,小而多群,腹下白,江东亦呼为鸭乌。郑樵注亦谓之鸦乌。盖雀类差小,多群飞,食谷粟,俗呼必乌。"作者连类引象,喻小人得位,呼俦此类至于万族之多。

　　第三类是用来拟指爱情欢合与朋情友谊。如鸳鸯、鸾、燕等。《拟古十二首》其二:"愿逢同心者,飞作紫鸳鸯。"《白头吟》:"锦水东北流,波荡双鸳鸯,雄巢汉宫树,雌弄秦草芳。宁同万死碎绮翼,不忍云间两分张。"《白纻辞三首》其二"动君心,冀君赏。愿作天池双鸳鸯,一朝飞去青云上。"均用鸳鸯喻合欢之情。《双燕离》一首则以双燕分离喻流放夜郎时与其妻宗氏夫人离别,写得凄怆感伤。

　　第四类是比拟全身远祸、安处自全的。如黄雀、鹪鹩等。《野田黄雀行》:"游莫逐炎洲翠,栖莫近吴宫燕。吴宫火起焚巢窠,炎洲逐翠遭网罗。萧条两翅蓬蒿下,纵有鹰鹯奈若何!"胡震亨曰:"白辞言不逐他鸟同祸,宁处蓬蒿自全,皆借雀寓意也。"(《李诗通》卷四)

　　第五类是比托羁旅行役,离别解携的。如征鸿、劳燕、哀鸿等。《惜馀春赋》:"沉吟兮哀歌,踯躅兮伤别。送行子之将远,看征鸿之稍灭。"《剑阁赋》:"鸿别燕兮秋声,云愁秦而暝色。"《千里思》:"鸿雁向西北,因书报天涯。"《赠崔郎中宗之》:"胡雁指海翼,翱翔鸣素秋。惊云辞沙朔,飘荡迷河洲。"

　　西方学者提尔亚德主张将诗分成"直陈的与曲现的"两类,所谓直陈指"率直地陈述作者欲传达的思想",曲现则指"根本不直接陈明作者的主旨,而是将其隐蔽在貌似琐细陈述的微妙关联之中"①。实际上,即中国诗之赋与比兴的区别。赋的铺陈其事、直抒其情便是"直陈",比的索物以托情与兴的触物以起情都属"曲现",找出物与情之间隐约而微妙的联系,利用物

---

① 提尔亚德《直陈与曲现的诗歌》,转引自《文学遗产》1992年第4期,第10页。

与情之间的异质同构特点,在两者之间架设桥梁,进行远程交易,将不同的因素组织到经验的结构中,引发阅读者复杂的联想和感受,李白诗语近情遥、兴象玲珑而又寄托深微的特征亦多缘此形成。

(三)

李白诗中的禽鸟除具有比托象征意义外,在意象构成方式上,还具有对比性,即将含有不同象征意义,甚至相反相对意义的鸟类意象放到一起进行描述,以产生映衬对照作用,使善与恶、正与邪、喜悦与厌恶,在强烈的反差情境中更加鲜明突出。如《大鹏赋》中说:"此二禽(指大鹏与希有鸟)已登于寥廓,而斥鷃之辈,空见笑于藩篱。"在这里,"二禽"与"斥鷃"是对比,它们所活动的环境"寥廓"与"藩篱"也是对比。这已形成李白鸟类诗的一个结构模式,另如《古风五十九首》其四十:"凤饥不啄粟,所食唯琅玕。焉能与群鸡,刺蹙争一餐?""凤"与"群鸡"对比,"粟"与"琅玕"对比。《古风五十九首》其三十九:"梧桐巢燕雀,枳棘栖鹓鸾。"则是对比中的反跌。王琦注曰:"梧桐之木本凤凰所止,而燕雀得巢其上,喻小人得志。枳棘之树本燕雀所萃,而鹓鸾反栖其间,喻君子失所。"《古风五十九首》其四十二将白鸥与云鹤对比,其中白鸥喻闲散之人,云鹤喻在位之人。

李白诗中鸟类意象的对比性还表现在,作者往往用众鸟、群鸡喻群小党人,以孤凤独鸾喻个人,一与多、寡与众、个人与社会形成了一种力量的对比,矛盾的尖锐冲突,暗寓黑暗势力的强大,世风的浇薄颓坏,显示出个人的孤独,命运的悲剧性。《鸣皋歌送岑徵君》:"鸡聚族以争食,凤孤飞而无邻。"《古风五十九首》其五十四:"凤鸟鸣西海,欲集无珍木。鷽斯得所居,蒿下盈万族。"写当时用舍倒置,邪正不分,萧士赟谓此四句"盖谓当时君子亦有用世之意,而在朝无君子以安之,反不如小人之得位,呼俦引类至万族之多也"[①]。《游敬亭寄崔侍御》:"俯视鸳鹭群,饮啄自鸣跃。夫子虽蹭蹬,瑶台雪中鹤。独立窥浮云,其心在寥廓。"则以鸳鹭群喻在朝得势者,雪鹤

---

① 瞿蜕园、朱金城《李白集校注》,上海:上海古籍出版社,1980年,第166页。

独立喻崔侍御。

李白诗文中鸟类意象的托兴,多具固定的原型范式,如大鹏源于《庄子》,表现昂扬向上无所依待的理想;鹪鹩源于《庄子》,又深受晋张华《鹪鹩赋》的影响。西方研究古代诗歌的帕里—洛德理论认为,口传文学的重要特点是大量运用"现成词组"和"现成思路",即"套语"与"套式"。"现成词组"指的是一个或数个组织在一起的词汇,在同一首或许多篇诗中反复出现,意思基本相同。"现成思路"指的是诗中经常出现的具有象征性的景物会引发起人们习惯性的联想和固定的情绪①。李白诗歌中的鸟类意象亦具有"现成思路"的特点,多为固定范式,诗意在大体确定的区域内来回辐射,引发出读者习惯性的联想,极易使人形成思维定势,这是传统和原型对创造力的负面影响。但有些鸟类意象又具多义性,即某一意象中包含着两层或多层不同的含义,钱锺书先生所说的"喻之二柄"与"喻之多边"实际上就指意象的多义性,喻之二柄是指"同此事物,援为比喻,或以褒,或以贬,或示喜,或示恶,词气迥异",喻之多边则是指"事物一而已,然非止一性一能,遂不限于一功一效。取譬者用心或别,著眼因殊,指同而旨则异,故一事物之象可以孑立应多,守常处变"②。李白诗中多以燕雀喻群小(如《古风五十九首》其三十九"梧桐巢燕雀"),但亦可比喻蓬处自全(如《野田黄雀行》)。鹤多用以喻得道之仙人或志向高远之人(如《游敬亭寄崔侍御》"瑶台雪中鹤,独立窥浮云"),亦可用来喻指炙手可热的在位之人(如《古风五十九首》其四十二"宜与海人狎,岂伊云鹤俦")。凤多用来喻理想精神与贤能之臣,但也有用来喻奸邪佞幸之徒(如《寓言三首》其二"遥裔双彩凤")。

李白所写鸟类,除了注意其象征性之外,还注意刻画其栩栩如生的形象,或工笔细描,或大笔渲染,如《大鹏赋》描绘大鹏:"一鼓一舞,烟朦沙昏。五岳为之震荡,百川为之崩奔","喷气则六合生云,洒毛则千里飞雪",铺张

---

① 转引自赵沛霖《兴的源起》,北京:中国社会科学出版社,1987年,第8页。按:帕里—洛德理论,又称"口头程式理论"(Parrg-Lord Theory, or Oral Formulaic Theory),详见〔美〕约翰·迈尔斯·弗里《口头诗学:帕里—洛德理论》,中文版,北京,社会科学文献出版社,2000年。又见朝戈金《关于口头传唱诗歌的研究——口头诗学问题》,载《文艺研究》2002年第4期。

② 《管锥编》第1册,第27、29页。

扬厉,气势宏大,虽取义《庄子》,但又自铸伟辞,使读者"固可想像其势,仿佛其形"。《蜀道难》中"但见悲鸟号古木,雄飞雌从绕林间。又闻子规啼夜月,愁空山",既悲怆凄凉,又切合蜀地风物故实。《清溪行》中"人行晚镜中,鸟度屏风里"两句,胡仔评曰:"虽有所袭,语亦工也。"(《苕溪渔隐丛话》后集卷五)此外如:

>渌水净素月,月明白鹭飞。(《秋浦歌十七首》其十三)
>雪照聚沙雁,花飞出谷莺。(《荆门浮舟望蜀江》)
>密叶隐歌鸟,香风留美人。(《紫藤树》)
>借问此何时,春风语流莺。(《春风醉起言志》)
>漾楫怕鸥惊,垂竿待鱼食。(《姑孰十咏·姑孰溪》)

均工整流丽,而又不失自然天真之趣。至如《白鹭鹚》"白鹭下秋水,孤飞如坠霜。心闲且未去,独立沙洲旁",《春日独酌二首》中"长空去鸟没,落日孤云还",《独坐敬亭山》中"众鸟高飞尽,孤云独去闲"诸篇,兴象玲珑,寄托高远,而又灭尽针线迹,全无斧凿痕,一片天籁,洵非常人可比,在咏禽绘鸟中,亦显示出卓荦超群的艺术造诣。

四、李白作品中的"梦"

《梦游天姥吟留别》,一本作《别东鲁诸公》,《河岳英灵集》又作《梦游天姥山别东鲁诸公》,题目互异。对其主旨的理解亦众说纷纭,颇多抵牾。但有一点可以肯定,即该诗叙及梦中游历,依次呈示梦中危景,梦中奇景,梦中所遇,因梦生意(吴山民《唐诗选脉会通》)。范德机批云:"'梦吴越'以下,梦之源也。以次诸节,梦之波澜也。其间显而晦,晦而显,至'失向来之烟霞',梦极而与人接矣。"[1]《唐宋诗醇》卷六谓此篇"因语而梦,因梦而悟,

---

[1] 按范德机《批选李翰林诗》卷三与王琦注《李太白全集》卷一五所引略有不同,此处引文据《李太白全集》。

因悟而别,节次相生,丝毫不乱。若中间梦境迷离,不过词意伟怪耳。胡应麟以为'无首无尾,窈冥昏默',是真不可以说梦也"。以上诸说虽立足点不同,但都承认此诗写梦。其实,翻检李白作品,会发现提及梦象或描述梦境者,并不止《天姥吟》一篇,惜前人措意较少,尚有未发之覆。笔者不揣浅陋,由此切入,对李白作品中所涉及"梦"的语汇,作一较全面考察。如此移形换步,从一个新的层面、新的视角探索李白作品,对解读《天姥吟》亦或不无裨益。

（一）

梦是人们亲身经历而又感神秘奇特的现象。原始人以为梦是灵魂的散步和出游,是沟通天人关系、获得神秘启示、预见未来的重要途径。人在梦中实现了天人的对话,超越了各种限制,步入自由的境界。梦有时也以或隐或显的方式警告人们可能发生的各种灾难,而当这些灾难应验后,人们更加对梦的启示深信不疑,认为这是通向神秘世界的最快捷的幽径。甲骨文中已保留有殷商时期的占梦活动,《周礼·春官》中记载太卜掌"三梦之法",包括周王如何致梦、如何占梦、占梦的程序等等。后来的统治者对梦与梦占都很重视,民间的梦占活动亦非常盛行,在民俗资料中保存很多。从现代科学的角度看,梦是人体的一种特殊精神现象,是人处于睡眠状态时对自我心理世界的一种无意识展示和曝光。梦与人的年龄、性格、健康状况都有密切联系。梦同时也可以作为管窥人的精神世界的一个窗口,在睡眠的平台上,人类的潜意识却处于一个被激活的兴奋状态。

欲索解李白作品中梦的意涵,首先应对其集中所涉及梦的作品进行考察。日人花房英树曾编《李白歌诗索引》,其中列出李白诗中梦字出现的频率为五十三次(不包括梦渚、梦泽、云梦等专有名词),但该书并非单字索引,故将托梦、魂梦、归梦、秋梦、宵梦、客梦、远梦、大梦、如梦、别梦、昨梦等另立词条。此外,索引没有将赋与文列入统计对象,故尚不能看出李白集中有关梦之语汇意象的全貌。

笔者参考花房英树的《索引》①,并以王琦注《李太白全集》为统计对象。通过翻检,发现有关梦的语汇共出现七十四次。需要说明的是,这一统计数字是由人工检索得出,或有遗漏误差。另外,有些作品重复,如卷五《大堤曲》之"春风复无情,吹我梦魂散。不见眼中人,天长音信断"四句,与卷二十五《寄远十二首》其五后四句相同。还有些作品究竟是否为太白所作,仍有疑问,如卷六《去妇词》,自萧士赟以来,多以为系顾况同名作增添数句窜入李白集中②。笔者的统计照录王琦注本,未掺入个人的判断考订。

通过统计还发现,李白集中以梦为题者仅《天姥吟》一首,通篇记梦者数量亦有限,大多数是在作品中提及梦的语词或意象。有些作品虽未出现梦的语词,但实际上应视为梦诗的一类。如《古风五十九首》其五(太白何苍苍)、其七(客有鹤上仙)、其十九(西上莲花山)、其四十一(朝弄紫泥海),习惯上划归游仙诗,但游仙实即白日梦,与《天姥吟》所记梦中情景为同一谱系,亦可列为梦诗。《天姥吟》"以奇笔写梦境,吐句皆仙"(《网师园唐诗笺》),与游仙类作品的以假想方式满足愿望,本同末异。金性尧先生亦指出太白诗中的梦境与仙境,原是一线相承的③,实具慧眼。或谓李白《古风五十九首》其七(客有鹤上仙)与李贺《梦天》有仙鬼之别(《唐宋诗醇》卷一评语),是自其不同处比较,细察秋毫。如从其相同处来看,则两诗皆写白日梦,唯视角不同。太白是"举首远望之",而长吉则是从天上看人间。太白诗中亦有写自天上俯视人寰,如《古风五十九首》其十九(西上莲花山)"俯视洛阳川,茫茫走胡兵。流血涂野草,豺狼尽冠缨"云云。惟长吉"深有感于日月逾迈,沧桑改换,而人事之代谢不与焉。他人或以吊古兴怀,遂尔及时行乐,长吉独纯从天运着眼,亦其出世法、远人情之一端也"④,而太白则托游仙之词以寄其家国之痛⑤,又是同中之异。

---

① 〔日〕花房英树《李白歌诗索引》,东京:同朋舍,1977年,第274—275页。
② 《李太白全集》上册,北京:中华书局,1977年,第368页。
③ 金性尧《李白的梦境仙境和诗境》,载《唐代文学论丛》第5辑,西安:陕西人民出版社,1984年,第1页。
④ 钱锺书《谈艺录》(增订本),第59页。
⑤ 安旗师主编《李白全集编年注释》,成都:巴蜀书社,1990年,第1272页。

（二）

关于梦的分类，《周礼·春官》有所谓的"六梦"："一曰正梦,二曰噩梦,三曰思梦,四曰寤梦,五曰喜梦,六曰惧梦。"王符《潜夫论·梦列》又分梦为十类："凡梦,有直,有象,有精,有想,有人,有感,有时,有反,有病,有性。"《法苑珠林·眠梦篇·三性部》引《善见律》曰："梦有四种：一、四大不和梦,二、先见梦,三、天人梦,四、想梦。"诸种分类各有其根据,但验之以李白作品,不完全相合,故笔者将李白作品中的梦大致分为二类：一类是现实之梦,一类是理想之梦。

现实型的梦多涉及别离寄赠和闺怨相思等内容。前者如：

忆昨鸣皋梦里还,手弄素月清潭间。觉时枕席非碧山,侧身西望阻秦关。(《鸣皋歌奉饯从翁清归五崖山居》)

去国客行远,还山秋梦长。(《赠别舍人弟台卿之江南》)

朝忆相如台,夜梦子云宅……故人不可见,幽梦谁与适。(《淮南卧病书怀寄蜀中赵徵君蕤》)

思君梦水南,望君淮山北。梦魂虽飞来,会面不可得。(《闻丹丘子于城北山营石门幽居因叙旧以寄之》)

东风吹客梦,西落此中时。(《江上寄巴东故人》)

水色梦沅湘,长沙去何穷。(《将游衡岳过汉阳双松亭留别族弟浮屠谈皓》)

我欲因之梦吴越,一夜飞度镜湖月。(《梦游天姥吟留别》)

尔去安可迟,瑶草恐衰歇。我心亦怀归,屡梦松上月。(《赠别王山人归布山》)

今游方厌楚,昨梦先归越。(《送杨山人归天台》)

还闻天竺寺,梦想怀东越。(《送崔十二游天竺寺》)

闺怨相思类的作品多用代言体,假托女子口吻,抒旷夫怨妇不得遇合之苦，形不接而神驰，希冀于梦中成其好事：

> 披卫情于淇水，结楚梦于阳台。（《惜馀春赋》）
> 且留琥珀枕，还有梦来时。（《白头吟》）
> 白马黄金塞，云砂绕梦思。（《塞下曲六首》其四）
> 春风复无情，吹我梦魂散。不见眼中人，天长音信断。（《大堤曲》）
> 箫声咽，秦娥梦断秦楼月。（《忆秦娥》）
> 相思不惜梦，日夜向阳台。（《寄远十二首》其四）
> 日落知天昏，梦长觉道远。望夫登高山，化石竟不返。（《拟古十二首》其十二）
> 何无情而雨绝，梦虽往而交疏。（《代寄情楚辞体》）
> 梁苑空锦衾，阳台梦行雨。（《自代内赠》）

理想型的梦指受儒道佛思想影响，分别产生入世济时之想与出世隐遁之念，故又可以细分为儒家政治型与道家神仙隐逸型。前者如：

> 闲来垂钓碧溪上，忽复乘舟梦日边。（《行路难三首》其一）
> 傅说未梦时，终当起岩野。（《酬张卿夜宿南陵见赠》）
> 昔太公大贤，傅说明德，卒能形诸兆朕，感乎梦想。（《代寿山答孟少府移文书》）
> 白鸡梦后三百岁，洒酒浇君同所欢。（《东山吟》）

其中"梦日边"用《宋书·符瑞志》上"伊挚将应汤命，梦乘船过日月"之意。据敦煌遗书《周公解梦书》残卷《天事章》第一："梦见日月照者，富贵。梦见拜日月者，富贵。"《舍宅章》第八："梦见乘船水涨，大吉。"敦煌遗书《占梦书》残卷《水篇》第廿四："梦见水上行船，必安，富贵，得官荣。"《船车游行死腾篇》第三二："梦见乘船过河，大吉。梦见乘船上升日月位，帝王事……

梦见乘船水中,大富贵。"①李白此诗前有"渡黄河",复有"乘舟梦日",终则欲"挂云帆济沧海",始终以乘船行水中为主导意象,与敦煌梦书中的民俗资料参读,不难看出其希冀吉祥、祝祷幸福之潜愿。"太公"、"傅说"两句,亦为李白政治思想的一种表露。太公句,王琦注引《楚辞章句》曰:"周文王梦立令狐之津,太公之后。帝曰:昌,赐汝名师。文王再拜。太公梦亦如此。文王出田,见识所梦,载与俱归,以为太师。"晋立《太公吕望表》石刻亦有类似的记载:"文王梦天帝服玄禳以立于令狐之津。帝曰:'昌,赐汝望。'文王再拜稽首,太公于后亦再拜稽首。文王梦之之夜,太公梦之亦然。"②《庄子·田子方》中又说,文王梦见一位"良人"告诉他:"寓政于臧丈人,庶几民有瘳乎!""臧丈人",即在臧地(渭水边)垂钓的渔夫,实指姜尚。傅说句,《史记·殷本纪》:"武丁夜梦得圣人,名曰说,以梦所见视群臣百吏,皆非也。于是乃使百工营求之野,得说于傅险中。是时说为胥靡,筑于傅险,见于武丁。武丁曰:'是也。'得而与之语,果圣人,举以为相,殷国大治。故遂以傅险姓之。号曰傅说。"今人注本多以"形诸兆朕"系于"太公大贤",以"感乎梦想"系于"傅说明德",未免割裂原意。于文意而言,"卒能"云云,是互文见意;于字意而言,梦占与龟占周时同为太卜之属,龟象与梦象皆为征兆,因文王之梦正史未采,故后人释此句亦拘泥于"卜"字③,恐未逆太白之志。据此可见,李白的儒家政治型梦皆与宰辅有关,可视为"申管、晏之谈,谋帝王之术。奋其智能,愿为辅弼,使寰区大定,海县清一"的施政纲领的文学版。

道家隐逸类的梦则有:

庄周梦胡蝶,胡蝶为庄周。(《古风五十九首》其九)
余尝学道穷冥筌,梦中往往游仙山。何当脱屣谢时去,壶中别有日

---

① 以上诸条史料分别引自刘文英《中国古代的梦书》,北京:中华书局,1990年,第30、33、53、59页。
② 引自鲁迅《中国小说史略》,北京:人民文学出版社,1973年,第11页。
③ 《庄子·田子方》中谓文王梦后又说:"'然则卜之。'诸大夫曰:'先君之命,王其无它,又何卜焉。'遂迎臧丈人而授之政。"说明是先梦而后卜。

月天。(《下途归石门旧居》)

茫茫大梦中,惟我独先觉。(《与元丹丘方城寺谈玄作》)

处世若大梦,胡为劳其生。(《春日醉起言志》)

吾爱王子晋,得道伊洛滨……二仙去已远,梦想空殷勤。(《感遇四首》其一)

我纵五湖棹,烟涛恣崩奔。梦钓子陵湍,英风缅犹存。(《书情赠蔡舍人雄》)

梦见五柳枝,已堪挂马鞭。何日到彭泽,长歌陶令前。(《寄韦南陵冰余江上乘兴访之遇寻颜尚书笑有此赠》)

学道三十春,自言羲皇人。轩盖宛若梦,云松长相亲。(《酬王补阙惠翼庄庙宋丞泚赠别》)

与佛教有关的梦语汇在李白作品中较少,明用者仅见《化城寺大钟铭并序》:"天以震雷鼓群动,佛以鸿钟惊大梦。"

(三)

据表现技巧分类,李白作品中的梦可以分为纪实的梦、比喻的梦与典故的梦。

纪实的梦如:

归心结远梦,落日悬春愁。(《忆襄阳旧游赠马少府巨》)
梦绕边城月,心飞故国楼。(《太原早秋》)
昨宵梦里还,云弄竹溪月。(《送韩准裴政孔巢父还山》)

比喻的梦如:

长绳难系日,自古共悲辛。黄金高北斗,不惜买阳春。石火无留光,还如世中人。即事已如梦,后来我谁身?(《拟古十二首》其三)

昔别若梦中，天涯忽相逢。(《洞庭醉后送绛州吕使君杲流澧州》)
银台金阙如梦中，秦皇汉武空相待。(《登高丘而望远海》)
畴昔雄豪如梦里，相逢且欲醉春晖。(《赠郭将军》)
功业若梦里，抚琴发长嗟。(《早秋赠裴十七仲堪》)
长安如梦里，何日是归期？(《送陆判官往琵琶峡》)
而浮生若梦，为欢几何？(《春夜宴从弟桃花园序》)

很显然，这一类梦并非寐思昼想之心理活动的如实记录，而是从修辞学的角度对梦象所负载内容的片面强调。此类句例中，作为喻体的梦皆隐指虚幻、缥缈、遥远、不实之物。

典故的梦。李白诗中有关梦的典故，主要有：

1. 谢灵运梦得佳句

梦得池塘生春草，使我长价登楼诗。(《赠从弟南平太守之遥二首》其一)
昨梦见惠连，朝吟谢公诗。东风引碧草，不觉生华池。(《书情寄从弟邠州长史昭》)
梦得春草句，将非惠连谁。(《感时留别从兄徐王延年从弟延陵》)
他日相思一梦君，应得池塘生春草。(《送舍弟》)

据《南史·谢惠连传》："谢惠连年十岁能属文，族兄灵运嘉赏之，云：'每有篇章，对惠连则得佳语。'尝于永嘉西堂思诗，竟日不就，忽梦见惠连，即得'池塘生春草'，大以为工。尝曰：'此语有神助，非吾语也。'"太白诗中用此典皆以切兄弟友于关系，亦连带暗示自己有诗才美誉。

2. 楚王阳台云雨之梦

披卫情于淇水，结楚梦于阳台。(《惜馀春赋》)

相思不惜梦,日夜向阳台。(《寄远十二首》其四)

梁苑空锦衾,阳台梦行雨。(《自代内赠》)

使人对此心缅邈,疑入高丘梦彩云。(《观元丹丘坐巫山屏风》)

瑶姬天帝女,精彩化朝云。宛转入梦宵,无心向梦君。(《感兴八首》其一)

典故与比喻实际上都强调语词的象征意义,以梦而言,皆属虚拟的梦,而非纪实的梦。但在李白作品中,笔者发现,比喻的梦所指较单纯,象征的光束集中投射到一个有确定意义的屏幕上。而典故的梦情况较复杂,如李白用阳台云雨梦之故实,或切楚地景物,或抒男女之情,或讽感兴之意,须根据上下文意来诠释,不能一概而论。

李白作品中伊尹梦、文王梦、武丁梦前面已详述,此外还有白鸡梦(《东山吟》)、蝴蝶梦(《古风五十九首》其九)等典故,因用例较少,就不一一列举了。

(四)

李白作为一个主观色彩极强烈的诗人,其精神扩张在梦诗中也得到了充分的表现。精神自由是培植和滋生想象力的土壤,而想象力则是原创艺术的直接诱因,诗人如缺乏想象力,无异于患有精神阳痿。梦境与仙境为诗人驰骋想象提供了广阔的空间,使他貌似怪诞荒谬的奇思异想冠冕堂皇地呈现,牛鬼蛇神仙灵也被诗人驱遣上场。《梁甫吟》、《游泰山》、《天姥吟》、《下途归石门旧居》等最足以说明李白诗仙境与梦境的奇诡谲怪,而这些与他诗境的雄奇壮丽秘响旁通。

李白作品中所写梦对形成其诗歌境界具有如下作用。首先,诗歌创作是通过意象的组合叠加、象与象外的结合,形成境界,传达主旨。对于构成意境的"象"与"景",诗要求情景俱足,语语如在目前,不隔不粘,绝去思维,具有现量情景的特点①。而梦的工作原理也是通过意象(梦之显相)的加工改造、变形润饰,形成显梦形象。所以严羽评李白《天姥吟》一首谓:"太白写仙人境界皆渺茫寂历,独此一段极真极雄,反不似梦中语。"②严评极精辟,指出梦与梦文学的一个极重要特征。《庄子·大宗师》:"且汝梦为鸟而厉乎天,梦为鱼而没于渊,不识今之言者其觉者乎? 其梦者乎?"《列子·周穆王篇》:"郑人有薪于野者,遇骇鹿,御而击之,毙之。恐人见之也,遽而藏诸隍中,覆之以蕉。不胜其喜。俄而遗其所藏之处,遂以为梦焉。顺途而咏其事。傍人有闻者,用其言而取之。既归,告其室人曰:'向薪者梦得鹿而不知其处;吾今得之,彼直真梦矣。'室人曰:'若将是梦见薪者之得鹿邪? 讵有薪者邪? 今真得鹿,是若之梦真邪?'"虽为梦,但要表现出逼真性、具体性。如李白《江上寄巴东故人》:"汉水波浪远,巫山云雨飞。东风吹客梦,西落此中时。"《大堤曲》:"春风复无情,吹我梦魂散。不见眼中人,天长音信断。"均将抽象虚幻的梦实体化,使其具有形质,可以为风吹拂飘动,发生迁移。《宿巫山下》:"昨夜巫山下,猿声梦里长。"《白头吟》:"且留琥珀枕,还有梦来时。"以幻为真,现实中将衾枕留下,等待意中人梦中使用。

其次,诗歌不仅记录物理时空,而且可以对现实时空进行锻造,使其变形为心理时空,"故寂然凝虑,思接千载;悄焉动容,视通万里"(刘勰《文心雕龙·神思》),"精骛八极,心游万仞","观古今于须臾,抚四海于一瞬"(陆机《文赋》)。而梦的时空知觉也具有时空的浓缩性、无隔性、跳跃性的特点③。李白《天姥吟》:"我欲因之梦吴越,一夜飞度镜湖月。"则心神飞驰,凌越虚空,抵达月下之镜湖,现实的阻隔被突破,在瞬间完成了万水千山的遨游。《送韩准裴政孔巢父还山》:"昨宵梦里还,云弄竹溪月。"《送杨山人归天台》:"今游方厌楚,昨梦先归越。"均写梦中突破现实时空,在假想中预先实现愿望。至于《长相思》中"天长路远魂飞苦,梦魂不到关山难",则是写梦知觉空间浓缩性的反面,反其道而行之,以距离之遥,竟连梦想都无

---

① 详参见本书第1章有关论述。
② 引自詹锳主编《李白全集校注汇释集评》第4册,第2111页。
③ 参见刘文英《梦的迷信与梦的探索》,北京:中国社会科学出版社,1989年,第254—259页。

法达到，极写相思之苦。

五、李贺诗中的"辞"与"理"

唐文宗大和五年（831）十月，李贺夭折后的十五年，杜牧写了《李长吉歌诗叙》一文，全面评价了李贺的诗歌创作成就。后世论及李贺，大多以此叙为根据，或将其中的观点生发展开。但有两处却引起争论，更确切地说，后人对李贺诗歌评价的分歧主要围绕着杜牧叙中的两句话：

> 盖《骚》之苗裔，理虽不及，辞或过之……使贺且未死，少加以理，奴仆命《骚》可也！

后人对李贺作品的争论，打笔墨官司，大都在杜牧"辞"与"理"的界说、内涵上立论作文章。现代的研究者将"辞"与"理"更通俗地表述为形式和内容、表现和思想，多在肯定李贺浪漫主义风格之后，在文章的尾巴附缀一句：内容和形式不统一，内容单薄，而形式华美幽艳。

李贺诗的辞与理究竟是否统一？是在什么情况下统一，又在什么意义上不统一呢？以下略作探讨。

（一）

"安史之乱"是唐帝国政治经济的转折点，盛唐、中唐之别不仅是编年史的分界，而且是时代风尚、美学趣味变化的标志。如果我们站在盛唐的时代之巅上作一次历史性眺望的话，真可谓"分野中峰变，阴晴众壑殊"！

天宝年间承平日久，已埋下战乱的隐患。混战八年之后，农业生产和社会经济遭到严重的破坏，与开元全盛日相比，令人心寒惊悸！宪宗即位初期，励精图治，知人善任，先后起用杜黄裳、裴度、李绛等精明正直之人为宰相，委派高崇文为东川节度使，李愬为唐邓节度使，陆续平定了四川叛军刘辟和淮西巨寇吴元济，一时声威大震，出现转机迹象，形成了一个短暂的中兴局面。但晚年迷信方士，寄任太监吐突承璀，又以江湖术士柳泌为台州刺史，最后吞服金丹得病，死于宦官陈弘志之手。在他暴崩的前两年，李贺也抑郁去世。

急剧变化的时局，混乱不堪的现实，皇帝的求仙致寿，疆吏大臣的骄奢放荡，玉工宫娃的泣血哀吟，黄洞群众的起义反抗，在李贺作品中都有反映。如《荣华乐》、《雁门太守行》、《吕将军歌》、《老夫采玉歌》、《宫娃歌》、《感讽·合浦无明珠》、《黄家洞》、《贵主征行乐》等等。

由于曾出现过一个短暂的中兴局面，给人们带来过一线希望，反映在李贺诗中也有积极进取的一束亮光、一组强音："少年心事当拏云"（《致酒行》），"男儿屈穷志不穷"（《野歌》），"二十男儿那刺促"（《浩歌》），"男儿何不带吴钩，收取关山五十州"（《南园》其五），甚至想到"世上英雄本无主"（《浩歌》），"一朝沟垄出，看取拂云飞"（《马诗》十五），昂扬悲壮，颇有燕赵慷慨之士的流风余韵，全诗陡然振起，如乐曲的低音区突然击响了几个高音键。

无奈好景不长，像当时政局由瞬间的光明，很快又回复到黑暗浑沌之中一样，李诗也蒙上了一层忧愤怅惘的色调："只今道已塞"（《赠陈商》），"甘作藏雾豹"（《昌谷》），"何须问牛马，抛掷任枭卢"（《赠陈商》），最后发出了"狭行无廓路，壮士徒轻躁"（《春归昌谷》）的浩叹。

但就李贺诗而言，绝大部分并不能与史实对号入座，在他的作品中，更多的是生活的变形、感受的熔铸、情感领域的开拓。展现出的是另一个风云变幻、江浪淘沙的空间——诗人广袤无垠的情感世界、幽深的心灵冥府。清代的陈沆特别是姚文燮，不理解这一点，所以在对李贺诗作了创造性的解释后，又不免坐实附会，陷入以"唐春秋"论诗的陷阱中（姚文燮《昌谷诗注自序》）。

如果说，社会经济在贞元、元和时期还曾出现过短暂的中兴迹象，有一定程度恢复的话，而中唐的社会心理、时代氛围却笼罩在一种可怕的阴影中，虽时浓时淡，但一直没有晴朗。对已逝去的盛唐大业的追念凭吊，对藩镇宦官的恐惧，对建功立业的冷漠，对灰色人生的失望，一种世纪末的情绪弥漫在唐人心理中。于是怀古悲今、伤感家国身世成了中晚唐艺术作品的主题。闻一多认为元和、长庆时代已是"一个走上了末路的、荒凉、寂寞、空虚、一切罩在一层铅灰色调中的时代"①,就时代精神的把握而言,无疑是准确的。作为这种社会心理的积淀、意绪情思的凝聚的诗歌,自然也会随着发生变异。

就美学风格而言:"这里没有李白、张旭那种天马行空式的飞逸飘动,甚至也缺乏杜甫、颜真卿那种忠挚刚健的骨力气势。他们不乏潇洒风流,却总开始染上了一层薄薄的孤冷、伤感和忧郁。""时代精神已不在马上,而在闺房,不在世间,而在心境。""不是对人世的征服进取,而是从人世的逃遁退避;不是人物或人格,更不是人的活动、事业,而是人的心情意绪成了艺术和美学的主题。"②我们只有把李贺放在这样一个政治、经济的环境中,这样一个特殊的时代精神和美学趣味的氛围中,才能对他诗歌的特异性、辞与理的错综关系有一个准确的把握。

(二)

像其他一些具有天赋的才子一样,少年李贺性聪早慧,才高志洁,同时又质羸体弱,落落寡合,社会适应性极差,对家庭特别是母亲有一种特殊的依恋感。独处幽居,尚友古人,使他一直在书本里过生活,较少涉足染尘于现实;昌谷明媚的自然风光又陶冶了他的灵秀之心,培养了他异常丰富的感受能力和遐思冥想。作为唐宗室的后裔,他具有门第清华高贵的荣誉感,但作为丧失贵族特权的王孙,又使他感到不幸,敏感的自尊与现实的清贫,造成了他内心的第一组矛盾。父亲早逝,家境中衰,作为李姓的长子,又迫使他过早地告别天真无邪的童年,出来支撑门户;对于皇族子弟来说,通过应举求仕,已属下策。但可悲的是,他被褫夺了考试权利,连当时唯一有可能获得官爵、报效国家、奉亲养家的道路也给堵塞了。

仕进是唐人生活的一个重大主题。李贺在仕途的第一步就摔了跤,受

---

① 闻一多《唐诗杂论·贾岛》,见《闻一多全集》第3卷,北京:三联书店,1982年,第39页。
② 李泽厚《美的历程》,第150、155页。

了打击,并且这打击又是一伙奸佞小人,蒙着封建礼教的面纱,用貌似合理的借口,狠狠打了他一闷棍。他凭直觉感到周围空气的浊臭、沉重,像铅块一样向他压来。他经常做梦,有天仙、玉女、何麻姑、苏小小,但更多的是树魅山魈,嗷嗷鬼叫、幽幽磷火、凄凄夜雨,秋风撕着纸钱,古墓中发出使人毛骨悚然的怪声……黑暗的投影、心理上的恐怖与精神上的苦闷,作用于这个体弱多病、涉世未深的青年,于是造成了他的病态心理和分裂性格。他的许多引人争论、使人费解、幽峭孤深的作品,正是这种情绪的表现,这种性格的外化。

为什么李贺的一些作品晦涩难懂、说理不透呢?他年龄和阅历的制约性与规定性告诉我们,李贺没有,也不可能把一切看穿。他苦闷矛盾,徘徊不前,对生的否定,对死的憧憬,而又终不敢去死;粪土权门,淡泊利禄,而又始终惦记着功名仕进;对龌龊人世的生理性厌恶,对游仙出世的欣慕企求,而又终不忍抛妻别母,忘怀人世。比较而言,李贺既没有李白那样豁达宽阔的胸襟,凡事能娱酒消愁,自求解脱;也没有杜甫那种"江流石不转"的不拔毅力,忍辱负重,不论穷达皆以天下为己任;甚至还没有稍晚于他的杜牧那种"十年一觉扬州梦,赢得青楼薄幸名"的风流自赏。他对身之所历、目之所见、耳之所闻的许多可愕、可怪的事永远不能理解,终生不得解脱。思想的暧昧是作品内容晦涩的主要原因之一。

其次,也正如姚文燮、陈沆等屡屡指出的,为了远祸防谗,情不敢言,又不能无言(姚文燮《昌谷诗注自序》),只能采取曲折隐晦的方式,借古题写时事,"寓今托古,比物征事,刺切当世之隐,销铄壮士之怀,苟不韬晦,必至焚身"(陈沆《诗比兴笺》卷四)。

二十岁本是人生最具诗情画意、最富有诱惑力的时代,白日放歌,青春作伴,消度锦片也似的韶光。而李贺在二十岁时,却骑着疲驴,迎着衰飒的秋风、飘落的红叶,行走在洛阳——长安的驿道上,为仕进、为生活奔波。请看他给自己描绘的这一幅寒酸可怜的自画像:

长安有男儿,二十心已朽。(《赠陈商》)
我当二十不得意,一心愁谢如枯兰。衣如飞鹑马如狗,临岐击剑生

铜吼。(《开愁歌》)

并且头发也花白了,秋风中、明镜前一根根脱落:"病骨伤幽素,秋姿白发生。"(《伤心行》)"归来骨薄面无膏,疫气冲头鬓茎少。"(《仁和里杂叙皇甫湜》)"日夕著书罢,惊霜落素丝。镜中聊自笑,讵是南山期。"(《咏怀》其二)面对着镜中的白发衰颜,他几乎不敢相信那就是自己,苦笑一声,强忍着忧愤,而牵动的情绪却是揪心割肠般的疼痛。《马诗二十三首》比物征事,以马喻人,那些瘦骨敲铜声、快走踏清秋的天驹龙骥、赤兔神骓,不被人识,不为世用,以致"饥卧骨查牙,粗毛刺破花。鬣焦朱色落,发断锯长麻"。这是瘦骨突露、困顿摧折的马的写真,也是潦倒落魄、坎坷失意的人的象征。

按理说,李贺有生之年,正是青春鼎盛时期,他应该写出"天生我材必有用"、"会当凌绝顶,一览众山小"这类意气风发的华章丽句,然而他的大多数作品却不是青春的颂歌,不是生命的交响乐,更绝少对统治者的膜拜礼赞,而是猿啼鹃泣,树死花残,红衰翠减,老鸦木魅,一股愁苦悲凉之气迎面扑来,一组组奇特的意象叠加并列,"丽句清词,遍在词人之口;含冤抱恨,竟为冥路之尘"(徐应秋《谈荟》)。

时代的制约,情绪的压抑,性格的扭曲,心理的变态,变态的外化和表现就形成了他的诗风,形成了他作品"辞"与"理"的特殊关系。

李贺是一个怀疑论者。巨大的世界之谜,未来生活之谜,人类命运之谜,灵与肉的冲突和矛盾,这些深奥的、使古今多少睿智的哲人都望而生畏的命题,却迫使这个天真的少年去思考。《昆仑使者》中的"元气茫茫收不得,说出天人之际无干涉处"(王夫之《唐诗评选》卷一),《苦昼短》用"天问"笔法,对"月寒日暖,来煎人寿"的严酷而又不可抗拒的现实,对古今求仙致寿的举动,提出了一连串的诘问质疑。

外的否定往往与内的追求相联系。对宇宙人生反思的另一方面,就是对自我在宇宙坐标轴上位置的确定,对个人存在的哲学相对论的探求。朱自清《李贺年谱》引洪为法云:"贺惟畏死,不同于众,时复道及死,不能去怀;然又厌苦人世,故复常作天上想。"①一方面,他对外在的帝王神仙是那样蔑视,"当时飞去逐彩云,化作今日京华春"(《荣华乐》),"屈平沉湘不足慕,徐衍入海诚为愚"(《箜篌引》),"黄尘清水三山下,更变千年如走马"(《梦天》)。瞧他多么超然旷达,无是无非,仿佛亲历了几千年天地之间、人神之际的沧桑巨变,把一切都看穿了。另一方面,一言及自身,联想到他的遭遇,就感到恐慌不安。"其于光阴之速,年命之短,世变无涯,人生有尽,每感怆低徊,长言永叹"②,不再是静穆冷漠的观照了,而是"心事如波涛,中坐时时惊。"《感讽五首》其三中渲染的鬼雨飘洒,风前人老,漆炬迎人,墓萤纷扰,《公无出门》中的愤激颓丧,厌生惧死,都表现出李贺对于生的百无聊赖与死的极度恐惧,充满着宿命的惶惑和失望的痛苦。

李贺是一个感情远胜于理智的诗人,才华卓荦而阅历短浅,鉴于他多病早衰,心中愁绪郁结不舒,在生命的旅程中,始终没有冲破比较狭窄的生活圈子,而是把更多的注意力转向个人命运和心灵潜层。他虽然没有像李白那样受道箓,但在内心却是神仙境界天真的梦幻者,是企羡离绝现世的臆想者③。他的《神弦曲》、《神弦》、《神弦别曲》可以看作是相互关联的迎神礼魂的三部组曲,而《梦天》、《天上谣》、《瑶华乐》、《兰香神女庙》、《贝宫夫人》等一系列曾使研究者感到棘手难解的作品,其游仙泄隐的主题也就昭然若揭了。

遇合仙姝,是李贺这类作品的固定情节。他用世俗的眼光来看威严至尊的神像,把她们描绘成莲脸丹唇,袒臂露肤,含情脉脉,禁不住青灰冷寂的少女处子。在唐代道释人物画和石窟佛像中,曾有"菩萨宫娃样"的说法,李贺的一些作品也采用了这种手法。弄玉、青琴、瑶姬、湘妃、西王母、萼绿华以及贝宫夫人和兰香神女等,全被诗人搜罗编采入诗,来赴诗人的幽会,人神交欢,情意缠绵。对李贺诗中的这类现象,道学家们深恶痛绝,或避而不谈,似乎怕玷污了他们;现代的一些论者则简单地目为是对理想生活的追

---

① 《朱自清古典文学论文集》下册,上海:上海古籍出版社,1981 年,第 522 页。
② 钱锺书《谈艺录》,第 58 页。
③ 陈允吉《〈梦天〉的游仙思想与李贺的精神世界》,载《文学评论》1983 年第 1 期。

求和渴望。笔者觉得,这类作品一方面继承了秦汉以来游仙诗的模式,受张鷟传奇《游仙窟》的影响,用六朝文人描写女性的色泽和笔法;另一方面则是诗人思绪纠结而凝想出神,"泄其隐情,偿其潜愿",是他内心本能在冲突扭曲状态下的显现,是他的欲求和希望在梦境幻想中的满足。李贺曾和一个非婚女子情意浓密,《恼公》《七夕》《苏小小墓》等诗可以看出这种关系。但是,李贺于此意想神往的东西,同实际生活存在着一道不可逾越的屏障,所以经常带有浓厚的悲剧情味和乖戾的病态色调。其隐情潜愿托之于梦,言之于诗就形成了游仙泄隐的作品。需要指出的是,这类作品对传统的伦理道德固然是一种大胆的挑衅和冲击,但又是歧途的误入,不健康的流露,当潜意识流动时,作品就显得有些荒诞不经。如《恼公》中大段描写女子的服饰、容颜、神态,近乎轻亵色情。

天纵其才的李贺,呕尽心血,却培育出这一颗颗硕大的"怪果",对此我们感慨万端,既惊叹诧异,又深惋愤恨。叹其石破天惊,笔夺造化,在唐代名家如林的诗苑中,戛戛独造,自成一家;惋其艺术才华未能正常发展,外忧内伤,泪渍刀痕,使这棵本可与李杜比肩的大树,变成为错节盘根的矮松;愤天道无情,夺其华寿,人世险恶,绝其生途。

从以上的剖析可知,李贺的作品很多不是简单的现实的翻版、生活的实录,也不是不知所云、题旨肤浅,而是在如花美女的形象背后,在幽深奇峭的意境之中,在故作通脱旷达的兴致之外,隐匿着一个贵族青年愁苦的内心世界,随着情绪波澜的涨落起伏,显现出一个陌生的大陆,一个感情的荒岛。如果要说反映的话,我们可以这样说:李贺绝大多数作品是中唐甚至推而广之是整个封建时代受压抑和窒息、被扭曲为畸形的知识分子的心灵雕塑,是被扼住喉管发出的泣血歌吟。他是这特殊时代的产儿,时代的病症遗传给了他。他也曾怀疑、仇视甚至抨击过时代,但始终没有迈出最后一步,成为时代的逆子贰臣。而是在现实与理想的矛盾冲突中,在内心兴奋亢进与外境抑制压迫的夹击下,在生与死临界线的徘徊中,心力交瘁,变态失常,抑郁而亡。他是扭曲的,故不合常情、常理、常态;他是扼着喉管唱出来的,故有些沙哑、苦涩甚至凄惨;他是欲望在想象中的满足,故有些潜在、病态甚至猥琐,难以启齿言语。

中国古代诗史有个奇特的现象,一方面抒情文学发达,言志缘情之说甚早,绝大部分的作品都是感发抒愤之作;另一方面,所言之志,所抒之情又都是经过沉淀过滤、规范入格的,涂有浓重的社会伦理色彩,要求乐而不淫,哀而不伤,中和无邪。从作品内容知情理意诸要素来看,更多地强调有社会伦理思想和功利精神的意、理、知,而忽略或者压制纯粹亢奋激烈、隐秘变化的情感宣泄。用这种正统刻板的审美眼光看李贺诗,自然会感到惊愕诧异,不可理解。最流行的唐诗选本,清人孙洙的《唐诗三百首》甚至连李贺一首诗也未选,究其原因,正是这种心理作祟。一些人虽好其辞,也只能通过随意诠解,给李诗披上合理的伪装,故使世人难辨其旨。

(三)

把握住了李贺的"意",那么对其"辞"——所采用的形式和表现手段就容易理解了。需要首先辩证的是,人们对诗歌(或其他文艺体裁)的内容和形式往往理解片面,把两者割裂开来,对立起来。谈到诗歌的形式,以为仅仅就是五七言、平仄格式、词牌曲调、商籁体、抑扬格,这实属皮相之见。每一首诗孕育躁动于诗人的胸中,倾吐成形于诗人奔走的笔端,以它独特的物质显现作用于欣赏者的视听感官,这才是艺术作品形式的真正内涵。在这里,思想的表现、内容和形式应该是血肉的融合,完整的有机体。用列宁的话说就是:"形式是本质的,本质是有形式的。不论怎样也是以本质为转移的。"①克罗齐也说:"这一事实是永远被承认的:内容因形式而组成,形式由内容来充实;感觉是具有形象的感觉,形象是能被感觉的形象。"②从这个角度看,李贺诗的思想内容与表现形式是统一的。因为正是这种特殊物质手段、组合方式,而且也只能是这种手段和方式,才可以载寓他忧愤的情思,申诉他难言的苦痛。但从更高意义上说,如前面所分析的,这是一个充满世纪

---

① 《哲学笔记——黑格尔〈逻辑学〉一书摘要》,见《列宁全集》第55卷。北京:人民出版社,1990年,第120页。

② 〔意〕克罗齐《美学》,北京:作家出版社,1958年,第15页。

末思潮的病态社会,经久受压遭斫,使这株天才的苗子未能成为修枝嘉木,而是蜷曲斜生。诗人竭尽平生之心血,浇灌出的却是病枝怪果。这是人为的、扭曲的,而非自然天成、舒卷自如的,有悖于传统的审美理想。

那么,李贺诗的艺术形式和表现技巧具体有哪些特征呢?一般特色,诸如浪漫主义,师法屈原、李白而又有所创新,想象奇特,设色瑰丽,离绝凡近等等,人们已谈了许多,这里想换一个角度,作一点新的探索。

1. 超越现实的时空观

诗歌可以不受时间、空间的限制,从情感逻辑出发,对生活现象、情思意绪进行重新组合、变形。可以"观古今于须臾,抚四海于一瞬","精骛八极,心游万仞"。但是在中国古典诗歌中,像李贺这样出现错综变化的时空,极度飞跃的想象,却是很少的。他的作品时而天上仙境,时而地下阴界;时而远古幻觉,时而当代现实;时而杏花红雨,时而荒沟古水;时而笙管和鸣,时而鬼哭狸嗥。如《天上谣》、《苦昼短》、《浩歌》等都呈现出宇宙性展望[①]。

同印欧语系中的诸语种相比,古汉语本身缺少固定的时态变化。这个特点用于论述事理,似乎欠于精确,但用于诗歌创作,却为诗人打开无限方便法门。李贺利用汉语的这个特点,把不同时代、出于不同典籍或不同场合的人神请到一起,置于眼前,把属于自己臆想的、向往的也糅合进去,使作品中过、现在、未来三个时段或错综交互,或并置同现。《苦昼短》中的任公子、刘彻、嬴政,《相劝酒》中的羲和、青帝、蓐收(秋神)、尧舜各属不同时期的历史人物、神话英雄,《瑶华乐》中将升昆仑之丘、观日之出入、宾于西王母三件各不相属的事,连缀起来,合而为一。

在空间上,由于古汉语较少使用前置词和关联词,句子的粘合力特别强,更易于造成意象的并列叠加,富有伸缩性和弹性。李贺诗中,如《梦天》,开始是仙境——鸾佩相逢桂香陌,接着是时间推移、空间移换——俯视人寰:千年如走马,齐州九点烟。《秦王饮酒》中"劫灰飞尽古今平"一句,

---

① 〔美〕刘若愚《中国诗中的时间、空间与自我》,见《古代文艺理论研究》第4辑,上海:上海古籍出版社,1981年,第167页。

则把只能在空间中横向运动的物体——飞灰,延伸到时间长河中作纵向运动——古今平,更显得突兀奇崛。

长吉诗时空表现的另一特点,由于他的宇宙观的决定,对时空的看法,也表现出极度的主观随意性。为了表现的需要,他可以把瞬间说成永恒("长眉凝绿几千年","城头日,长向城头住,一日作千年,不须流下去"),也可以把千年等同弹指间("尧舜至今万万岁,数子将为倾盖间","更变千年如走马");席地看作无垠,广袤的中国视为一泓海水九点烟。偌大的宇宙如一块油泥,由诗人变戏法般随意捏塑,时间似乎是诗人手中的一把缩放尺,可以任意放大缩小。

2. 富于跨度和张力的比喻

瑞恰慈《修辞哲学》中说:"比喻是不同语境间的交易。"要使比喻有力,就必须使比喻的两造之间保持一定的距离,造成人们心理上的空白感和期待感,诱发人们的想象和思索。同样是喻乐声琴音,白居易的"大弦嘈嘈如急雨,小弦切切如私语",形象生动,但喻体和本体间的距离太近,回味思考的余地太小,而李贺的"昆山玉碎凤凰叫,芙蓉泣露香兰笑"采用"远程交易式"的比喻,本体和喻体之间距离较远,相似点不很明确,就显得曲折幽深,只有借助联想的桥梁,才能构成形象。另如"银浦流云学水声"(《天上谣》),"羲和敲日玻璃声"(《秦王饮酒》),"玉轮轧露湿团光"(《梦天》)等,都属于这种"远程交易式"比喻。

但是比喻的两造间如果过分遥远,相似点太隐蔽,脱离开具体语境,抽掉作为联想的中介,就会显得晦涩,令人难以理解。这个弊病,李贺诗中也存在。《答赠》首句"本是张公子,曾名萼绿华",开口就用典,并且把两个不同时代、各不相干的人物放到一块,离开注释是很难明了的。《钓鱼诗》、《假龙吟歌》用字、用典都过于纡曲晦涩,意义反欠明澈,减却了不少诗的趣味。

李贺有感于大历以来诗坛上出现的圆滚软熟的诗风,因此在造句设喻上独辟蹊径,他有时故意选用僻典怪字,也是为了使语词在人们心理上造成生疏感,激发注意力,从而使比喻活化、奇化,使形象与意义产生距离,使意象产生纵横跨度的张力。钱锺书先生指出:"古人病长吉好奇无理,不可解会,是盖知有本义而未识有锯义耳。"①可谓至论! 锯义者,诗歌的不确指性,形象的多棱面性,语词的模糊性。

3. 富有感觉印象的词汇

在用词上,李贺善于选用那些富有质感的感觉印象强烈的词汇。光、色、形、味、线条交织成浓墨重彩、斑驳绚丽的画面。他的诗除具有浓厚的色彩感外,还有低沉与高昂的音响感,秋气与严霜的寒冷感,甚至有压、摧、满、凝、卷的沉重感……把多种感觉因素汇总沟通,使人逗发多方面的感觉反应,对于烘托气氛,暗示情绪,引起联想,有极重要的作用。

关于李贺喜用泣、啼、凝、愁、血、泪、鬼、寒、瘦等感觉色彩强烈、伤感意味沉重的字眼,刺激读者的官能和情绪,前人多已指出。这里拈出另一个他所喜用的字眼——"白",稍作分析。白是一个富有光感的词,由光谱中七种自然光折射而成,所以既是单纯的,又是复合的;既具有充盈一切,无所不容的空间感,又是寥落虚无的象征。李贺用"白"常伴随着哀愁肃杀气氛,空旷寂寥,丧尽生机,充满失望的情感。如"蕃甲锁蛇鳞,马嘶青冢白"(《塞下曲》),"芦洲客雁报春来,寥落野湟秋漫白"(《梁台古意》),"秋野明,秋风白,塘水漻漻虫啧啧"(《南山田中行》),"雄鸡一声天下白"(《致酒行》)。

4. 移情的表现方法

移情是一种艺术创作和欣赏的心理现象。维柯说:"诗的最崇高的劳力就是赋予感觉和情欲于本无感觉的事物。"②更明确地说,就是将在我之情外射到无生命的外物表面,使物皆着我之色彩,我歌月徘徊,我舞影零乱;登山则情满于山,观海则意溢于海。天地含情,草木知意;"芙蓉凝红得秋色,兰脸别春啼脉脉"(《梁台古意》),"芙蓉泣露香兰笑"(《李凭箜篌引》),"厌见桃株笑"(《铜驼悲》),均言花啼笑,并且由花草之笑进一步推

---

① 钱锺书《谈艺录》,第51页。
② 〔意〕维柯《新科学》,北京:人民文学出版社,1986年,第98页。

至灯花、雪花亦能笑,如"缸花夜笑凝幽明"(《十月》),《嘲雪》中的"雪"竟会"乱笑含春语"。

色彩本是不同质地的物质对于光的反射,无所谓主观色彩,但在李贺笔下,大量出现细绿、寒绿、静绿、团红、冷红、老红、愁红等饱蘸诗人主观情绪的色调,这同样是移情的结果。李贺还有些作品,一部分一部分可以看得懂,合起来却觉得茫然。在这里,诗人要表现的不是明晰的思想,而是感觉和情感。你能感到意象的跳跃晃动,旋律的回环起伏。类似音乐的表现,我们只能大致感受到某类情绪,但不能准确地理解和说明。有时,作者故意抽走诗中标志逻辑关系的线索,违背寻常诗的章法,只留下红红绿绿的色彩和璀璨夺目的散珠。钱锺书曾一针见血地指出:"余尝谓长吉文心,如短视人之目力,近则细察秋毫,远则大不能睹舆薪;故忽起忽结,忽转忽断,复出傍生,爽肌戛魄之境,酸心刺骨之字,如明珠错落。"①

这与"首句标其目,卒章显其志"的元白乐府相去甚远,与一些单纯的抒怀咏理诗也有区别,与他所祖承的屈骚的义贯珠联也不同。强作比较的话,法国的波德莱尔,五四时期的李金发倒有些类似李贺,难怪有人说李贺是生得太早的现代诗人②。

在对李贺作品中"辞"与"理"的特异性,以及产生这些特点的原因作了一些探讨之后,我们也不得不遗憾地承认,他的诗有许多缺陷,总括起来,有如下数端:

(1) 年龄和阅历的制约,心理的病态和扭曲,远祸防谗的苦衷,造成了他一部分作品思想的暧昧、内容的晦涩。

(2) 客观上是时代和社会没有给他提供奋发有为的机会,主观上是他没有走向社会生活海洋的深处,开阔视野,吸收新鲜空气,没有将时代潮汐、社会风云、胸中激情融为一炉,化为笔底波澜,而是一味地朝心灵的潜层退缩,向感情的芜岛上开掘,虽慷慨,总觉凄惨;亦动情,又嫌单调;具形象,却

---

① 钱锺书《谈艺录》,第46页。
② 余光中《从象牙塔到白玉楼》,转引自《古代文艺理论研究》第3辑,上海:上海古籍出版社,1981年,第338页。

难把握。

（3）艺术创新要适度。大历诗风是对盛唐"风骨两挟，情韵兼备"诗风的反动，而韩孟特别是李贺则又把诗领向另一个峭壁悬崖，虽蔚为奇观，但亦危险可恐。

"'铅华之水洗君骨，与君相对作真质'，欲持斯语，还评其诗。"[1]洗去堆在李贺诗上的铅华金粉与不实之词，露出真正的韶美之质，也露出斑痣和瑕疵，就可看清这位多病的庞眉书客的真容，他的辞与理，骇世惊俗、笔补造化的创造就视而可见了。

---

[1] 钱锺书《谈艺录》，第57页。

结语　欲穷千里目，更上一层楼

一

以上，我们对唐诗在其发展过程中所形成的一些特色，进行了粗线条的勾勒与描述，并试图对这些现象进行历史与逻辑的阐释，以便对风骨凛然、兴象玲珑、意境悠远、神韵超然的艺术奇观作一现代解说。

仿佛是一次仙游，"忽魂悸以魄动，恍惊起而长嗟，惟觉时之枕席，失向来之烟霞"（李白《梦游天姥吟留别》）。在艺术美的阆苑仙境中兜了一圈风，千岩竞秀，万壑争流，云兴霞蔚，使人目不暇接，但醒来后我们除了感叹沧桑巨变、白云苍狗，又能如何？又犹如一次邂逅，不期而至，但来去匆匆，"去年今日此门中，人面桃花相映红。人面只今何处去，桃花依旧笑春风"（崔护《题都城南庄》）。今昔相形，物是人非，我们只能怅惘不已。

但譬喻总是蹩脚的，艺术并非是只今何处去的人面，而是依旧笑春风的灼灼桃花，是那一抹映在天幕上的绯红，是人类心灵上的永恒霞光，来去匆匆的是天地逆旅中的过客，包括笔者这类饶舌的唐诗解说者及其解说本身。宋代盛传的"千家注杜"并没有淹没杜诗，反倒淹没了注释者本身，杜诗是不废江河万古流，是历久弥新的。袁中道说："诗莫盛于唐。一出唐人之手，则览之有色，扣之有声，而嗅之若有香。相去千余年之久，常如发硎之刃,新披之萼。"(《珂雪斋文集》卷二《宋元诗序》)明人还说:"唐人之诗……其色泽妍,如旦晚脱笔砚者;今人之诗……才离笔砚已似旧诗矣。"(江盈科《雪涛阁集》卷八《敝箧集引》)"新披之萼"、"其色泽妍"讲得形象深刻,唐诗的最大特色、盛唐气象的最本质因素就是"其色泽妍",就是历久弥新,就是一种新鲜活力,一种兴发感动的潜能,这是一种不可企及的范本,宋以来的西昆体、江西派、前后七子均未能步入此奥境,我们更无法模仿,只能粗浅地解说。唐诗的魅力就如那色泽鲜妍、依旧笑春风的灼灼桃花,对此我们只能惊愕,怅惘,望洋兴叹。

二

对唐诗的研究,可以采用多种方法:校勘、注释、点评、集说、编年、本事探索,史实考证、作者创作心灵的描述,作品艺术特点的鉴赏以及诗体形成、诗风消长、诗史发展的宏观把握。当然还有所谓的社会学的方法,以诗证史的方法,不过这已轶出文学的圈子,把手伸到其他学科领域中去了。本书则是对构成唐诗独特魅力的不同因素作一些现代阐释。

唐诗无疑包含着极其丰富而深刻的美学内容,可供有才气、有识力的学者作为重大课题进行深入细致的长期研究。笔者在本书中摒弃了对美学的那种狭义的理解,而代之以一种自由活泼的形式、宏大开阔的视角,重新审视我们民族艺术宝库中这笔弥足珍贵的遗产。虽然笔者也曾设想以唐代出现的诗学范畴为研究对象,分析每个范畴的准确含义,并勾勒出这些范畴生成发展过程中的历史背景和逻辑链条,指出创作与理论的各种复杂的交合对位关系——这种研究自然是极有意义的。但笔者以为唐诗的创作实际与理论总结之间,并非是对应关系。相对于创作的空前繁荣、异常丰富来说,理论有些单薄,甚至粗糙简单。比之于此前的魏晋六朝和其后的宋元明清,理论都处于低谷。在六朝体大思精、皇皇巨著的《文心雕龙》和评判古今的《诗品》以及宋代的《沧浪诗话》之间,唐代诗论领域简直有点冷落寂寞。除了唐初史学家和政治家的一些文学见解以及陈子昂关于"风骨"、"兴寄"的主张,对日后的诗歌发展起到一些指导作用外,我们发现,就整个唐代而言,理论不是超前的预测,而是一种滞后的说明。盛唐创作高潮过去之后,一直到中唐时期才产生了皎然的《诗式》,对王孟等人的创作经验进行了初步总结;晚唐社会动乱,诗歌创作凋零时,才出现了司空图的《二十四诗品》,以诗的直致思维来启发人们领悟诗的风格意境。对唐诗的理论总结一直要到宋代严羽的《沧浪诗话》、清代王夫之的《姜斋诗话》、王士禛的《渔洋诗话》、晚近王国维的《人间词话》出现才基本完成,前后延续了一千多年。原因何在呢? 可能有许多种说法。笔者以为除了诗歌创作和理论发展自身的规律外,恐怕与唐人尚意兴、重情致、主体验、崇自然有关。不仅仅是诗歌理论,从哲学史和思想史的角度来看,这一时期出现的理论范畴和命题也是比较少的。罗根泽先生曾针对韩愈的古文理论讲了一段颇为深刻的话:

> 韩愈所抓着的儒家之道,其义蕴已为周秦两汉的儒家发挥殆尽,至韩愈已无多可言,故虽有"信道笃"的愿念,也只能作实行的儒家,不能作理论的儒家。苏轼《韩愈论》云:"韩愈之于圣人之道,盖亦知好其名矣,而未能乐其实。何者? 以其论甚高,其待孔子孟轲甚尊,而距杨墨佛老甚严,此其用力亦不可谓不至矣。然其论至于理而不能精,支离荡佚,往往自叛其说而不知。"(东坡七集,应诏集卷十八)实以儒理已为以前的儒家说尽,故韩愈只能据儒理以排斥佛老,不能对儒理有新的发明。故韩愈虽自言重道轻文,而结果还是文章家,不是哲学家。①

说儒家道统的意蕴已发挥殆尽,似有些过分,但说韩愈对儒家之道的强调主要意义在社会政治方面,并不在思辨哲学方面,韩愈的功绩主要表现在道德实践与创作方面,并不表现在理论的原创与总结方面,却是符合事实的。这种理论较之于创作实践相对薄弱和滞后的现象,也是导致本书无法写成一本唐代诗歌美学范畴逻辑发展史的一个重要原因。

---

① 罗根泽《中国文学批评史》第 2 册,上海:上海古籍出版社,1984 年,第 143 页。

三

　　庄子说:"筌者所以在鱼,得鱼而忘筌,蹄者所以在兔,得兔而忘蹄,言者所以在意,得意而忘言。"(《庄子·外物》)理论与方法固然有其自身的价值,但理论与方法之所以被我们所采用,是因为它是一种开启自然奥秘的利器,是迫近事物本质的一种工具,是到达彼岸的筏子。我们的主要目的是探求本质,诠释魅力,而采用什么方法倒还是次要的,关键处可以弃舟舍筏,直奔彼岸,抛开言语思维,明心见性,直摄物之魂魄。所谓"鱼相忘于江海,人相忘于道途",恐怕也包含着不执著于方法、不停留于形式的含义。与禅家的拈花微笑,道体心传出于同一思致。

　　令笔者感到困惑的是,即便想全身心放松,来领悟和解读唐诗魅力的奥秘,但所期甚厚,而所获甚浅,只能将这样一些粗糙的文字、肤浅的思想提交出来。当然,这主要恐怕还是由于笔者的功力与修养不到家,底气不足。古人讲"人书俱老",也许只有到鬓已星星也,才能知天命,体合宇宙的合规律性与合目的性,从心所欲而不逾矩,领悟文道的深邃,恍然文心的奥秘,才能写出藏之名山、传之后世的杰作。如此,这将是长久的追求,终吾身而已矣。

　　但另一方面,中国文化又一直认为"书不尽言,言不尽意",唐诗文本的兴象与意境中所包含的丰富内容,要比任何诠释与鉴赏辞典所揭示的都要复杂深刻。概念总是一般的东西,而任何一般只是具体的一部分、一方面。任何个别都不能完全进入一般,因此,依靠概念和逻辑语言,不可能充分表现(完全穷尽)特殊的、个别的事物。对艺术的审美分析只能是一种抽象,有所抽象就必须有所舍弃,不能把具体形象的一切方面、一切内蕴毫无遗漏地揭示出来。抽象、提纯、升华的过程,也就是丧失感性和丰富性的过程,耗散诗意光辉的过程,这是一个语言哲学的永恒悖论。笔者在此两难抉择中,也只能陷入一种尴尬窘迫的境地。

　　写到这里,我蓦然悟出了司空表圣为什么要以形象来展示诗境,严沧浪为什么要把唐诗的极致标举为"不着一字,尽得风流","镜中之花,水中之月,羚羊挂角,无迹可求",而不作逻辑的概括与分解。当然,在此处讲恐怕有为自己寻找避难所的嫌疑。

但既然言永远无法穷尽意,象永远包含着比我们所预想到的丰富得多的含义,那么,笔者也无须龟缩在避难所中。本书的框架和内容并不敢自诩是一个固若金汤的水泥堡垒,毋宁说更像一个透明的玻璃房,等待四面八方投掷来的土石块,将它砸个粉碎。言既然没法穷尽意,那么,任何人对艺术的诠解也只能是以管窥天,以锥刺地,得其一点而已,这样就形成了解释的无限性和开放性。

丰神绰约、情韵无限的唐诗女神,恐怕会永远在我们的面前"巧笑倩兮,美目盼兮",如依旧笑春风的灼灼桃花,我们"溯洄从之,道阻且长;溯游从之,宛在水中央",永远无法靠近占有这美的精灵,而引发我们的,除了企恋与追求外,也只能如杜甫悲宋玉一样:

怅望千秋一洒泪,萧条异代不同时。(《咏怀古迹五首》其二)

时间的阻隔与境遇的类似,只好洒泪以明心迹,但是也还有可与江河日月并存的"胜迹"——人的精神创造。年寿有时而尽,荣乐只此一身,而精神创造却不假史家的溢美谀颂之词,不托飞扬跋扈的气势,超越时代,超越历史:

屈平辞赋悬日月,楚王台榭空山丘。(李白《江上吟》)

生前沦落寂寞而死后声名自传于后的岂止屈原,还有李白、杜甫、白居易、韩愈、柳宗元、李商隐……一代天骄,几多富贵皇帝,俱往矣!但布衣诗人的创造却在后代人的眼前矗立起丰碑,在咿呀学语的稚童心田上播撒下希望的种子:

白日依山尽,黄河入海流。欲穷千里目,更上一层楼。(王之涣《登鹳雀楼》)

这不仅仅是古籍,是童蒙幼学的小品,同时也是启迪人们领悟宇宙运行、社会进步的一个阶梯。

主要参考文献

朱熹《四书章句集注》点校本,北京:中华书局,1983年。
刘宝楠《论语正义》点校本,北京:中华书局,1986年。
杨伯峻《论语译注》,北京:中华书局,1980年。
焦循《孟子正义》点校本,北京:中华书局,1987年。
杨伯峻《孟子译注》,北京:中华书局,1960年。
朱谦之《老子校释》,北京:中华书局,1984年。
陈鼓应《老子注译及评介》,北京:中华书局,1984年。
郭庆藩《庄子集释》点校本,北京:中华书局,1961年。
陈鼓应《庄子今注今译》,北京:中华书局,1983年。
逯钦立校注《陶渊明集》,北京:中华书局,1979年。
北大中文系编《陶渊明诗文汇评》,北京:中华书局,1961年。
黄节《谢康乐诗注》,北京:人民文学出版社,1963年。
曹融南《谢宣城集校注》,上海:上海古籍出版社,1991年。
李善注《文选》标点本,上海:上海古籍出版社,1986年。
杨伯峻《列子集释》,北京:中华书局,1979年。
刘昫等《旧唐书》点校本,北京:中华书局,1975年。
欧阳修、宋祁《新唐书》点校本,北京:中华书局,1975年。

司马光《资治通鉴》点校本,北京:中华书局,1956年。
杜佑《通典》点校本,北京:中华书局,1988年。
李林甫《唐六典》点校本,北京:中华书局,1992年。
王溥《唐会要》排印本,北京:中华书局,1955年。
彭定求等编《全唐诗》标点本,北京:中华书局,1960年。
董诰编《全唐文》影印本,北京:中华书局,1983年。
陈尚君《全唐诗补编》,北京:中华书局,1992年。
李昉等编《太平广记》点校本,北京:中华书局,1955年。
邵博《邵氏闻见后录》标点本,北京:中华书局,1983年。
韩理洲《王无功文集五卷会校》,上海:上海古籍出版社,1987年。
任国绪《卢照邻集编年笺注》,哈尔滨:黑龙江人民出版社,1989年。
赵殿成《王右丞集笺注》排印本,上海:上海古籍出版社,1984年。
陈铁民《王维集校注》,北京:中华书局,1997年。
李景白《孟浩然诗集校注》,成都:巴蜀书社,1988年。
徐鹏《孟浩然集校注》,北京:人民文学出版社,1989年。
李云逸《王昌龄诗注》,上海:上海古籍出版社,1984年。
王琦注《李太白全集》排印本,北京:中华书局,1977年。
安旗主编《李白全集编年注释》,成都:巴蜀书社,1990年。
詹锳主编《李白全集校注汇释集评》,天津:百花文艺出版社,1996年。
仇兆鳌《杜诗详注》排印本,北京:中华书局,1979年。
孙钦善《高适集校注》,上海:上海古籍出版社,1984年。
陈铁民、侯忠义《岑参集校注》,上海:上海古籍出版社,1984年。
钱仲联《韩昌黎诗系年集释》,上海:上海古籍出版社,1984年。
马通伯《韩昌黎文集校注》,北京:古典文学出版社,1957年。
阎琦《韩昌黎文集注释》,西安:三秦出版社,2004年。
吴文治等校点《柳宗元集》,北京:中华书局,1979年。
冀勤点校《元稹集》,北京:中华书局,1982年。
杨军《元稹集编年笺注》(诗歌卷),西安:三秦出版社,2002年。
朱金城《白居易集笺校》,上海:上海古籍出版社,1988年。

卞孝萱校订《刘禹锡集》,北京:中华书局,1990年。
冯集梧《樊川诗集注》标点本,上海:上海古籍出版社,1978年。
刘学锴、余恕诚《李商隐诗歌集解》,北京:中华书局,1988年。
李嘉言《长江集新校》,上海:上海古籍出版社,1983年。
王琦等《李贺诗歌集注》,上海:上海古籍出版社,1978年。
叶葱奇《李贺诗集》,北京:人民文学出版社,1959年。
范之麟《李益诗注》,上海:上海古籍出版社,1984年。
梁超然、毛水清《曹邺诗注》,上海:上海古籍出版社,1982年。
王夫之《唐诗评选》排印本,太平洋书店,1933年。
王士禛选《唐贤三昧集》石印本,渊古斋。
陈伯海主编《唐诗汇评》(上、中、下),杭州:浙江教育出版社,1992年。
王仲镛《唐诗纪事校笺》,成都:巴蜀书社,1989年。
李斌城主编《唐代文化》(上、中、下),北京:中国社会科学出版社,2002年。
傅璇琮《唐代诗人丛考》,北京:中华书局,1981年。
傅璇琮《唐代科举与文学》,西安:陕西人民出版社,1986年。
傅璇琮主编《唐才子传校笺》,北京:中华书局,1987年。
傅璇琮、蒋寅主编《中国古代文学通论·隋唐五代卷》,沈阳:辽宁人民出版社,2004年。
岑仲勉《唐人行第录》(外三种),上海:上海古籍出版社,1962年。
谭优学《唐诗人行年考》,成都:四川人民出版社,1981年。
陈贻焮《唐诗论丛》,长沙:湖南人民出版社,1980年。
傅庚生《文学鉴赏论丛》,西安:陕西人民出版社,1981年。
傅庚生《中国文学欣赏举隅》,西安:陕西人民出版社,1983年。
霍松林《唐宋诗文鉴赏举隅》,北京:人民文学出版社,1984年。
霍松林、傅绍良《盛唐文学的文化透视》,西安:陕西师范大学出版社,2000年。
王瑶《中古文学史论》,北京:北京大学出版社,1998年。
林庚《唐诗综论》,北京:人民文学出版社,1987年。
陈伯海《唐诗学引论》,上海:知识出版社,1988年。

罗宗强《隋唐五代文学思想史》,上海:上海古籍出版社,1986年。
袁行霈《中国诗歌艺术研究》,北京:北京大学出版社,1987年。
袁行霈主编《中国文学史》,北京:高等教育出版社,1999年。
章培恒、骆玉明主编《中国文学史新著》,上海:复旦大学出版社、上海文艺出版总社,2007年。
乔象锺、陈铁民主编《唐代文学史(上)》,北京:人民文学出版社,1995年。
吴庚舜、董乃斌主编《唐代文学史(下)》,北京:人民文学出版社,1995年。
陈允吉《唐音佛教辨思录》,上海:上海古籍出版社,1988年。
陈尚君《唐代文学丛考》,北京:中国社会科学出版社,1997年。
邓小军《唐代文学的文化精神》,台北:文津出版社,1993年。
房日晰《唐诗比较论》(增订本),西安:三秦出版社,1998年。
余恕诚《唐诗风貌》,合肥:安徽大学出版社,1997年。
葛晓音《汉唐文学的嬗变》,北京:北京大学出版社,1990年。
葛晓音《山水田园诗派研究》,沈阳:辽宁大学出版社,1993年。
葛晓音《诗国高潮与盛唐文化》,北京:北京大学出版社,1998年。
尚永亮《唐诗艺术讲演录》,桂林:广西师范大学出版社,2008年。
戴伟华《唐代使府与文学研究》,桂林:广西师范大学出版社,1998年。
莫砺锋《杜甫诗歌讲演录》,桂林:广西师范大学出版社,2007年。
王蒙《双飞翼》,北京:三联书店,1996年。
蒋寅《大历诗风》,上海:上海古籍出版社,1992年。
蒋寅《大历诗人研究》,北京:中华书局,1995年。
罗联添《唐代文学论集》,台北:学生书局,1989年。
罗联添《唐代四家诗文论集》,台北:学海出版社,1996年。
萧丽华《唐代诗歌与禅学》,台北:东大图书公司,1997年。
高友工、梅祖麟《唐诗的魅力》,上海:上海古籍出版社,1989年。
高友工《美典:中国文学研究论集》,北京:三联书店,2008年。
程抱一《中国诗画语言研究》(中文版),南京:江苏人民出版社,2006年。
松浦友久《唐诗语汇意象论》,北京:中华书局,1992年。
宇文所安《初唐诗》,北京:三联书店,2004年。

宇文所安《盛唐诗》，北京：三联书店，2004年。
宇文所安《追忆：中国古典文学中的往事再现》，北京：三联书店，2004年。
莫芝宜佳《〈管锥编〉与杜甫新解》，石家庄：河北教育出版社，1997年。
入谷仙介《王维研究》（节译本），北京：中华书局，2005年。
颜昆阳《李商隐诗笺释方法论》，台北：里仁书局，2006年。
王水照《唐宋文学论集》，济南：齐鲁书社，1984年。
范文澜《文心雕龙注》，北京：中华书局，1960年。
周振甫《诗词例话》，北京：中国青年出版社，1979年。
周振甫《文心雕龙注释》，北京：人民文学出版社，1981年。
黄侃《文心雕龙札记》，北京：中华书局，1962年。
陈延杰《诗品注》，北京：人民文学出版社，1961年。
王利器《文镜秘府论校注》，北京：中国社会科学出版社，1983年。
郭绍虞《宋诗话辑佚》，北京：中华书局，1980年。
郭绍虞《沧浪诗话校释》，北京：人民文学出版社，1983年。
魏庆之《诗人玉屑》标点本，上海：上海古籍出版社，1978年。
胡震亨《唐音癸签》标点本，上海：上海古籍出版社，1981年。
胡应麟《诗薮》标点本，上海：上海古籍出版社，1979年。
何文焕《历代诗话》标点本，北京：中华书局，1981年。
丁福保《历代诗话续编》标点本，北京：中华书局，1983年。
王夫之等《清诗话》标点本，上海：上海古籍出版社，1963年。
郭绍虞《清诗话续编》，上海：上海古籍出版社，1983年。
王幼安校订《蕙风词话》，北京：人民文学出版社，1960年。
徐调孚注《人间词话》，北京：人民文学出版社，1960年。
戴鸿森《姜斋诗话笺注》，北京：人民文学出版社，1981年。
黑格尔《美学》（中文版），北京：商务印书馆，1979年。
今道友信《东方的美学》（中文版），北京：三联书店，1991年。
W·顾彬《中国文人的自然观》（中文版），上海：上海人民出版社，1990年。
吴宓《文学与人生》，北京：清华大学出版社，1993年。
钱锺书《管锥编》，北京：中华书局，1979年。

钱锺书《谈艺录》(补订本),北京:中华书局,1984年。

钱锺书《七缀集》,上海:上海古籍出版社,1985年。

李泽厚《美的历程》,北京:文物出版社,1981年。

李泽厚、刘纲纪《中国美学史》,北京:中国社会科学出版社,1984年。

叶朗《中国美学史大纲》,上海:上海人民出版社,1985年。

刘若愚《中国文学理论》(中文版),南京:江苏教育出版社,2006年。

温儒敏等编《寻求跨中西文化的共同文学规律——叶维廉比较文学论文选》,北京:北京大学出版社,1987年。

叶维廉《中国诗学》,北京:三联书店,1992年。

黄永武《中国诗学》(思想篇、设计篇、鉴赏篇、考据篇),台北:巨流图书有限公司,2005年。

叶嘉莹《迦陵论词丛稿》,上海:上海古籍出版社,1980年。

叶嘉莹《迦陵论诗丛稿》,北京:中华书局,1984年。

叶嘉莹《诗馨篇》,北京:中国青年出版社,1991年。

龚鹏程《唐代思潮》,北京:商务印书馆,2007年。

郑临川《闻一多论古典文学》,重庆:重庆出版社,1984年。

伍蠡甫主编《西方文论选》,上海:上海译文出版社,1979年。

伍蠡甫主编《山水与美学》,上海:上海文艺出版社,1985年。

宗白华《美学散步》,上海:上海人民出版社,1981年。

宗白华《美学与意境》,北京:人民出版社,1987年。

萧驰《中国诗歌美学》,北京:北京大学出版社,1986年。

萧驰《抒情传统与中国思想:王夫之诗学发微》,上海:上海古籍出版社,2003年。

萧驰《佛法与诗境》,北京:中华书局,2005年。

柯庆明《中国文学的美感》,石家庄:河北教育出版社,2001年。

林兴宅《艺术魅力的探寻》,成都:四川人民出版社,1985年。

吴言生《禅学三书》,北京:中华书局,2001年。

张节末《禅宗美学》,北京:北京大学出版社,2006年。

葛承雍《唐韵胡音与外来文明》,北京:中华书局,2006年。

韩林德《境生象外:华夏审美与艺术特征考察》,北京:三联书店,1995年。
潘知常《众妙之门:中国美感心态的深层结构》,郑州:黄河文艺出版社,1989年。
松原朗《中国离别诗の成立》,东京:研文出版社,2003年。
植木久行《诗人たちの生と死:唐诗人传丛考》,东京:研文出版社,2005年。
于安澜编《画论丛刊》,北京:人民美术出版社,1958年。
郭绍虞主编《中国历代文论选》,上海:上海古籍出版社,1979年。
北大哲学系《中国美学史资料选编》,北京:中华书局,1980年。
李浩《唐代园林别业考论》(修订本),西安:西北大学出版社,1998年。
李浩《唐代关中士族与文学》,台北:文津出版社,1999年。
李浩《唐代三大地域文学士族研究》,北京:中华书局,2002年。

第五版后记

呈现给大家的这一新版教材,除了在内容方面有较多的订补外,原来还特意配插了许多与内容互相发明的图画资料。前一项工作其实早已做完,本希望在上一版中就体现出来,惜原出版社说修改只限于在原版上挖补,不能做较大的改动,故这些增订内容并没有吸收在前一版中。至于插配图画,除了表示在读图时代与时俱进、照顾读者的阅读习惯外,还基于我对诗画艺术关联性根深蒂固的理解。惜交稿后责编告知,鉴于此套教材的体例,插图要删掉,故一些自以为好的设想和辛勤劳动,在这一版中并没有体现出来。写作也是遗憾的艺术,这些缺憾只能留待将来弥补。另外,现在的书名与原名相较略有变化,也是为了迁就这套教材的统一要求,这些都是应该向读者朋友如实说明的。

从本书开始撰写,到推出这一新版,时间过去了将近二十年,用廿载光阴执著地批阅增删一本讲义,在这样一个文化快餐时代恐为许多智者所不齿。我之所以兀兀穷年,乐此不疲,是因为还有小众的读者和大批的学生不断鼓励支持。文末附缀几篇后记,也是想存下本教材在使用过程中的年轮和印记。

此次忝列本丛书由复旦大学出版社推出,要感谢陈思和、汪涌豪两位主编,特别是孙晶副总编屡与津梁,解决了许多实际问题,责编宋文涛博士认真负责,对提高本书质量亦多所贡献。我曾在复旦度过几年愉快的学习和研究生活,中文系的老师们给了我很多教益,学校也曾给了我许多荣誉,故本书由知名的复旦大学出版社出版，也含几分回报和感恩的微意。西北大学艺术学院教师温雅帮我搜集了图画资料，我的学生田苗、邱晓、田思扬等帮我校阅书稿。谨致公开谢意。

2008 年 7 月 6 日

附 录

初 版 后 记

这部书稿是利用暑期赶出来的,正式写作的时间并不长,从动笔到脱稿仅花了三个月左右,但它却是我十多年来研习唐诗心得体会的一次性喷发,长期的积压郁结,总感到憋得心慌,不吐不快,当其取于心而注于手时,文思汩汩,浩乎其沛然地奔涌出来。如此纵笔恣肆,就文而言,可能有芜杂不醇之嫌;但就我来说,却有一种宣泄后的快感,释重后的轻松。

数年前,曾负笈赴京华蔚秀园访学,著名唐诗专家陈贻焮教授曾对我说,他为了撰写《杜甫评传》献出了自己的一只眼睛,以陈先生的才华与功力,尚且如此勤苦认真,我辈自然无法比拟。但为了这部书稿,我亦曾冒着关中数十年罕见的酷暑高温,枯坐斗室,每日达十多小时,痴痴呆呆,喜怒无常,茶饭不思,终因精神失调,导致腹泻不止,最后干脆数日不进食。是否可以说,由于迷恋自己心目中的唐诗女神,我也曾被勾魂摄魄,衣带渐宽,形容憔悴。

学术研究是一种理性的论衡,但也应有执著的爱心和苦修的毅力,不仅仅以研究的结果为目的,而同时以研究本身为享受和乐趣,迷花倚石,优游林泉,乐不知返。可惜这种古风与现代社会的商业精神相抵牾,没有人敢提倡,也不会有人赞许。就连笔者也不敢整天饮酒使性,任情率真,干自己想干的事,说自己想说的话,写自己喜欢写的文章。因为要奉公守职,要养家糊口,要应酬往来。这许多的物累将个人的本真挤兑到一个极寒伧的角落里,沾满尘垢,模糊不清,连自己有时也不知我是谁。只有在夜深人静仰望星空时,才感到空虚和惭愧。对嘈杂都市的厌烦,使我不时回想起故乡的粗犷质朴,简单原始,也更神往我们古国文人墨客的风流俊赏,侠客义士的英风豪气。望故乡渺邈,叹历史的昨天已无法回归,所以只能通过躲在危陋的小楼中沉浸故籍以求得一点心理补偿。这既是一种逃遁,也算是一种负隅顽抗吧。

最后要说的是,这部书稿曾作为选修课教材给我执教的西北大学中文系高年级学生讲过好几遍,受到了同学们的欢迎,也听取到许多建议,乡友苏剑学兄曾多次与我煮茶夜话,挑灯畅谈,切磋唐诗,对我启发良多,陕西人民教育出版社的赵常安老师欣然接受了拙稿,为本书的编辑出版做了大量的工作,符均学兄为促成本书的出版奔走联系,热诚帮助,西大校系的许多老师对我开设此课、写作此书亦非常关心。凡此古道热肠,高情雅谊,令我终身难忘。谨为记。

壬申年秋末于长安居危斋

第 二 版 后 记

由我研习唐诗心得体会改写的这本单薄的小册子能很快再版,给我提供了弥补缺憾、修订充实的机会,这是我始料未及的。

此次修订并没有做体例结构上的大调整,也没有改易当时的观点看法,只是增补了一些材料,并以脚注的形式对所征引的观点和成果做了更详细的补充说明,一则依学术规范,不敢掠人之美;再则也是想说明,我的申述,并非狂言妄语,而是多有来历出处。另外在附录部分增补了几篇相关的论文。五六年前的旧作,重新检读,犹如看影集中裸光屁股或穿开裆裤时的傻样,不免脸红耳热,怪难为情。但若让儿童西装革履或涂脂抹粉,做出诸如沉思状、深情状、大义凛然状、风情万种状等等成人社会的化妆游戏、面具款式,则更会让人感到恶心。所以我只是给一幅旧照片镶嵌了一个新框子,但并没有对照片本身做手脚。这是我对之所以没有大做修改的一点小小的申辩。

小书出版后为我浪得一些虚誉,同时受到古代文学界和新文学理论界两个方面师友的热情批评和严肃指正。其中古代文学界的师友对本书的一些观点和写法,觉得偏颇、空疏,而新文学理论界的师友则又觉得本书写得太拘谨呆板,对来自这两极的微词,我更多地理解为一种更高的期望,但以我之愚钝蠢笨、才疏学浅,很难调停这两方面的意见,这次修订版可能仍会让许多师友失望。

值得一提的是,从本书草拟初稿到付梓出版,许多师友以多种方式对本书提出宝贵的意见,或热情洋溢,或严肃认真,或尖锐激烈,或调侃幽默。《文学遗产》杂志主编陶文鹏老师、河北大学党委书记詹福瑞教授曾致函提出许多建议,湖北黄冈教育学院张其俊教授和武昌第一中学校长余策垣先生与我素不相识,在审读本书后,分别义务向其任教和任职的学校师生推荐代购小书。峨眉电影制片厂导演廖小安以其艺术敏感指出本书某些章节的毛病,陕西文联研究员杨乐生学兄曾多次不期而至,小扣柴扉,在茶香与烟雾弥漫中,彻夜长谈。西安水电局张翼处长和广西民族学院李乃龙教授都曾书面条陈建议,达数千字之多。榆林学院教授郭延龄老师、华南师大教授陈建森学长都在长途电话上谈了修改建议。陈兄敏捷多才,而又古朴热诚,谈到忘情处,新见迭出,二十多分钟话头仍收不住,竟忘了是在通私费长话……向我提意见或建议的师友前后达数十人之多,恕我不一一罗列他们的名讳,以免拉虎皮作大旗之嫌。但我在心中将会永远铭记他们的帮助。我今日才理解以文会友,洵非虚语。

有朋友建议修订时请几位学界前辈题签作序,并召开一修订座谈会以便集思广益。但我顾虑时风,题序等等,恐流为借名人以自重,座谈会亦难逃自炒的嫌疑,不仅自己出洋相,还会让前辈蒙羞。故一切作罢。

感谢西北大学教务处的领导和同志,没有他们的经费资助,本书的再版恐还不能落到实处。感谢中文系刘建军教授、房日晰教授和李志慧教授,三位老师向教务处推荐本书再版。还要感谢陕西师范大学文学研究所教授吴言生学兄及夫人,两位不辞劳苦,为本书的电脑排版解决了一些难题。

本书责任编辑赵常安老师,善良本分,与世无争,但天道不公,一场突然的恶性事故,夺去了他的生命,他在遇难前两天还惦记着本书,向符均兄谈及再版事宜,此时此刻我在泪眼模糊中,仍能仿佛其音容,长歌当哭,我只能说:"彼苍者天!歼我良人。如可赎兮,人百其身!"

今年是我的本命年,看到娇儿身渐长高,拙妻鬓影已飘华发,我突然意识到自己也在衰朽,感慨颇多。悔少年心事,强干名利,书剑两无成。今又堕入轻薄为文,寻章摘句,饾饤成篇。蝇头蜗角,仍如鸡鹜逐食,惭愧!惭愧!何时父母百年,弟妹婚嫁,儿女成家,我也能跳脱出来,虽不敢啸傲江湖,但至少可浪迹天涯,游走四方。——即便现代文明的锐剪割断我想象力的古典翅膀,我仍可以混迹渔樵,躬耕陇亩,因为我本是山中汉子,来自那悲凉苍茫的黄土山峁。

丙子年仲夏于唐长安太平里聚沙斋

增订版后记

本来说诗亦如参禅,不可道,不能言,一落言筌便死。我在本书中即持此观点。可是有人指出:你一方面讲唐诗之美不可言,另一方面又对意境、时空、模糊、空白、语言技巧等诗之奥秘条分缕析,强作解人;一方面强调唐诗之美在于气象混沌,自然天成,另一方面又试图开凿混沌,割裂大道。对此针砭,我不愿辩解。处身于今日技术文明时代,忝列高校教职,由于职业的缘故,深陷此文化困境,迄今没有找到一条解脱之路。

本书成稿虽早,但我对其体例、内容及表述方式一直不满意。当时有关这一题目的参考文献尚少,近年来坊间出现的唐代美学思潮、诗歌美学一类的著作渐多,对此问题的研究似有不断升温的趋势,拙稿本不该再凑这一热闹。但正像左拉所谓"陪衬人",拙著之猥陋,如能烘托出高明诸作之典雅精深,废物利用,也算是一种价值的实现。所以我仍不断留意学术资讯和时贤的新成果,并对旧作进行一些增补。因原稿框架已定,故将学术界的新成果及我的阅读体会以附注的形式标注出来,另外还增补了一些章节。

岁月荏苒,从萌生写作念头,到校改这一次清样,匆匆已过十个寒暑。这期间国家与社会都发生了许多变化,我个人的遭际与学术兴趣也有一些改变,但唯一没有改变的是我对故国文化的那一份温情与敬意。

本书的内容我曾为西北大学的本科生和研究生讲授多年,又应邀在多所高校开设专题讲座,受到同学们的欢迎,并听取到许多宝贵的意见和建议。许多师友亦曾以书面或口头(有些是长途电话)发表了他们的精辟见解,补拙著不逮处颇多。西北大学将本课题列入面向21世纪教改研究项目(1997年度),并给予资助,谨向多年来关心和支持我从事此项研究的师友及领导表示感谢。

拙稿能忝列"唐诗研究系列",由安徽大学出版社推出,缘于安徽师范大学教授余恕诚老师。余老师是我景仰的学术前辈,他在审查拙稿后鼎力举荐,在此谨致谢忱。当然,倘有疏漏错谬,则咎在我。

李　浩

2000年3月22日于沪上

图书在版编目(CIP)数据

唐诗美学精读/李浩著. —上海：复旦大学出版社,2009.2(2020.10重印)
(汉语言文学原典精读系列)
ISBN 978-7-309-06320-2

Ⅰ.唐… Ⅱ.李… Ⅲ.唐诗-文艺美学 Ⅳ.I207.22

中国版本图书馆CIP数据核字(2008)第158979号

唐诗美学精读
李　浩　著
责任编辑/宋文涛

复旦大学出版社有限公司出版发行
上海市国权路579号　邮编：200433
网址：fupnet@fudanpress.com　　http://www.fudanpress.com
门市零售：86-21-65102580　　团体订购：86-21-65104505
外埠邮购：86-21-65642846　　出版部电话：86-21-65642845
上海华业装潢印刷厂有限公司

开本 787×960　1/16　印张 16.75　字数 245 千
2020 年 10 月第 1 版第 6 次印刷
印数 8 411—9 510

ISBN 978-7-309-06320-2/I·456
定价：34.00 元

如有印装质量问题，请向复旦大学出版社有限公司出版部调换。
版权所有　侵权必究